WILDERNESS ESSAYS

야생의 땅

존 뮤어

JOHN MUIR

INDEX

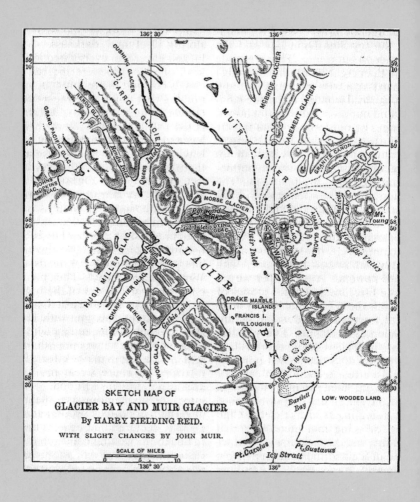

SKETCH MAP OF
GLACIER BAY AND MUIR GLACIER
By HARRY FIELDING REID.

WITH SLIGHT CHANGES BY JOHN MUIR.

SCALE OF MILES
0   5   10

THE DISCOVERY OF GLACIER BAY

글레이셔만 발견 이야기

지금은 유명해진 알래스카의 글레이셔만을 처음 찾은 건 1879년 10월 끝자락이었다. 빙하에 점령된 지류 후미에서 새로 얼음이 얼기 시작하고 있었다. 산은 얼마 전에 내린 신선한 눈으로 덮여 있었다. 페어웨더산맥Fairweather Range 최고봉과 산등성이에서 해수면에 이르기까지 온통 눈이 내려앉았다.

지난 시즌은 스티킨강Stickeen River 협곡과 그 빙하를 탐험하며 보냈다. 유콘강과 매켄지강의 남쪽 지류를 가르는 분수령인 코스트산맥Coast Mountains 너머 내륙 가운데 일부 지역도 탐방했다. 10월이 시작될 즈음에서야 포트랭겔Fort Wrangel의 본부로 복귀했다. 꽁꽁 얼어붙은 이 북극 땅에서 새로 탐험을 시작하자니 이미 때가 늦은 감이 있었다. 해가 짧아지고 험한 폭풍을 동반한 겨울이 다가오고 있었다. 이 시기에 산봉우리의 길고 하얀 비탈을 따라 요란한 소리를 내며 눈사태가 일어나면 온 땅이 눈에 파묻혀버린다. 이렇게 흰 눈으로 뒤덮인 야생의 땅은 처음이었다. 하지만 폭풍은 워낙 익숙한 터라 되레 폭풍을 즐길 줄 알았다. 관계만 제대로 맺는다면 더없이 친절한 존재가 폭풍이라는 사실도 잘 알고 있었다.

해안을 따라 사방으로 이어지는 주요 내륙 수로는 겨우내 열려 있다. 물가에 숲만 잘 조성되면 캠프에서 따뜻하게 지내는 것도 문제없다. 커다란 카누에 식량을 넉넉히 실어 가져갈 수도 있다. 그래서 결심했다. 북쪽으로 갈 수 있는 데까지 가보자. 길동무가 있어도 좋고 없어도 좋다. 특히 내가 미래에 무엇을 할 수 있을지 깨닫는 시간을 갖기로 했다. 랭겔에서 선교 활동을 하던 선교사 홀 영 목사에게 내 계획을 들려주었더니 그가 함께 가겠다고 나섰다. 그의 도움으로 괜찮은 카누도 구하고 우리를 보조해서 가이드 역할을 해줄 인디언팀도 꾸렸다. 식량이며 담요며 필요한 물품도 잔뜩 모았다. 식량과 땔감이 허락하는 한 야생의 땅이 주는 선물은 무엇이든 열렬히 환영하겠다는 마음을 품고, 10월 14일 우리는 마침내 출발했다.

인디언 가이드팀은 모두 네 명이었다. 먼저 토야테Toyatte. 위풍당당하고 연륜 있는 이 스티킨 부족의 귀족이 팀장이었다. 그를 팀장으로 뽑은 이유는 그가 카누 주인이라서가 아니라 목공과 항해술에 조예가 깊었기 때문이다. 다음은 카데찬 Kadechan. 이 지역에 사는 칠캣Chilcat 부족 추장의 아들이었다. 그리고 스티킨 부족 출신인 존John이 통역을 맡았다. 마지막 팀원은 시트카Sitka 부족 출신 찰리Charlie였다. 홀 영 목사는 전형적으로 다른 사람들을 구원하려고 노력하는 과정에서 스스로 구원받는 유형이라 무서움도 모르고 모험심도 투철했다. 그가 선뜻 나를 따라나선 것도 우리가 가는 길에 다양한 인디언 부족을 만날 기회가 생길 수 있어서다.

짐을 카누에 실은 뒤 선착장에 묶은 밧줄을 풀고 막 출발하려는 찰나였다. 어디선가 카데찬의 어머니가 나타나 선착장 계단을 내려오더니 카누로 다가왔다. 대단한 기품을 타고난 데다 강인한 품성을 지닌 이 여성은 아들의 안전이 걱정되어 불안에 휩싸인 모습이었다. 그녀는 잠시 아무 말 없이 서서 불길함에 사로잡힌 어두운 눈으로 선교사를 응시했다. 그러고는 엄숙한 말과 몸짓으로 한참 동안 그에게 원망을 퍼부었다. 그가 부당한 영향력을 행사하여 그의 아들에게서 위험한 여행에 동행하겠다는 동의를 받아냈다며 따지고 들었다. 우리가 가는 목적지가 스티킨 부족에 우호적이지 않은 부족들이 사는 곳이었기 때문이다. 그런 다음 마치 고대의 무녀가 예언하듯 폭풍과 얼음으로 인해 재난이 꼬리에 꼬리를 물고 이어질 것이라고 했다. 마지막으로 더없이 장엄한 모성애를 가득 담아 말했다. "만약 우리 아들이 살아 돌아오지 않는다면 그 피의 책임은 당신에게 있으니 반드시 그 대가를 치를 것이오. 내 분명히 말해두오." 영 목사는 그녀의 두려운 마음을 달래려고 애썼다. 그는 그녀의 귀한 아들을 하늘도 보살펴 주실 것이고 자신도 보살필 거라고 단단히 약속했다. 또한 그녀의 아들에게 위험이 닥치려 할 때마다 성심껏 위험을 나누고, 필요하다면 목숨을 바쳐 그를 지키겠다고 맹세했다. 하지만 소용없었다. "어디 당신이 죽는지 안 죽는지 두고 봅시다." 그녀가 돌아서며 말했다.

토야테도 떠나기 전에 집에서 난관에 부딪힌 모양이다. 카누에 오르는 그의 위풍당당하고 연륜 있는 얼굴에 먹구름이 잔뜩 끼어 있었다. 나이가 나이니만큼 이제는 운명을 다할 비운의 시간이 가까이 다가오는 그였지만 마치 그 그림자가 이미 그에게 드리워지기 시작한 것만 같았다. 그와 작별 인사를 나눌 때 아내가 비통하게 눈물을 흘리며 말했다고 한다.

겨울 폭풍을 무사히 피하더라도 칠캣 추장들이 틀림없이 그를 죽이고 말 것이라고. 그러나 이번 여행은 이 연륜 많은 영웅이 운명을 다하는 시간이 아니었다. 우리가 사람의 손길이 닿지 않은 야생의 땅에서 자유를 만끽하는 순간, 그 모든 우울한 예감은 사라졌다. 그리고 부드러운 산들바람이 불어와 유쾌하게 우리 등을 떠밀어 반짝이는 물 위로 계속해서 앞으로 나아가게 만들었다.

우리는 먼저 쿠프레아노프섬Kupreanof Island과 프린스오브웨일스섬Prince of Wales Island 사이에 있는 섬너해협Sumner Strait을 통과해서 서쪽 코스로 갔다. 그리고 북쪽으로 방향을 돌려 매력 넘치는 키쿠해협Kiku Strait으로 항해해서 올라갔다. 수많은 그림 같은 꼬마 섬들 한가운데를 지나, 프린스프레데릭해협Prince Federic Sound을 가로질러 채텀해협Chatham Strait으로 올라갔다. 그런 다음 북서 방향으로 아이시해협Icy Strait을 지나 글레이셔만Glacier Bay 주변에 도착했다. 여기서 방향을 돌려 다시 아이시해협을 지나 거대한 린운하Lynn Canal를 타고 길을 재촉해서 데이비슨빙하Davidson Glacier와 칠캣으로 갔다. 그리고는 본토 해안을 따라 랭겔로 돌아오는 길에 얼음으로 덮인 섬덤만Sum Dum Bay(또는 홀컴만Holkham Bay-역자)과 르콘트빙하Le Conte Glacier를 방문했다. 이렇게 우리는 총 800마일이 넘는 여정을 마쳤다. 힘든 일도 있었고 위험한 상황이 닥치기도 했지만 자연 속 동화의 나라는 우리가 가졌던 지나친 기대마저 뛰어넘는 보상을 안겨주었다.

우리의 여정은 처음에는 대부분 즐거움으로 가득했다. 날씨가 완전히는 아니지만 제법 화창해서 초록빛과 노란빛 해안을 따라 편안하게 미끄러지듯 나아갔다. 그러는 동안 주옥같은 시 안에 담겨 있는 시상처럼 사랑스러운 섬들이 조화로운 모습으로 연이어 스쳐지났다. 비가 발목을 잡지는 않았지만 바람이 너무 심하게 불면 우리는 가던 길을 멈추고 캠프에 머물렀다. 대개 인디언들은 이처럼 폭풍이 몰아치면 이 기회에 사슴을 사냥했고, 나는 돌과 나무를 조사하러 다녔다.

캠프는 덤불과 뒤늦게 핀 꽃들이 매력적으로 에워싼 아늑하고 후미진 곳에 차렸다. 저녁을 먹고 나면 불가에 둘러앉아 인디언들이 들려주는 이야기에 귀를 기울였다. 그들이 잘 아는 야생동물이나 모험 가득한 사냥, 전쟁, 전통, 종교, 관습에 관한 이야기였다. 우리는 인디언 일행을 만날 때마다 인터뷰를 했고, 발길이 닿는 곳에 있는 마을은 모두 들렀다. 그렇게 밤낮을 지내다 보니 어느새 애드머럴티섬Admiralty Island 서쪽 해안에 이르렀다. 거기서부터는 린운하를 따라 직선 코스로 올라갈 생각이었다. 그런데 그곳에서 이동 중인 후나Hoona 부족과 마주치고 말았다. 그들은 칠캣 부족 안에서 술에 취해 싸움판이 벌어졌고, 그 와중에 카데찬의 아버지가 총에 맞았다는 소식을 전했다. 그러면서 이 위스키 싸움이 끝나기 전에는 칠캣 부족 지역으로 무사히 들어갈 수 없을 것이라고 했다. 우리 인디언 가이드들은 이 소식을 철석같이 믿어서 그쪽으로 갔다가 행여나 대가를 치르지 않을까 두려움에 떨었다.

나는 계획을 바꿔 아이시해협을 통과하고 서쪽으로 돌아 우리 팀 막내 찰리가 자주 언급한 경이로운 얼음 산을 찾아가기로 했다. 찰리는 내가 빙하에 관심이 많다는 것을 알아채곤 어릴 적 아버지를 따라 온통 얼음으로 뒤덮인 넓은 만에 가서 물개 사냥을 했다며 내가 원하면 한번 찾아보겠다고 장담했다. 나는 우리 팀 모두가 한마음으로 이 모험을 떠나고 싶어 하는 것 같아서 기뻤다. 현재 상황에서는 칠캣 부족보다 얼음 산이 덜 위험할 거라고 판단한 듯하다.

24일 정오쯤 우리는 아이시해협의 작은 섬 근처에 다다랐다. 찰리는 우리 목적지인 얼음 산 지역은 수종을 불문하고 나무라곤 찾아볼 수 없을 테니 이 섬에서 마른 장작을 가져가야 한다고 했다. 그의 말이 나머지 팀원들에게는 이상하게 들린 모양이다. 그들 사이에 언성이 높아질 기미가 보였다. 나는 서둘러 논쟁에 종지부를 찍고, 가져갈 수 있는 만큼 나무를 카누에 실으라고 지시했다. 그리고 곧장 얼음 산을 향해 출발했다. 어둠이 내린 뒤에도 북서 코스로 한참을 달려가서 서쪽 면의 글레이셔만 초입 근처 작은 후미에 도착했다. 폭풍처럼 진눈깨비가 흩날리고 어둠이 깔린 가운데 눈으로 뒤덮인 적막한 해변에 캠프를 차렸다.

나는 새벽 동이 트는 걸 보고 부지런히 사방을 살피며 지금 우리가 어떤 곳에 와 있는지 알아내려 했다. 하지만 어둑어둑한 비구름이 산을 뒤덮어버린 터라 일말의 힌트도 찾을 수 없었다. 지금까지 믿음직한 안내자 역할을 해온 밴쿠버 선장의 해도海圖도 여기서는 아무 소용이 없었다. 그래도 우리는 떠날 채비를 서둘렀다. 다행히 해안에서 막 출발하려는데, 후미 건너편으로 어렴풋하게 연기가 피어오르는 것이 보였다. 갈피를 잃은 듯 보였던 찰리는 반가워하며 연기가 나는 쪽으로 뱃머리를 돌렸다.

그런데 어둡고 흐린 아침, 그것도 이렇게 이른 시간에 난데없이 우리가 나타나자 그곳 인디언들이 놀란 모양이었다. 우리가 사정권에 들자마자 얼굴을 검게 칠한 인디언 한 명이 우리 머리 위로 총을 한 방 쏘더니 무뚝뚝한 목소리로 우렁차게 외쳤다. "누구냐?" 우리 통역사가 큰 소리로 대답했다. "친구들과 포트 랭겔의 선교사요." 그러자 오두막에서 남녀노소가 무리 지어 모습을 드러내더니 우리가 해변에 도착하기를 기다렸다. 사냥꾼 가운데 한 명이 총을 들고 다가오자 카데찬이 단호한 말투로 힐난했다. 선교사를 만나러 오면서 총을 들고 오다니 부끄럽지도 않냐며 극도로 분노하는 모습이었다. 하지만 금세 우호적인 분위기가 조성되었다.

차가운 비가 내리자 그들은 우리를 오두막으로 초대했다. 오두막은 두 명이 지내기에도 작아 보였지만 연기 나는 모닥불을 가운데 두고 용케 스물한 명이 들어갈 수 있었다. 우리를 맞이해준 이들은 후나 부족 물개 사냥꾼들이고, 이곳은 그들의 겨울용 고기와 가죽 저장고였다. 고기와 가죽으로 가득 찬 오두막은 그럭저럭 환기가 잘되었지만 기름과 고기 냄새가 짙게 배어서 우리에게 익숙한 짠내 나고 말쑥한 은

신처와 달랐다. 악취와 연기가 뿌옇게 눈앞을 가리는 가운데, 이를 뚫고 동그랗게 원을 그리며 둘러서서 우리를 뚫어지게 쳐다보는 검은 눈동자들은 처음 보는 광경이었다.

하지만 우리는 정보를 얻을 수 있어 기뻐하며 얼음 산과 신기한 만에 대해 많은 질문을 던졌다. 호기심 많은 후나 부족 친구들은 대답 대신 우리에게 반문했다. 가령 이런 곳에, 그것도 1년 중 이렇게 늦은 시기에 온 목적이 무엇이냐고 물었다. 그들은 홀 영 목사와 그가 포트랭겔에서 하는 일에 대해 익히 들어 알고 있었다. 다만 여기 이런 곳에서 선교사가 무엇을 하겠다는 건지 모르겠다며, 물개나 갈매기, 아니면 얼음 산을 향해 설교할 셈이냐고 했다. 그러자 존이 설명했다. 얼음 산을 찾아 이곳에 온 사람은 선교사가 아니라 그의 친구다, 영 목사는 오는 길에 들른 여러 마을에서 이미 좋은 말씀을 해주셨다, 그중에는 후나 부족의 마을도 있었다, 우리는 마음이 선한 사람들이다, 모든 인디언이 우리 친구다…. 이어서 약간의 쌀과 설탕, 차, 담배를 선물하자 그들은 비로소 우리를 신뢰하며 편하게 말하기 시작했다. 우선 가장 큰 만을 시타다케이Sit-a-da-kay 또는 얼음만Ice Bay이라 부른다고 했다. 거대한 얼음 산은 많지만 금광은 없는 곳이라고 설명한 뒤 그들이 가장 잘 아는 얼음 산은 만 안쪽에 있는데, 대부분의 물개가 그곳에 산다고 덧붙였다.

나는 지금 비가 내리지만 날씨가 더 나빠질 수 있으니 먹구름이 가득해도 어둠 속을 더듬어 갈 수 있는 데까지 가자고

했다. 그러나 찰리는 불안했는지, 그곳이 예전과 많이 달라졌다며 물개 사냥꾼 한 명이 같이 갔으면 좋겠다고 제안했다. 나는 가이드 보수를 넉넉히 주기로 하고 카누 무게를 덜기 위해 우리가 가져온 무거운 물건은 거의 다 이곳 인디언 친구들에게 맡기겠다고 했다. 한참을 상의한 뒤 그들 가운데 한 명이 같이 가기로 했다. 그의 아내는 남편이 쓸 담요와 삼나무 매트, 약간의 식량(말린 연어, 지방을 가운데 두고 기름기 없는 고기 조각을 엮어 만든 물개 소시지)을 가져왔다. 그녀는 해변까지 우리를 따라와서 출발하기 직전에 어여쁜 미소를 지으며 말했다. "우리 남편을 데려가는 거니까 꼭 데리고 돌아와야 해요."

우리는 오전 10시경에 출항했다. 바람이 우리를 도왔지만 차가운 비가 쏟아진 탓에 상당히 진입했는데도 나무 하나 없는 적막한 야생의 땅은 거의 보이지 않았다. 그래도 거센 바람 덕분에 속도를 높일 수 있었다. 흠뻑 젖은 카누는 얼음 파도를 타고 오르락내리락했다. 근엄한 모습으로 파도에 절하며 마치 큰 배를 흉내 내듯 움직였다. 우리는 북서 방향으로 코스를 잡아서 본토처럼 보이는 해안 근처에 있는 만의 남서쪽을 끼고 위로 올라갔다. 우리 오른쪽으로 대리석처럼 매끈한 섬이 몇몇 개 보였다.

정오쯤 되자 첫 번째 거대 빙하를 발견했다. 훗날 내가 저명한 스코틀랜드 지질학자의 이름을 따서 기키Geikie라고 명명한 바로 그 빙하다. 구름 자락을 뚫고 우뚝 솟은 파란 절벽이 거대한 야생의 힘을 뿜어냈다. 새로 만들어진 빙산이 내는 굉음으로 폭풍 소리가 더 강렬해졌다. 우리는 기키빙하를 지나 한 시간 반을 달려 낮은 해안으로 이루어진 자그마한 항구에 닿았다. 내 욕심 같아서는 더 나아가고 싶었지만 떠다니는 빙산이 미치지 못하는 곳으로 카누를 끌어올린 뒤 캠프를 꾸렸다. 가이드가 더 이상 나아가는 걸 완강하게 반대했기 때문이다. 그는 만 안쪽의 큰 얼음 산까지 해지기 전에 도착할 수 없을 뿐만 아니라 심지어 낮이라도 그곳에 상륙한다는 것은 위험천만한 일이라고 경고했다. 또한 거기까지 가는 동안 유일하게 안전한 항구는 여기뿐이라고 주장했다. 캠프를 꾸리는 동안 나는 해안가를 따라 걸으며 사방에 널려 있는 돌과 나무 화석을 살펴보았다. 모든 암석이 갓 결빙된 상태였다. 해수면 아래 있는 것조차 그랬다. 그래서 암석 표면이 아직 파도에 닿지 않았고, 빙하의 등고선은 물론 심하게 긁힌 자국이나 홈도 훨씬 적었다.

　　다음 날이 일요일이어서 영 목사는 캠프에 있고 싶어 했다. 인디언들도 날씨 때문에 캠프에 머물고 싶어 했다. 그래서 나 혼자 캠프 위 북쪽 산비탈로 나들이에 나섰다. 말이 나들이지 극도로 힘들고 위험한 시간이었다. 비와 진흙과 질퍽질퍽한 눈을 뚫어야 했고, 둥근 갈색 돌로 가득한 급류를 건너야 했으며, 어깨까지 눈 속에 파묻히면서도 힘겹게 헤치며 나아가야 했다. 두 팔과 다리는 그동안 카누에서 갑갑하게 쭈그리고 앉아 있느라 감각을 잃은 데다 밤낮으로 젖은 옷과 담요 찜질을 한 탓에 오랫동안 잠든 상태였다. 그러다 이날, 잠들었던 팔다리가 깨어났다. 곧이어 지난날 시에라네바다산맥의 수많은 봉우리에서 배운 기량이 아직 건재함을 증명해 보였다. 나는 1,500피트 높이까지 올라갔다. 이 산등성이를 경계로 남쪽에 두 번째 거대 빙하가 있었다.

그런데 모든 풍경이 구름 속에 잠겨서 애쓰며 올라가도 넓게 조망하지 못할까 봐 걱정되기 시작했다. 다행히 한참을 지나고 나자 구름이 살짝 걷히며 잿빛 구름 가장자리 아래로 빙산이 가득한 드넓은 만이 보였다. 만을 둘러싸고 서 있는 산기슭과 다섯 개 거대 빙하의 웅장한 전면도 볼 수 있었다. 그중 가장 가까이 있는 빙하는 바로 내 발아래에 있었다. 내가 글레이셔만 전체를 조망한 것은 이번이 처음이었다. 얼음과 눈과 새로 만들어진 바위로 채워진 고독한 풍경. 그 어둠과 적막과 신비. 나는 두 시간 가까이 걸어서 애써 다다른 그곳에서 최대한 강풍을 피해 자리를 잡았다. 노트를 펼쳐서 곱은 손가락으로 눈앞에 펼쳐진 풍경을 스케치한 뒤 간단히 몇 자 끼적였다. 그리고 다시 가슴으로 눈을 가르면서 내려갔다. 산사태로 위치가 바뀌는 경사면을 가로질러 안전하게 급류를 건너서 해 질 무렵 캠프로 돌아왔다. 온몸이 젖은 데다 지치고 피곤했지만 대단한 경험을 한 덕에 마음은 풍요로웠다.

커피를 마시고 있자니 영 목사가 다가와 인디언들의 사기가 떨어졌다고 말했다. 내가 실종된 것은 아닌지 걱정한 모양이다. 혹시 내가 더 멀리까지 가겠다고 고집하면 비극이 일어날 수 있다며, 겁이 나니 돌아가야겠다고 했단다. 또한 눈도 뜰 수 없는 폭풍이 부는데도 그 위험한 산을 오르는 까닭이 대체 뭐냐고 물었단다. 그저 지식을 얻으려는 거라고 대답하자 토야테가 이렇게 말했다고 한다. "이런 곳에서 이런 끔찍한 날씨에 지식을 구하려 하다니, 뮤어는 무당이 틀림없군." 저녁 식사 후 그들은 나무 화석으로 지핀 뭉근한 모닥불 둘레에 웅크리고 앉아 더 애잔해진 분위기에서 이야기를 나누었다. 이야기하는 어조가 우리 옆으로 포효하듯 흐르는 급류 소리, 바위 사이를 가르는 비바람과 잘 어울렸다.

그들은 부서진 카누와 익사한 인디언, 눈보라에 길을 잃고 동사한 사냥꾼 등 오래된 슬픈 이야기를 들려주었다. 토야테는 나무 한 그루 없이 황량한 모습에 두려움을 느꼈는지, 자신은 용기가 나지 않는다고 말했다. 우리 모두의 생명이 달린 그의 카누가 빠져나오기 힘든 얼음 스쿠컴-하우스(감옥)에 들어가 갇혀버릴 수 있어 겁이 난다고 했다. 후나 부족 출신 가이드 역시 노골적으로 말했다. 만약 내가 위험을 즐겨서 얼음 산 코앞까지 가려는 거라면 자신은 더 이상 나아가지 않겠다고. 그의 부족 가운데 많은 이가 그랬던 것처럼, 바닥에서 갑자기 빙산이 솟아오르면 우리 모두 실종될 거라고 경고했다. 그들은 폭풍 소리가 울려퍼질 때마다 용기를 잃는 듯 보였다. 동시에 다시는 보지 못할 수도 있는 거대 빙하 세계의 한복판에 왔으면서 내 기대를 저버리자니 그것도 두려운 듯 보였다.

나는 서둘러 그들을 안심시켰다. 10년간 수많은 산과 폭풍을 겪었지만 내게는 늘 행운이 따랐다, 나와 함께 가면 아무것도 두려워할 필요 없다, 폭풍이 금세 멈추고 해가 날 것이다, 우리가 알든 모르든 항상 하늘이 안내해준다, 하지만 오직 용감한 자만 하늘의 보살핌을 구할 권리가 있는 법이니 어린아이 같은 두려움은 접어버려야 한다고 강조했다. 이 짧은 연설이 효과가 있었다. 카데찬은 열정에 찬 표정을 지으며 행운아들과 여행하는 게 좋다고 했다. 근엄한 원로인 토야테도 이제 다시 용기가 생겼다며 내가 가고 싶은 만큼 멀리까지 함께 모험에 나서겠다고 했다. 내 '와와'가 '델라이트'했기(내 연설이 아주 훌륭했기) 때문이라고 덧붙였다. 이 원로 전사는 살짝 감성에 젖어서 자신의 카누가 부서지더라도 크게 개의치 않겠노라는 말까지 해버렸다. 설령 그렇게 되더라도 저세상으로 가는 길에 좋은 동반자가 있으니 괜찮다고.

다음 날도 여전히 비와 눈이 내렸지만 바람이 남쪽에서 불어와 우리가 가는 길에 떠 있던 빙산을 깨끗이 치워주었다. 덕분에 우리는 용감하게 전진할 수 있었다. 한 시간쯤 나아가자 나중에 내가 휴밀러Hugh Miller라 명명한 두 번째 거대 빙하에 도착했다. 우리는 이 빙하의 피오르로 노를 저어 올라간 뒤 빙하 말단부의 거대한 전면을 간단히 조사하기 위해 카누에서 내렸다. 빙산이 만들어지는 부분은 폭이 1.5마일에 달했다. 삐죽삐죽한 첨봉과 피라미드 모양, 꼭대기가 평평한 탑 모양, 흉벽처럼 톱니 모양을 한 부분이 장엄하게 대열을 이루었다.

빙하에서는 다양한 밝기의 푸른빛을 볼 수 있었다. 크레바스와 움푹 들어간 구멍에서는 연하고 희미하게 빛나는 투명한 푸른빛이, 빙산이 떨어져나오는 평평한 벽에서는 가장 선명하고도 차가우며 신랄한 푸른빛이 반짝였다. 비바람을 맞아 넓게 벌어진 크레바스가 줄지은 탓에 전면에서 몇 마일 뒤쪽의 지면은 접근할 수 없었다. 크레바스 사이의 공간은 계단 모양을 하고 있었다. 빙하의 이쪽 부분 전체가 심해에 도달했을 때 바닷물이 그 아래로 통과하면서 이 부분이 연이어 단계별로 가라앉은 듯 보였다. 이곳 너머는 부드럽게 솟은 초원처럼 넓게 펼쳐진 곳으로 빙하가 끝없이 뻗어나가면서 페어웨더산맥의 산비탈과 협곡 사이로 갈라져 들어갔다.

여기서부터 두 시간 동안 달려서 만의 안쪽과 북서 피오르 초입에 도달했다. 그 안쪽에는 후나 부족의 물개 사냥터와 지금은 퍼시픽빙하Pacific Glacier라 부르는 거대한 빙하 하나와 후나빙하라 부르는 또 다른 빙하 하나가 있었다. 이 피오르의 길이는 5마일, 초입의 너비는 2마일에 달했다. 이곳에 후나 부족 가이드의 건목재 창고가 있어서 우리는 목재를 카누에 싣고 피오르 위쪽으로 힘차게 출항했다. 폭풍이 "좋다, 나의 얼음 밀실로 들어가라. 단 내가 꺼내줄 때까지 그 안에 있어야 한다"라고 말하는 듯한 날씨였다. 그러는 내내 만에는 진눈깨비가, 산에는 눈이 내렸다. 하지만 우리가 상륙하자 이내 하늘의 먹구름이 걷히기 시작했다. 캠프는 퍼시픽빙하 말단부 근처의 벤치처럼 평탄한 바위에 차렸다. 카누는 빙산과 파도가 닿지 않는 곳으로 끌어올렸다. 이제 빙산이 빽빽하게 무리를 이루어 빙벽에 부딪히고 있었다. 단단히 마음먹은 폭풍 때문에 빙하가 크리스털 같은 자식들을 다시 집으로 거둬들이는 듯 보였다.

캠프를 꾸리는 동안 나는 전경을 살펴보기 위해 산으로 올라갔다. 1,000피트 높이까지 다다르기 전에 비가 그쳤다. 낮은 곳에 머물던 구름이 천천히 하얀 구름 자락을 들어올리며 위로 올라가기 시작했다. 구름은 위풍당당한 날개 모양을 만들면서 드넓은 얼음 바다에서 솟아오른 산 주위에 머물렀다. 이들 산이야말로 하얀 설산 중에서도 가장 높고 가장 하얬으며 지금껏 내가 본 빙하 가운데 가장 거대했다. 더 넓은 전망을 위해 더 높이 오르면서 메모도 하고 스케치도 했다. 빛나는 구름 가장자리를 지나 내리쬐는 햇살이 피오르의 초록빛 수면과 반짝이는 빙산, 방대한 두 빙하의 크리스털 같은 절벽, 강렬한 백색을 띤 넓게 퍼진 얼음 들판, 형언할 수 없으리만치 순수하고 영적인 페어웨더산맥의 드높은 고지 위로 떨어졌다. 이곳은 감춰졌다가 모습을 일부 드러내기도 하면서 온 산이 말할 수 없을 정도로 순수하고 숭고한 얼음으로 뒤덮인 야생의 한 장면을 연출했다.

남쪽을 바라보면 눈에 띄는 퍼시픽피오르에서 지평선까지 부드럽게 물결 모양을 이루는 평원에 펼쳐진 넓은 얼음판이 보였다. 그 가운데로 눈 덮인 얼음처럼 하얀 산들이 여기저기 점점이 등성이를 이루고 있었다. 산들은 눈 덮인 얼음 속에 절반 혹은 그 이상 잠겨 있었다. 이 웅장한 원천에서 거대한 빙하 여럿이 흘러나온다. 아직 빛을 볼 준비가 되지 않은 지역의 언덕과 계곡을 덮어서 감춰둔 일반적인 빙하의 모습이다. 때가 되면 한창 빚어지던 얼음장이 햇볕을 받아 걷히고, 대지가 따뜻해지면서 풍성한 열매를 맺는다.

빙하는 이때 갖게 될 모든 특성을 담은 풍경을 그저 덮어 감추기만 하는 것이 아니라 그런 풍경을 창조해낸다. 서쪽 전망은 눈부신 페어웨더산맥을 경계로 이 산맥이 전망 대부분을 가득 채우고 있다. 그 가운데 최고봉은 숭고한 아름다움을 자랑하며 1만 6,000피트 높이까지 솟아 있다. 산 아래에서 정상에 이르기까지 모든 봉우리와 뾰족한 첨봉, 장대한 산맥을 양분하는 산등성이 하나하나는 마치 그려놓은 듯 티 하나 없이 완벽한 백색이다.

이 모습을 보면 눈은 젖은 상태에서 바르고 얼리지 않는 한 가장 가파른 산비탈과 벼랑에는 절대 붙어 있을 수 없을 것 같다. 하지만 이 눈은 젖은 상태였을 리가 없다. 그 대신 폭풍이 휩쓸고 온 눈더미의 먼지처럼 작은 입자들이 날아와 고정된 것이 분명하다. 이런 눈더미는 지금 같은 날씨면 깎아지른 듯한 절벽에 고정될 뿐만 아니라 심하게 말려올라간 거대한 모양도 만들어낸다. 이 웅장한 산맥 발치를 따라 퍼시픽빙하가 길게 이어진다. 이 빙하에는 셀 수 없이 많은 지류가 모여 피오르 앞에 있는 각자 폭이 1마일에 이르는 두 개의 입구로 배출된다. 이 빙하는 글레이셔만에 있는 강처럼 생긴 모든 빙하 가운데 가장 크다. 이보다 큰 뮤어빙하의 본류는 강이라 기보다 호수에 가까운 모습이다.

우리가 랭겔을 떠난 뒤로 계속해서 비나 눈이 내린 탓에 맑은 날씨야말로 대환영이었다. 햇볕에 강타당한 빙하처럼 빛나는 마음을 안고 캠프까지 춤추듯 산에서 내려왔더니 인디언들이 활활 타오르는 불가에 둘러앉아 있었다. 이번 여정에서 가장 먼 지점에 다다른 것이 이들도 기쁜 모양이다. 그날 밤 서리가 내릴 듯 차가운 밤하늘에 별들이 어찌나 밝게 빛나는지! 빙산이 떨어져나가는 우레 같은 소리가 엄숙한 정적을 뚫고 굴러가 부풀면서 울려퍼지는 모습이 얼마나 감동적인지! 나는 행복에 겨워 잠을 이룰 수가 없었다.

다음 날 아침 동틀 무렵 우리는 피오르를 건너 퍼시픽빙하의 전면을 양분하는 섬의 남쪽 면에 상륙했다. 빙산들 사이에서 수염 난 물개들이 물 위로 점점이 고개를 내밀고 있었다. 나는 존과 찰리, 카데찬이 물개들을 향해 총 쏘는 걸 미처 막지 못했다. 다행히 그들이 이런 종류의 사냥에 서툴러서 한 마리도 다치지 않았다. 나는 인디언들에게 카누를 맡기고 섬으로 올라가 빙하 전체를 제대로 조망했다. 그리고 적당한 곳에서 빙하 측면 아래로 50피트를 내려갔다. 그곳에서는 빙하의 침식과 형성 작용이 잘 보였다. 거기서 뒤로 물러서자 휴밀러빙하처럼 계단 모양으로 가라앉아 크레바스가 만들어진 지면이 나타났다. 조수의 작용으로 바닥이 침식되는 것처럼 보였다.

15마일 혹은 20마일에 걸친 강물 같은 얼음 바다는 높이가 거의 같았다. 이 얼음 바다가 물러나면 대양에서 바닷물이 그 뒤를 따라 들어오며 피오르가 길게 확장된다. 그러면 대륙 안으로 남쪽을 향해 더 멀리 뻗어나가는 피오르들과 근본적으로 같은 지형을 이룬다. 한때 대륙에서는 많은 거대 빙하가 바다로 쏟아져 들어갔다. 드물기는 하지만 지금도 이 거대 빙하의 흔적이 남아 있다. 예전에도 그랬지만 지금도 바다는 이렇듯 얼음으로 조각된 내륙까지 영역을 확장하면서 해안 풍경을 풍요롭게 만든다.

경계선 역할을 하는 섬은 높이가 1,000피트에 달한다. 빙하는 여전히 이 섬 주변에서 강하게 부딪히며 섬을 괴롭히고 있다. 얼마 전까지만 해도 이 섬 정상에 적어도 2,000피트의 얼음이 쌓여 있었으나 지금은 꼭대기에서 300피트만큼 얼음이 사라진 상태다. 지금 같은 기후 조건에서는 오래지 않아 이 섬 전체가 얼음에서 해방될 것으로 보인다. 그러면 기막힌 장관을 이루는 이 군도에 속한 천여 개 섬처럼 이 섬도 피오르 한복판에서 빙하가 다듬은 섬으로 자리매김하리라. 이 섬이 얼음 무덤을 벗어나는 모습은 한 풍경 안에 뚜렷한 지형이 탄생하는 장면을 가장 호소력 있게 보여준다. 이 경우 지형을 낳는 주체는 산이 아니라 빙하이며, 이렇게 탄생하는 것이 바로 산이다.

후나빙하는 퍼시픽빙하 아래 멀지 않은 곳에서 남쪽으로

피오르에 진입한다. 멀리까지 시야가 넓게 확 트여서 그 너머로 페어웨더산맥의 우뚝 솟은 봉우리들이 보인다. 하지만 피오르 안으로 푹 들어간 후나빙하의 말단부 전면은 퍼시픽빙하의 전면만큼 흥미롭지 않다. 거기서 빙산이 떨어져나오는 모습도 본 적이 없다.

그날 저녁 위풍당당한 봉우리와 빙하가 자태를 드러내고 그 위로 햇빛이 쏟아지는 광경을 보고 났더니 자연이 우리에게 이보다 더 뛰어난 장관을 선사해줄 수는 없을 것 같다는 생각이 들었다. 하지만 다음 날 아침에 일어난 일에 비하면, 사실 이 모든 건 아무것도 아니다. 사랑스러운 새벽이지만 우리 눈에는 유달리 특별한 일이 일어날 것 같지 않은 평범한 새벽이었다. 가장 인상 깊은 점을 이야기하자면 싸늘하고 맑은 하늘과 깊고 음울한 고요함이었다. 간간이 빙산이 떨어져나가면서 내는 굉음 때문에 이 고요함이 더욱 두드러지게 느껴졌다.

피오르 절벽 그림자 아래 있던 우리는 해가 뜨는 것을 전혀 보지 못했다. 한창 주변을 살펴보는데 갑자기 이 세상 것이 아닌 듯한 낯선 광채를 뿜으며 불타는 붉은 빛 덩어리가 페어웨더산맥 최고봉 위로 나타났다. 깜짝 놀라지 않을 수 없었다. 이 빛 덩어리는 갑자기 나타난 것처럼 갑자기 사라지지 않았다. 그 대신 빙하에 이르는 동안 산맥 전체가 천상의 불로 채워질 때까지 퍼져나가고 또 퍼져나갔다. 태양 빛을 묘사하자면 처음에는 두툼한 털뭉치가 산꼭대기를 물들이는 노을처럼 곱고 선명한 진홍빛을 발했다. 이 진홍빛은 형언할 수 없을 정도로 깊고 풍부했다. 바위나 쌓여 있는 눈을 볼 수 있을 만큼 단순히 홍조를 띤 수준의 태양이 아니었다. 용광로에서 이글거리며 끓고 있는 쇳물처럼 산 하나하나가 안에서부터 빛을 발하는 듯했다.

우리는 피오르의 싸늘한 그림자 아래에서 경외감에 사로잡힌 채 숨죽이며 그 성스러운 광경을 응시했다. 천국이 열리고 하느님이 등장하는 모습을 봐도 이보다 더 긴장하지는 않았으리라. 가장 높은 봉우리가 불타기 시작했을 때는 그저 햇빛에 물든 것처럼 보이는 게 아니라 마치 그 봉우리가 태양의 몸통에 빠진 것만 같았다. 곧이어 천상의 불이 천천히 내려오자 봉우리마다 뾰족한 산꼭대기와 산등성이, 연이은 빙하들을 경계로 아래쪽의 차갑고 그늘진 지역과 태양이 뚜렷이 구분되었다. 이렇게 태양은 마치 하느님이 오시는 걸 기다리듯 장대한 산들이 모습을 바꾸며 숨죽이고 생각에 잠겨 서 있을 때까지 천국의 빛을 머금었다.

사실 그 전까지는 고요한 시에라네바다산맥의 봉우리들 사이에 나 홀로 서서 마주했던 하얗고 어두운 아침 빛이야말로 하느님이 지상에 발현하는 모습을 가장 잘 보여준 장면이라고 생각했다. 하지만 이곳의 산들은 그 자체가 신성하게 창조되었으며 훨씬 더 인상적인 언어로 하느님의 영광을 선포했다. 이 모든 광경을 얼마나 오랫동안 바라보았는지. 이 영광 가득한 풍경은 수많은 색을 거쳐 점점 희미해지더니 연한 노란색과 흰색으로 변했다. 그리고 얼음 세상이 일상의 아름다움을 뽐내며 다시 가동되기 시작했다. 피오르의 초록빛 물 위로 반짝이는 작은 햇살 조각이 가득했다. 산들바람이 불자 함대처럼 무리를 이룬 빙산들이 여행에 나섰다. 이들 빙산과 크리스털 같은 빙하 벽에 달린 수많은 거울과 프리즘 위로 평범한 백색 빛과 무지개색 빛이 빛나기 시작했다.

그러는 동안 산들은 돌로 변하면서 서리처럼 차가운 보석을 걸쳤고, 다시 옅은 하늘색을 띠며 지상의 위풍당당함을 잔잔하게 드러냈다. 우리는 방향을 돌려 다른 곳으로 항해해 갔다. 도중에 밖으로 떠나가는 빙산들도 만났다. 그러는 동안에도 여전히 하얀 풍경 전체에 '영광송'이 울려퍼지는 것 같았다. 우리의 불타는 심장은 어떤 운명도 다 받아들일 각오가 되어 있었다. 미래가 무엇을 준비해놓았든 우리가 얻은 보물이 우리의 삶을 영원히 풍요롭게 만들 거라는 느낌이 들었다.

우리는 피오르 입구에 도착하여 북쪽 입구를 지키고 서 있는 거대한 화강암으로 이루어진 곳을 돌아나갔다. 그러자만 북쪽 지류의 한 발원지에서 지금은 리드Reid라고 부르는 또 하나의 거대한 빙하가 나타났다. 새로 발견한 이 피오르 안으로 들어가자 빙산으로만 가득 들어찬 것이 아니라 빙산과 빙산 사이에도 새로 얼음이 얼어 있었다. 빙산을 방출하는 빙하 말단부까지 아직 몇 마일 더 가야 하지만 어쩔 수 없이 돌아갈 수밖에 없었다. 비록 이 멋진 빙하에 발을 내딛는 것은 허락되지 않았지만 그 아름다운 경치는 볼 수 있었다. 나는 인디언들에게 잠시 노 젓기를 멈추라고 한 뒤 이 빙하의 주요 지형을 재빨리 스케치에 담았다.

그리고 기수를 돌려 북동쪽으로 몇 마일 나아가자 현재 캐롤Carroll이라 부르는 거대 빙하가 나타났다. 안타깝게도 이 빙하가 흘러들어가는 피오르 역시 지난번처럼 얼음 때문에 전혀 다가갈 수 없었다. 천천히 노를 저어 3~4마일 거리까지 접근한 뒤 전체적인 풍경을 보고 스케치로 남기는 데 만족해야 했다. 피오르 뒤와 그 후미 양옆에 있는 산들은 특별히 풍요롭고 눈에 띄는 건축 스타일로 조각되어 있었다. 그 안에서 모습을 드러낸 뾰족한 지붕 모양의 봉우리가 놀랄 정도로 많았다. 거대한 빙벽에서 1~2마일 뒤로는 아랫부분이 넓고 매끄러운 웅장한 원뿔 모양의 산 하나가 빙하의 주류 가운데 돌출되어 있었다.

이제 우리는 남쪽으로 방향을 돌려 만의 동쪽 해안을 따라 내려갔다. 한두 시간 달려가자 아직은 겨울 날씨 때문에 닫혀버리지 않은 비교적 짧은 피오르의 앞머리에서 커다란 2등급 빙하 하나가 보였다. 우리는 이곳에 상륙해서 거친 암석층을 가로질러 1마일가량 올라간 뒤 다시 후퇴하는 빙하의 깨진 돌출부로 갔다. 이 빙하는 해수면 높이까지 뻗어내려오지만 더는 여기서 빙산이 떨어져나오지 않는다. 하지만 빙하가 불규칙하게 녹으며 침식되는 돌출부에서 큰 덩어리가 많이 떨어져나와 진흙, 모래, 자갈 그리고 최종적으로 반들반들한 빙퇴석 아래 묻혔다. 이렇게 보존된 이들 빙산 화석은 수

년간, 그중 일부는 1세기 이상 녹지 않은 상태로 남아 있다.

여기에는 아직 나무가 없지만 이런 세월의 흔적은 그 위에서 자라는 나무들의 나이를 보면 알 수 있다. 한참 동안 녹으면 가로놓였던 빙퇴석 물질이 원래 얼음이 묻혀 있던 공간으로 떨어져서 경사면이 있는 움푹 파인 구덩이를 만든다. 이런 식으로 눈더미가 덮여 있는 지역에 움푹 파인 구멍이 만들어지는데, 이를 가리켜 빙하 구혈이라고 한다. 이렇듯 쇠퇴하는 빙하들 위에서 우리는 암석과 암석층 형성에 관한 흥미로운 사실도 많이 배울 수 있다. 빙하로 덮인 모든 지역에서는 이런 암석들이 그 지역의 풍경과 건강, 비옥함에 뚜렷한 영향을 미친다.

만을 따라 3~4마일을 더 내려갔더니 또 다른 피오르에 도착했다. 더 많은 빙하를 찾아 여기까지 항해하면서 우리는 양분된 피오르의 두 지류에서 각각 하나씩 빙하를 발견했다. 두 빙하 모두 해안지대까지 닿지는 않는다. 이들은 크기도 거대하고 발원지도 풍요로워 보이지만 이미 쇠퇴가 1단계에 접어든 상태다. 이제는 빙하가 녹고 증발하면서 생긴 폐허가 눈에서 새로 공급된 얼음보다 더 커지고 있다. 우리는 수월하게 기어올라 북쪽 지류의 빙하에 도달했다. 주름진 거대한 등성이에 올라 꼭대기에서 내려다보니 그 본류와 몇몇 지류뿐만 아니라 얼음 위로 양측에 서 있는 장엄한 회색 절벽도 한눈에 들어왔다.

우리는 다시 카누를 타고 후미 남쪽 지류로 올라갔지만

새로 생긴 얇은 얼음 때문에 그곳에 있는 빙하에는 도달하지 못했다. 텐트 버팀목으로 얼음을 깨서 카누가 조금 지나가게 길을 텄으나 너무 더디고 힘든 작업이라 해가 지기 전에 그 빙하에 다다를 수 없다는 것을 금세 깨달았다. 그래도 빙하가 3,000~4,000피트 높이의 육중한 요세미티 바위로 이루어진 거대한 입구를 통해 뻗어내려와 그 모습을 잘 볼 수 있었다. 해가 저물 때까지 머물면서 그 풍광을 바라보고 스케치를 남겼다. 그리고 다시 돌아가서 피오르가 갈라진 사이에 있는 조약돌 지층에 캠프를 차렸다.

우리는 해변에서 모은 나무 화석에 불을 지펴 모닥불을 피웠다. 나무 화석은 만 주변에서 해안이 낮아 나무가 휩쓸려 나가지 않을 만한 곳에 흩어져 있거나 파도에 실려와 쌓여 있었다. 또한 많은 협곡과 골짜기 그리고 빙퇴석 토양이 쌓여 층을 이룬 지층에도 여기저기 널려 있었다. 이런 지층 가운데 일부는 두께가 1,000피트를 넘는 것도 있었다. 이 근방에서 해발 3,000피트 이상에 있는 모든 바위처럼, 이들 퇴적물이 쌓이는 기반암들도 빙하작용으로 자국이 생기고 다듬어졌다.

통나무는 대부분 가문비나무의 몸통이 부러진 형태인데, 가장 큰 것이 길이가 20~30피트, 지름이 1~3피트에 달했다. 그중 일부는 거친 나무껍질이 온전한 상태였다. 이로 미루어 1세기 전에는 이들 해안도 오늘날 이들과 인접한 만과 후미에 있는 해안들처럼 숲이 무성했을 것이다. 다만 만 입구 근처의 산꼭대기와 뮤어빙하 동쪽에 몇 그루 있는 것을 제외하면 지금은 멀쩡히 서 있는 나무가 단 한 그루도 없다. 어쩌다 이렇게 삼림이 사라졌는지 다 설명하려면 지면이 모자라서 한 가지만 짚고 넘어가겠다. 내가 관찰한 결과 숲을 풍요롭게 만든 빙퇴석 토양은 거대한 본류 빙하에 의해 가파른 산비탈에 고정되어 있었다. 그런데 최근 이 빙하가 만 전체를 빙하해협처럼 채워버렸고, 빙하가 녹자 토양과 삼림이 함께 무너져버린 것이다.

우리는 모닥불에 둘러앉아 밝은 밤하늘 아래서 한참 동안 별 이야기를 나누었다. 어린아이처럼 열성적인 관심을 보이는 인디언들이 신선하게 느껴졌다. 죽은 것처럼 무덤덤하고 품위를 따지는 지친 문명인들의 모습과 비교되었다. 이들 문명인의 타고난 호기심은 고된 노동과 근심거리, 애처롭고 얄팍한 안락함 때문에 말라버린 지 오래다.

나는 몇 시간 눈을 붙인 뒤 조용히 캠프를 나와 두 빙하 사이를 지키며 서 있는 산으로 올라갔다. 땅이 얼어서 경사가 심한 곳은 오르기 어려웠지만, 눈부신 광채를 내뿜는 하늘 아래 반짝이는 얼음으로 뒤덮인 만 너머에서 보이는 전망은 황홀했다. 잠을 자느라 이토록 귀중한 야경을 조금이라도 놓쳤다는 사실이 아쉬웠다. 밤하늘이 별빛으로 가득한 덕분에 반짝이는 빙산으로 수놓은 만을 볼 수 있었다. 이뿐만 아니라 침묵에 싸인 거대한 산맥을 가로질러 창백하게 펼쳐진 빙하의 하부까지 또렷이 보였다. 가장 가까운 빙하는 너무도 또렷해서 마치 그 빙하 안에서 나오는 빛으로 반짝이는 듯 보였다. 원래 나는 아무리 어두운 밤에도 어렵지 않게 커다란 빙하를 찾아낼 수 있다. 하지만 이토록 청명하고 차가운 밤중에 이 산꼭대기에서 온통 얼음에 둘러싸여 있자니 모든 것이 빛났다. 같은 밝기를 지닌 두 하늘 사이 움푹 들어간 넓은 공간에 있는 것처럼 느껴졌다. 신나게 산을 올랐는데도 어찌나 힘이 솟는지! 찬란한 아침으로 이어지는 이 찬란한 밤이 다 지나기 전에 내 수호천사가 나를 불러내서 어찌나 기쁜지!

나는 이른 아침 식사 시간에 늦지 않게 캠프로 돌아갔다. 우리는 날이 밝는 대로 짐을 챙겨서 다시 길을 떠났다. 피오르는 초입까지 얼어 있었다. 얼음이 얇은 탓에 깨면서 가는데 큰 문제는 없었지만 이런 물에서 수상 탐험하는 시즌은 거의 끝났다는 사실을 새삼 확인할 수 있었다. 그러다가 혼잡한 빙산들 사이에 갇혀서 위험한 상황에 놓이기도 했다. 빙산과 빙산 사이에 있는 물이 금세 얼어붙어서 떠다니는 유빙들이 한 덩어리가 되었기 때문이다. 이런 부빙을 가로질러 카누로 이동하는 것은 불가능에 가까운 일이지만 도끼를 부지런히 휘두르면 될 것 같았다. 그러나 후나 가이드가 안 된다고 완강하게 경고했다. 여기서부터 만을 따라 계속 내려갈 수도 있지만, 가이드를 집에 데려다줘야 하는 데다 나무껍질로 만든 오두막에 두고 온 식량도 카누에 실어야 했다.

우리는 빙산들 사이를 뚫고 조심스럽게 길을 내면서 일요일 폭풍 때 설치한 캠프로 건너갔다. 기슭에 도착하니 만조에 밀려와 오도 가도 못 하는 갓 도착한 갖가지 빙산으로 풍성하게 장식되어 있었다. 한 줄로 넓게 곡선을 이루며 배열된 빙산들은 회색빛 모래 위에서 강렬하리만치 선명하고 순수해 보였다. 햇살이 빙산을 뚫고 쏟아지면서 지상낙원의 보석 박힌 거리처럼 보이기도 했다.

우리는 아름다운 기키빙하의 전면을 조사한 뒤 해안을 따라 내려가는 길에 처음으로 뮤어빙하의 드넓은 풍경을 시야에 담았다. 봐야 할 모든 빙하 가운데 마지막으로 본 이 빙하는 우리가 처음 만에 진입했을 때는 폭풍 때문에 볼 수가 없었다. 이제는 날씨가 활짝 개었다. 덕분에 산속 눈 덮인 구석까지 많은 지류를 뻗어내는, 대초원처럼 광활한 이 빙하의 풍요로운 모습이 위풍당당하게 드러났다. 어떤 위험을 감수하더라도 이 빙하에 가서 탐험하고 싶다는 유혹이 강하게 일었다. 하지만 이미 겨울이 온 터라 피오르의 결빙은 극복할 수 없는 장애물이었다. 지금은 멀리서 빙하의 주요 지형을 스케치하고 연구하는 것으로 만족해야만 했다.

후나 부족의 사냥 캠프에 도착하자 남녀노소 할 것 없이 우르르 몰려나와 우리를 환영해주었다. 문득 주의를 기울여 보니 이 캠프 옆의 삼림지대와 삼림붕괴지대를 가르는 경계선이 눈에 띄었다. 이곳의 여러 산은 부분적으로만 삼림이 붕괴한 상태였으며 민둥산과 삼림을 구분하는 선들은 윤곽이 뚜렷했다. 나무뿐만 아니라 토양도 가파른 경사에 미끄러져 내려갔기에 숲의 가장자리가 그대로 드러나 울퉁불퉁한 바위투성이가 되었다.

만으로 들어가는 초입에는 일련의 빙퇴석 섬들이 있다. 이를 보면 만을 차지했던 본류 빙하가 한동안 이곳에 머물렀다가 이 섬을 이루는 재료를 최종 빙퇴석으로 침전시켰음을 알 수 있다. 또한 만이 그 이상 채워지지 않은 것을 보면 빙하가 여기 머문 뒤 비교적 빨리 후퇴했음을 알 수 있다. 경사진 해협이 있는 내륙 빙하는 빙하 전체가 줄어들고 후퇴하는 시기에 서서히 녹으면서 뒤로 물러난다. 이와 달리 대양과 이어진 피오르에 자리 잡은 본류 빙하의 모든 평평한 부분은 전부 물에 뜰 만큼 얇아질 때까지 일률적으로 녹는다. 그러면 어느 점보다 수온이 상당히 높은 바닷물이 밀물과 썰물에 따라 얇게 녹은 빙하 아래로 밀려 들어오고 나간다. 그 과정에서 빙하의 아랫면이 금세 마모된다. 반면 윗면은 날씨 때문에 마모된다. 한참이 지나면 이들 거대한 빙하의 피오르 부분은 비교적 얇고 약해져서 깨져버리고, 피오르 초입부터 발원지에 이르기까지 거의 동시에 사라지고 만다.

글레이셔만은 아직 생긴 지 오래되지 않은 풋풋한 곳이 분명하다. 불과 1세기 전에 만들어진 밴쿠버 선장의 해도는 감탄스러울 정도로 믿을 만한 자료임에도 불구하고 만의 흔적조차 표시되지 않은 것을 보니 말이다. 그 당시만 해도 거대한 빙하 하나가 글레이셔만 전체를 다 차지했을 가능성이 있다. 위에서 묘사한 모든 것이 제아무리 위대하더라도 당시에는 이 거대한 빙하의 지류들에 불과했을 터다. 밴쿠버 선장이 다녀간 이후 섬덤만에 커다란 변화가 생겨서 주요 본류 빙하가 밴쿠버 해도에 표시된 것보다 18~25마일 뒤로 후퇴한 듯하다.

그다음 시즌(1880년) 9월 1일, 나는 또다시 글레이셔만을 찾아 곧장 뮤어빙하로 향했다. 빙산이 떨어져나가는 것을 보기 위해 가능한 한 빙벽 가까이 베이스캠프를 차리고 싶은 마음이 굴뚝 같았다. 내가 아는 인디언 가운데 가장 기품 있는 토야테는 우리가 랭겔요새로 돌아오고 얼마 지나지 않아 살해되었다. 이번에 새로 선장이 된 인물은 타이인Tyeen이다. 그는 수면 위 300피트 높이까지 솟은 위협적인 절벽을 지닌 '거대한 얼음 산'과 안전거리를 확보하고 싶어 했다. 한참을 설득하고 재촉한 끝에 위험을 무릅쓰고 피오르 동쪽으로 절벽에서 반 마일이 채 안 되는 곳까지 다가갔다. 그곳에서 인디언들을 카누에 남겨두고 영 목사와 함께 해안으로 가서 빙퇴석 위에 캠프를 차릴 장소를 물색했다. 우리가 상륙하고 몇 분 뒤 거대한 빙산이 갑자기 하늘로 튀어오르면서 어마어마한 소란이 일어났다. 그러자 겁에 질린 인디언들이 놀랄 만한 에너지를 발휘하여 일렁이는 파도 속에서 정신없이 노를 저어 달아났다. 그렇게 후미에서 1마일 아래에 있는 빙퇴석 남단 근처의 안전한 은신처까지 도망갔다.

그러는 동안 나는 얕은 분지 같은 곳에서 캠프를 꾸리기 딱 좋은 장소를 발견했다. 몇몇 가문비나무 그루터기가 있어서 땔감도 넉넉했다. 그러나 타이인 선장을 항구에서 불러내기가 쉽지 않았다. 온갖 노력을 다 해도 아무 소용이 없었다.

그는 얼음 산이 해변 위로 얼마나 멀리까지 파도를 끼얹을지 아무도 모른다며, 그러면 그의 카누가 부서질 거라고 했다. 결국 나는 침낭과 약간의 식량을 들고 높은 곳에 캠프를 꾸린 뒤 이 야생을 홀로 만끽했다.

다음 날 아침 동틀 무렵 빙하의 동쪽 가장자리를 따라 돌출부까지 다시 돌아갔다. 상부 발원지를 최대한 많이 보고 싶었기 때문이다. 빙하 말단부 전면에서 5마일 뒤로 들어간 지점에서 높이 2,500피트의 산을 올라 꽃으로 뒤덮인 정상에서 내려다보니 날이 맑아지면서 광활한 빙하와 그 빙하의 모든 주요 지류가 위풍당당한 모습으로 한눈에 들어왔다. 스위스빙하 가운데 가장 큰 빙하의 경우 산이 벽처럼 에워싼 계곡 아래로 얼음 하천이 구불구불 흘러간다.

이와 달리 뮤어빙하는 완만한 물결 모양의 드넓은 대초원이 수많은 얼음 산으로 둘러싸여 있다. 멀리 그늘진 가장 깊은 곳에서 많은 지류 빙하가 흘러내려 중앙의 거대한 본류 빙하를 형성한다. 본류 빙하로 진입하는 일곱 개의 큰 지류 빙하는 폭이 2~6마일, 길이가 10~20마일에 이르며, 각각의 지류는 많은 부수적인 지류가 모여 만들어진다. 산의 수원지에서 쏟아지는 크고 작은 지류를 모두 합하면 가장 작은 것을 제외하더라도 틀림없이 200개가 넘을 것이다. 이 거대한 빙하 하나 때문에 물이 빠져나간 지역은 넓이가 1,000제곱마일이 넘는다. 그 안에는 1,100개의 스위스빙하를 모두 합한 만큼 많은 얼음이 포함되어 있을 것이다. 이 빙하의 길이는 말단부에서 시작하여 가장 먼 발원지 입구까지 50마일로 추산된다. 큰 지류들이 합류하는 지점 바로 아래에 있는 주요 본류 빙하의 너비는 25마일에 달한다.

겉보기에는 산처럼 움직이지 않는 것 같아도 빙하는 언제나 흐르고 있다. 흐르는 속도는 부분별로 계절에 따라 다르며 대부분 해류의 깊이와 다양한 유역별 내리막 정도, 매끄럽고 똑바른 정도에 따라 영향을 받는다. 빙하 말단부 근처 폭포처럼 흐르는 중앙 부분에서는 최근 리드 교수가 측정한 대로 시간당 2.5~5인치 또는 하루에 5~10피트 속도로 빙하가 흐른다. 주요 본류 빙하에서 뻗어나온 너비 1마일의 가는 지류 빙하 하나가 동쪽 가장자리를 따라 14마일가량 이어지면서 빙산으로 가득 찬 넓은 호수에 다다른다. 그런데 이 지류 빙하는 움직임도 거의 없고 크레바스로 깨진 부분도 거의 없어서 100명이 큰 어려움 없이 나란히 말을 타고 가도 될 만큼 안정적이다.

하지만 이 광활하게 탁 트여 있는 곳 가운데 훨씬 더 많은 부분에는 찢기고 구겨진 것처럼 당혹스러울 정도로 언덕이 많은 산등성이가 죽 이어지고, 지루한 듯 보이는 만과 크레바스로 나뉘어 있다. 탐험가가 빙하의 한쪽 기슭에서 건너편으로 가로지르려면 어려움이 따를 수밖에 없을 것 같다. 얼음으로 뒤덮인 야생의 땅 한가운데에는 곳곳에 아름다운 호수가 있는 넓고 움푹 들어간 공간들이 보인다. 호수로 이어지는 이 개울들은 재빨리 스쳐지나면서 크리스털처럼 투명한 푸른 물길을 아무 저항 없이 흐른다. 특유의 달콤함을 담은 소리로 은쟁반에 옥구슬 굴러가듯 무척이나 즐거운 멜로디로 노래하면서. 개울가에 핀 유일한 꽃은 태양을 가득 담아 크리스털처럼 빛나는 얼음이다. 하지만 이들을 즐길 사람은 별로 없을 것 같다. 다행히 대다수 여행자에게는 편하게 접근할 수 있되 굉음을 내며 떨어져나가는 빙벽의 모습도 단연코 가장 흥미로운 빙하의 한 부분이다.

이 지점에서는 거대한 빙하 주변의 산도 너무나 웅장하고 호소력 있는 풍경으로 다가온다. 이런 산들은 끝없이 다양한 모양의 뾰족한 봉우리들을 뽐내면서 눈부신 장엄한 배열로 산맥을 이룬다. 주요 지류 빙하 계곡들을 따라 북서 방향을 바라보았더니 저 멀리 그늘진 깊은 계곡 속에 고결한 봉우리 하나가 눈 덮인 다른 봉우리 너머로 모습을 드러낸다. 측면에 세로로 섬세하게 홈을 새긴 멋진 왕관처럼 보이는 눈에 띄는 봉우리 가운데 하나가 오른쪽에서 세기 시작했을 때 두 번째 주요 지류 빙하 한가운데 우뚝 서 있었다.

서쪽으로는 수많은 봉우리와 빙하를 푸른 하늘로 들어 올리는 듯 위풍당당한 페어웨더산맥이 눈부시도록 찬란했다. 비록 최고봉은 아니지만 페어웨더산은 지금껏 내가 본 산 가운데 단연코 가장 고귀하고 멋지다. 과연 산 중의 으뜸이라 하겠다. 산맥 최남단에 있는 라페루즈산Mont La Pérouse 역시 참으로 아름답다. 봉우리가 대칭을 이루며 솟아오른 이 조각 같은 산은 고귀한 드레스를 걸친 것처럼 눈과 빙하로 덮여 있다. 여기서 바라보니 리투야산Mont Lituya은 아주 소박하면서 거대한 쌍둥이 탑 같다. 크리용산Mont Crillon은 가장 높이 솟은 산이기는 하나(높이가 1만 6,000피트에 이른다) 눈에 띄는 특징은 없다. 이 산의 묵직한 빙하들이 산을 깎아서 길고 구불구불한 산등성이를 만들었는데 여기서 보면 거대한 껍데기가 비틀어진 모양 같다.

내가 가장 먼저 오른 이 산처럼 뮤어빙하 주변에 있는 아래쪽 산 정상에는 아름다운 꽃들이 풍요롭게 장식되어 있다. 하지만 전체적으로 보면 그저 흐릿하게 보인다. 빙하에서 아래쪽 비탈로 다가가면 밝은 초록빛 선과 섬광이 나타난다. 이 산에 속한 높이 2,000피트 혹은 3,000피트의 낮은 산 정상에는 더 옅은 초록빛이 어렴풋이 보일 수도 있다. 낮은 산 정상에는 대부분 오리나무 관목이 있는 반면, 가장 높은 산 정상에는 꽃식물이 풍성하게 자라난다. 카시오페, 월귤나무, 노루발풀, 망초, 겐티아나, 초롱꽃, 아네모네, 미나리아재비, 매발톱꽃, 그리고 몇몇 풀과 양치식물을 볼 수 있다. 이 가운데 가장 흔하면서도 가장 아름답고 널리 퍼져 있는 꽃이 카시오페다. 어떤 곳에서는 카시오페의 섬세한 줄기가 산 정상에 몇 에이커에 걸쳐 2피트 두께의 매트리스처럼 펼쳐져 있다. 꽃송이가 워낙 풍부하게 달려서 아무렇게나 한 손으로 꺾어도 연한 분홍빛 종 모양의 꽃송이 수백 개가 손에 들어온다. 이렇게 나의 첫 알래스카 빙하 정원을 생각하니 신이 난다.

빙하는 높이가 2,500피트에 달하지만 강이 바위 위로 흐르듯 빙하는 땅 위로 흐른다. 빙하는 마치 무덤에서 나오듯 얼음 바다에서 떠올랐기에 폭풍에 매우 심하게 시달린다. 하지만 이 모든 치명적이고 쓰라린 사투와 같은 경험들에서 이처럼 섬세한 삶과 아름다움이 탄생한다. 이런 모습을 보면 신뢰할 수 없는 무지와 두려움에 사로잡힌 우리가 파괴라 부르는 것이 실제로는 창조라는 사실을 깨닫는다.

이곳에 머무는 동안 밤이 다가오고 있었다. 나는 미지못해 나의 축복받은 정원을 나와 빙하로 기어내려갔다. 나 혼자만의 캠프로 돌아와 커피와 빵을 먹고 거대한 빙벽 끝에 인접한 빙퇴석으로 다시 올라갔다. 빙하의 말단부 전면은 폭이 3마일에 달하나 빙산을 만드는 이 가운데 부분은 폭이 2마일에 불과하다. 이 부분은 초록빛과 파란빛이 섞인 거대한 장벽처럼 후미의 이쪽과 저쪽을 가로지르며 뻗어 있다. 이곳의 수면 위 높이는 250~300피트밖에 되지 않지만, 캡틴캐럴호수 Captain Carroll Lake에서 나는 소리를 들으면 수면 아래로도 빙벽이 720피트 더 있다는 것을 알 수 있다.

그런데 끊임없이 기슭에 쌓이는 빙퇴석 퇴적물 아래에는 이외에도 측정되지 않은 제3의 부분이 묻혀 있다. 따라서 물과 암석 퇴적물이 제거된다면 길이가 2마일에 달하고 높이는 1,000피트가 넘는 순수한 얼음 절벽만 모습을 드러낼 것이다. 피오르에서 올라오며 멀찍이 떨어져서 보면 이 절벽은 비교적 규칙적인 모양으로 보인다. 하지만 천만의 말씀이다. 윤곽이 선명하고 들쭉날쭉한 곳들이 피오르를 향해 돌출되어 있고, 큰 요각과 가파르고 험준한 구멍과 평평한 보루가 번갈아 등장한다. 정상에는 첨탑과 피라미드, 날카롭게 잘린 칼날처럼 거칠게 생긴 수많은 봉우리가 기울어지고 넘어지거나 곧장 하늘을 가르는 모양으로 솟아 있다.

떨어져나오는 빙산의 개수는 날씨와 조수에 따라 달라진다. 큰 소리로 굉음을 내어 2~3마일 밖에서도 들릴 정도로 크기가 큰 빙산만 계산했을 때 5~6분마다 한 개씩 만들어진다. 날씨가 좋으면 10마일 혹은 더 먼 곳에서도 가장 큰 빙산이 떨어져나오는 소리를 들을 수 있다. 빙벽 상부의 균열이 있는 부분에서 떨어진 거대한 덩어리가 가라앉는 경우 처음에는 울부짖는 듯한 날카로운 굉음이 나다가 나중에는 강하고 침착하고 긴 우레 같은 소리가 난다. 그러다가 천천히 소리가 가라앉으면서 낮게 중얼거리듯 으르렁거린다. 그 뒤로 신입 빙산을 환영하는 듯 일렁이는 파도에 춤추는 빙산들이 긁히고 부딪히는 소리가 작게 들린다. 뒤이어 파도가 빙퇴석에 부딪히며 철썩거리고 아우성치는 소리가 들린다.

하지만 가장 크고 아름다운 빙산은 빙벽 상부의 풍화된 부분에서 떨어져나오지 않는다. 그 대신 물에 잠긴 부분에서 훨씬 더 요란하게 떨어져 올라온다. 엄청난 소리와 몸짓을 뿜어내고 빙벽 꼭대기까지 튀어오르면서 수천 톤의 물을 머리카락처럼 측면으로 떨어뜨린다. 그렇게 떨어지고 튀어오르기를 여러 차례 반복하다가 마침내 완벽한 균형을 이루며 정착한다. 수 세기 동안 느리게 조금씩 움직이던 빙하의 한 부분을 이루다 드디어 자유의 몸이 된 것이다.

이처럼 빙산의 역사를 곱씹어보며 빙산이 크리스털처럼 투명하고 매혹적이고 아름다운 모습으로 항해하는 모습을 보고 있자니 경탄을 금할 길이 없다. 200~300년 전 저 멀리 떨어진 산 위에서 납작하게 눌린 눈으로 만들어진 얼음. 다가오는 풍경을 갈고닦으며 거친 돌산에서 힘들게 여행한 뒤인데도 얼음의 빛깔이 이토록 순수하고 사랑스럽다니! 수많은 빙산 한가운데로 햇빛이 새어들어갈 때, 빙산이 떨어졌다 튀어오르며 만들어내는 빛나는 물보라로 햇빛이 새어들어갈 때, 이때 생기는 효과는 형언할 수 없으리만치 눈부시고 찬란하다. 이들 크리스털 같은 절벽을 따라 달과 별이 빛나는 밤 풍경 역시 눈부시게 찬란하다.

밤에는 빙산이 내는 굉음이 낮보다 훨씬 더 크게 느껴진다. 돌출된 버팀벽들은 희미한 빛 아래 앞을 향해 서 있어서, 움푹 들어간 어두운 부분과 대조를 이루며 더 높아 보인다. 반면 새로 떨어져나온 빙산들은 화려한 물보라 한가운데에서 희미한 달빛 왕관을 쓴 모습으로 어렴풋이 보인다. 하지만 가장 인상적인 쇼가 펼쳐지는 순간은 따로 있다. 그 어느 때보다 어두운 밤에 폭풍이 불고 불안한 파도가 인광을 발하는 순간이다. 그럴 때면 빛을 희미하게 받은 얼음 절벽이 어둠 속에서 마치 이 세상 것이 아닌 듯한 이상한 광채를 뿜어내며 길게 무리 지어 뻗어 있다. 이런 얼음 절벽과 떠다니는 빙산을 향해 빛나는 얼음 거품이 맹렬히 돌진하여 부딪힌다.

이처럼 야생의 오로라 같은 광채가 빛나는 가운데 이따금 거대한 신생 빙산이 만들어지면서 훨씬 더 밝은 거품 위로 생명의 물을 끼얹는다. 이 신생 빙산의 측면에서 쏟아져흐르는 급류가 빛의 드레스를 입은 것처럼 보인다. 빙하에서 빙하로, 피오르에서 피오르로 깊은 곳까지 도달하는 급류 소리가 울부짖는 바람과 엄청난 조화를 이루며 포효한다.

away the long reach of the
[m]ountain ravine becomes
[farthe]r than the eye can reach,
[mile]s or more, it extends into
[from] time to time in white and
[catc]hes up and takes the ice
[c]anyons. These transverse
[calle]d Alpine glaciers, and the
[largest i]s the Davidson Glacier, at
[Chilka]t Inlet, discovered by Prof.
[. . in] 1868. The surface of all of
[these prese]nts a strangely convoluted

Source of the
Yahtsee River.

THE ALASKA TRIP

알래스카 여행

야생을 사랑하는 사람에게 알래스카는 일하기에도 휴식을 취하기에도 적합한 곳이다. 수많은 모습의 아름다운 풍경, 크고 작은 것과 새롭고 익숙한 것, 낙원처럼 야생적이고 순수한 것이 다 모여 있다. 당신이 어디를 거닐든 신선하고 아름다운 야생의 다양한 모습을 끝없이 만난다. 얼음 산으로 이루어진 수백 마일에 이르는 산맥에는 숲속에 모인 나무들처럼 뾰족한 봉우리가 다 함께 모여 있다. 이들 산이 어찌나 높고 어찌나 거룩하게 구름과 공기라는 옷을 입고 있는지, 지상보다 천상에 사는 듯 보일 정도다.

　　내륙의 평원은 풀과 꽃이 가득하고, 간간이 숲도 있으며, 바다처럼 사방으로 뻗어서 하늘 가장자리까지 닿는다. 반짝이며 노래하는 호수와 개울은 가늠할 수 없으리만치 풍요롭게 흐르면서 미로처럼 복잡하게 수놓은 모양으로 펼쳐져 있다. 덕분에 모든 풍경이 화사해지고 대지는 언제나 신선하고 비옥하다. 풀잎처럼 한데 모여 자라는 상록수가 숲을 이루어 천 개의 섬과 산을 장엄하게 에워싼다.

　　이런 산 가운데는 얼음이 만든 기념비적 작품도 있고, 화산의 불길이 만든 기념물 같은 산도 있다. 가장 어여쁜 꽃들로 가득한 정원은 주위를 맴도는 바람 하나하나에 꽃의 향기를 실어보낸다. 멀리 북쪽으로는 수천 마일에 이르는 해양 빙하가 안개에 싸인 채 백야가 펼쳐지는 내내 햇살에 빛나다가, 한겨울 오로라의 빛줄기 아래에서 다시 화려하게 빛을 발한다. 땅과 바다와 하늘이 하나의 별처럼 한 덩어리의 하얀 광채처럼 보인다.

이곳에서는 폭풍도 그 아래로 펼쳐지는 풍경만큼이나 거칠고 웅장하다. 눈부신 장관을 이루는 구름 떼는 산과 평원을 넘어 앞으로 나아가고, 하늘 전체에 눈꽃이 만발하면 눈발이 날리며 홍수를 일으킨다. 바위투성이 협곡에서는 눈사태와 빙산, 강물이 쿵 하고 떨어지는 소리가 울려퍼진다. 그러는 가운데 야생에 사는 수많은 동물과 사람이 깃털 옷과 털옷을 두른 채 싸우고 사랑하고 생계를 유지하면서 이 야생의 세계를 더 야생답게 만든다.

이 모든 것이, 이뿐만 아니라 이루 말할 수 없을 정도로 더 많은 것이 그들을 사랑하는 사람들이 찾아주기를 기다리고 있다. 이들은 종류도 많고 양도 많아서 신과 인간이 누리기에 충분하다. 풍요롭고 광활한 이 야생의 땅에는 '관광객'이라 불리는 지치고 힘든 사람들이 접근할 수 없는 곳이 많다. 이들은 매년 한 번씩 선박과 철도로 이동하면서 자연과 함께 하는 휴식을 추구한다. 최근 이 지역에서 가장 흥미로운 장관을 이루는 곳 가운데 관광객도 쉽게 접근할 만한 곳이 몇 군데 생겼다. 특히 알래스카 남동부의 가장 멋진 숲과 가장 높은 산, 가장 큰 빙하가 많은 사랑을 받고 있다.

여름 시즌에는 승객을 태운 멋진 증기선이 일주일에 한 번씩 워싱턴주 퓨젓사운드Puget Sound의 타코마Tacoma를 떠나 알래스카로 향한다. 시애틀, 포트타운젠트, 빅토리아, 나나이모를 거쳐서 자연의 모습을 간직한 섬들을 지나 알래스카 지역

첫 정착지인 랭겔에 도착한다. 이때부터 살짝 불안정한 맛이 매력적인 코스가 북쪽으로 이어진다. 빼어난 경관과 함께 타쿠Tahkou, 주노, 칠캣, 글레이셔만, 시트카까지 가면서 수많은 푸른 섬과 해안의 얼음으로 뒤덮인 산맥, 숲, 빙하 등을 잠시나마 구경할 수 있다. 이렇게 12일간 2,000마일을 왕복하는 비용이 100달러 정도 된다. 이 여행은 분명 바다를 항해하는데 뱃멀미를 전혀 안 한다. 항해하는 내내 강물을 타고 가듯 출렁이는 파도가 거의 없는 은신처 같은 내륙 해협들이 네트워크를 이루는 곳을 지나기 때문이다.

내가 아는 한 미국의 야생지대 가운데 이토록 멋지고 거대하며 참신한 장관을 부담 없는 비용으로 둘러볼 수 있는 곳은 여기만 한 데가 없다. 누구든 그 축복을 누릴 수 있다. 나이가 많든 적든, 병약하든 건강하든, 근육질의 산악인이든 팔다리가 부실하든 전혀 문제없다. 기후가 온화한 데다 유리 같은 수면으로 매끈하게 지나는 선상에서 기분 좋은 공기를 마시며 눈과 귀로 즐기기만 하면 된다. 심지어 앞을 보지 못해도 온화하고 부드러운 대기에 몸을 맡기는 호사를 누릴 수 있다. 정의로운 사람은 물론 정의롭지 못한 사람도 마찬가지다. 이런 날씨에 여기 알래스카산맥 같은 제단의 발치에서는 지은 죄도 깨끗이 씻어져야 하는 법이다.

타코마와 포트타운젠트 사이에서 그 유명한 퓨젓사운드 한가운데를 지나 항해하면 이곳의 전경이 한눈에 들어온다. 퓨젓사운드를 팔이라고 하면, 지구상에서 손꼽히는 울창한 삼림지대 속으로 100마일가량 바다가 뻗어들어가는 모습이 손가락이 여럿 달린 손처럼 보인다. 날씨가 좋은 날은 풍경이 정말 매력적이다. 산속 호수처럼 푸르고 잔잔한 바닷물이 만(灣)과 곶(串), 돌출된 수많은 갑(岬)과 서로 지나치면서 중복되는 윤곽이 부드러운 섬 주위를 아름다운 곡선을 그리며 쓸고 지난다. 또한 300피트 높이의 크고 뾰족한 가문비나무가 마치 새의 깃털처럼 빽빽하게 서 있다. 그런데 이 아름다운 모습이 빛나는 수면에 거울처럼 반사되어 그 아름다움이 배가된다. 그 오른편에는 캐스케이드산맥이, 왼편에는 올림픽산맥이 뻗어 있는데, 두 산맥 모두 정상까지 빽빽한 침엽수림으로 덮여 있다.

곶과 곶을 연이어 돌아가면서 점점이 해안을 장식한 무수한 섬을 지나면 너무도 많은 새로운 광경이 펼쳐져 딱히 더 멀리 갈 필요가 없다고 느낄 수 있다. 때때로 구름이 낮게 내려와 온 땅을 덮어버리기도 한다. 그러다가 구름이 살짝 올라가면, 섬 하나가 풍경 속에 모습을 다시 드러내면서 띠처럼 길게 늘어선 옅은 안개 위로 나무 꼭대기들이 보인다. 뒤이어 본토를 따라 기다랗게 정렬한 가문비나무와 삼나무가 구름 안개에서 벗어나 자유의 몸이 된다. 한참 뒤 구름 장막이 걷히고 나면 1만 4,000피트 높이의 거대한 원뿔 같은 레이니어산Mount Rainier이 티 하나 없이 하얀 모습을 드러낸다. 레이니어산은 이 풍경을 지배하는 신이라도 되는 양 어두운 숲을 굽어내려본다. 이렇듯 알래스카 여행은 멋지게 시작된다!

포트타운젠트에서 출발하여 후안데푸카해협Juan de Fuca Strait을 건너면 한두 시간 안에 외국 땅인 빅토리아에 도착한다. 옛 영국에 속하는 작지만 멋진 소도시 빅토리아. 밴쿠버 섬 남단에 있는 빅토리아는 서아메리카 야생의 땅에서 거의 변하지 않은 모습을 간직하고 있다. 길이 280마일의 밴쿠버 섬은 아메리카 대륙 가장자리를 따라 북쪽으로 1,000마일까지 뻗어나간 아름다운 군도 가운데 최남단에 있는 가장 큰 섬이다. 증기선이 보통 한두 시간 머무는데, 그동안 관광객은 시내로 나가 그 유명한 허드슨 베이 컴퍼니Hudson Bay Company(17세기에 허드슨만을 중심으로 모피 교역을 위해 설립한 회사-역주) 상점에서 모피나 인디언 장신구를 기념품으로 구매한다. 북부에서 수확한 모피가 다 모이는 연중 특정 시즌이 되면 불미스럽게도 창고마다 가죽 더미가 가득 들어찬다. 곰, 늑대, 비버, 수달, 담비, 족제비, 스라소니, 표범, 울버린, 순록, 무스, 엘크, 야생 양, 여우, 물개, 사향쥐 등 '지구상에 태어난 가여운 우리 동반자이자 결국은 흙으로 돌아가는 운명을 지닌 우리 동료'의 가죽 말이다.

빅토리아 턱밑까지 뻗어나간 야생의 땅은 경이로우리만치 풍요롭고 울창하다. 퓨젓사운드와 우열을 다툴 만큼 숲이 무성하다. 들장미는 지름이 무려 3인치나 되고 고사리는 10피트 높이까지 자란다. 그런데 이상한 말 같지만 이런 식물들이 쑥쑥 자라는 땅은 빙하기 이후의 요인에도 불구하고 거의 이동하지도 않고 변형되지도 않은 빙퇴석 토양이다. 단단해서 침식되지 않는 둥근 암석들이 해안을 따라 숲속 어디에서 든 보인다. 아직 침식되지 않은 광나도록 다듬어진 암석 표면 을 보면 아주 최근에 지나가버린 시간의 흔적을 발견할 수 있 다. 이 일대 전체가 모든 곳을 아우르는 얼음층 아래 어둠 속 에 묻혀 있던 그 시절 말이다. 빅토리아 시내 거리에도 빙하 로 덮인 암주岩株들이 노출되어 있다. 이런 모습을 보면 날씨 나 이동으로 인해 마모되거나 지워지지 않았다는 것을 뚜렷 이 알 수 있다.

과수원에서는 열매가 주렁주렁 매달린 나뭇가지들이 빙 하로 포장된 길 가장자리에 그늘을 드리우면서 사과며 복숭 아를 떨어뜨린다. 지금껏 내가 본 광경 중에서 빙하의 선한 영향력이 이보다 쉽게, 혹은 극명한 대조를 이루며 분명하게 드러난 곳은 없다. 대지의 풍경을 아름답게 일구고 풍요로운 곳으로 만들기 위해 산 위에 야영하듯 머물던 눈꽃이 앞으로 행진하며 만들어낸 작품. 이런 이야기만큼 놀랍고 흥미로운 상상력을 자극하는 마법 같은 이야기도 없다.

우리는 빅토리아를 떠나 바다로 가는 대신 대륙 한가운 데 있는 것처럼 보이는 그늘진 야생의 땅으로 향한다. 우리가 미끄러지듯 통과하는 해협들은 섬 해안과 경계를 이루며 벽 처럼 솟은 산의 높이, 해협의 길이와 비교했을 때 대부분 폭 이 좁다. 하지만 제아무리 깎아지른 듯 가파른 산일지라도 물 가의 낮은 곳부터 2,000피트 높은 곳까지 모든 곳에 삼림이 빽빽하게 우거졌다. 게다가 극장에 층층이 앉아 있는 청중처

럼 거의 모든 나무가 다른 나무 위로 솟아오른 것처럼 보인
다. 날카롭고 뾰족한 청록색 멘지스가문비나무, 손가락처럼
생긴 꼭대기가 모두 한 방향을 가리키거나 우아하게 아래로
늘어진 따뜻한 연두색 머튼가문비나무, 가벼운 깃털처럼 생
긴 잎에 갈색빛이 도는 알래스카삼나무 등이 보인다. 가는 길
내내 호수처럼 넓은 웅장한 강을 따라가는 느낌이 든다. 조류
와 눈사태로 인해 새로 떠다니는 나무, 유입되는 급류, 해안
의 울창한 나뭇잎을 보니 더 그렇게 느껴진다. 증기선이 해안
가까이 지나는 덕분에 나무 꼭대기에 달린 자주색 열매와 나
무 밭치에서 자라는 고사리와 관목도 볼 수 있다.

이어서 울퉁불퉁한 곳을 돌아가면 아마 저 멀리까지 뻗
은 경치에 시선을 돌릴 것이다. 양측에는 갑이 매혹적인 모습
으로 자리 잡고 있다. 한쪽 갑이 우아하게 다른 갑 위로 기울
어져 있는데 멀리서 보면 더 고와 보인다. 그 사이로 은 한 조
각처럼 해협이 뻗어 있다. 물 위로 뛰어오르는 연어와 반짝이
는 햇살 조각 사이에서는 백합처럼 떠 있는 갈매기와 오리 떼
가 여기저기 물을 휘저으며 출렁인다.

우리가 녹음이 우거진 이 깊은 해상로를 응시하는 동안
증기선이 갑자기 왼쪽이나 오른쪽으로 돌면서 앞이 탁 트인
공간에 진입한다. 작은 섬들로 장식된 해협인데 오로지 자연
만이 만들어낼 수 있는 모양과 구성으로 섬들이 흩뿌려지거
나 무리 지어 있다. 그 가운데 가장 작은 섬은 겨우 점만 한 크
기지만 어찌나 아름다운지! 그 위로 한 줌밖에 안 되는 듯한

나무들이 자란다. 이 나무들은 이웃한 숲에서 골라다 정중하게 분류하고 정리한 다음 싱싱함을 유지하기 위해 물속에 담아둔 것처럼 보인다. 그중 가장자리에 있는 나무들은 꽃병 가장자리에 꽂힌 꽃처럼 싹을 틔우고 있다.

크고 작은 섬들이 이토록 다양한 모습으로 윤곽을 이루거나 병렬하는 주된 이유는 섬을 이루는 암석들의 구성과 물리적 구조에서 차이가 나기 때문이다. 그리고 섬마다 빙하작용의 영향을 받은 정도가 다 다르기 때문이다. 본토의 갑과 곶뿐만 아니라 이 군도에 속한 모든 섬이 과도하게 문지르고 사포질한 것처럼 각진 곳 하나 없이 둥근 모습이다. 이 모두가 육중하게 쏟아지는 얼음이 심하게 휩쓸고 지나면서 갈아 만든 결과다.

포트랭겔

이곳에서 700마일 더 가면 스티킨강 초입 근처 랭겔섬의 포트랭겔에 도착한다. 조용하고 험하며 몽환적인 곳답게 사람이 많이 살진 않는다. 백인과 인디언 다 합쳐서 몇 백 명 정도가 아메리카 대륙에서 가장 순수하고 유쾌한 풍경 한복판에 있는 습지에 터전을 잡고 살아간다. 100여 년 전 랭겔 남작이 이곳에 거래소를 설립했고, 미국은 알래스카 땅을 사고 얼마 지나지 않아 사각형으로 방책을 두른 요새를 건설했다. 요새는 몇 년 만에 버려졌다가 민간 소유로 넘어갔다. 스티킨 부족이 대다수를 이루는 인디언은 해안을 따라 환경이 열악한 도시의 양끝단에 사는 반면, 50명 남짓한 백인은 시내 한가운데 산다. 도시의 굴곡진 길 두 개는 나무 그루터기와 통나무로 인해 노면이 거칠다. 축축한 날씨 탓에 이 그림 같은 통나무 장애물은 이끼와 풀, 관목으로 촘촘히 덮여 있다.

증기선이 도착하자 대부분의 승객이 서둘러 해안으로 인디언이 사는 거대한 통나무집 앞에 서 있는 신기한 장승을 구경하고 신기한 물건들을 쇼핑한다. 인디언 장인이 1달러나 50센트 동전을 두드려서 운치 있게 장식을 새긴 은팔찌, 문명인이 만든 것보다 뛰어난 야생 염소와 야생 양의 털로 짠 담요, 염소나 양의 뿔을 조각해서 만든 숟가락, 주술사가 사용하는 방울, 장승 모형, 카누, 노, 돌도끼, 파이프 담배, 바구니 등을 고른다.

이런 물건을 파는 상인은 대개 여성과 어린아이다. 이들은 여섯 군데 정도 되는 상점 앞에 모여서 담요를 뒤집어쓴 채 물건이 팔리건 안 팔리건 무심한 듯 앉아 있다. 하나같이 얼굴을 검게 칠했는데, 눈 주변과 코끝만 햇볕에 그을린 맨살을 드러냈다. 조금 더 큰 소녀와 젊은 여성은 리본 달린 옥양목 옷을 눈부시게 차려입었다. 이들은 시커먼 얼굴에 담요를 두른 노파들 사이에서 환하게 빛나는데, 마치 검은 새 떼 사이에 있는 진홍색 풍금조 같다. 상인들은 갖가지 진기한 물건 외에 빨강, 노랑, 파랑 베리도 판다. 이슬을 머금은 신선한 베리는 파는 사람들에 비해 놀랄 만큼 깨끗해 보인다. 하지만 이들 인디언은 자부심도 대단하고 지적인 사람들이다. 아무리 행색이 초라하고 누추해도 절대 사라지지 않는 자존감이 느껴진다.

해안을 따라 많이 보이는 카누는 모두 비슷하게 고물과 이물이 새 부리처럼 길게 생겼다. 가장 큰 카누는 20~30명도 태운다. 멕시코 목동에게 야생마 무스탕이 있다면 알래스카 해안의 인디언에게는 카누가 있다. 이들은 카누를 타고 유리처럼 매끈하고 잔잔한 물 위를 미끄러지듯 지난다. 가까운 곳이든 먼 곳이든 찾아가서 낚시도 하고, 사냥도 하고, 물건을 사고팔기도 한다. 물론 보고 싶은 사람을 만나러 가기도 한다. 저기 보이는 카누에는 할아버지, 할머니부터 온 가족이 다 타고 있다. 카누의 이물은 자줏빛 바늘꽃 다발로 한가롭게 장식해놓았다. 바구니를 보니 베리를 따러 가는 길인 듯하다.

북쪽 지방이건 남쪽 지방이건 지금껏 내가 다녀본 곳 가운데 여기보다 베리가 더 많이 나는 곳은 본 적이 없다. 숲이든 목초지든 해안을 따라 펼쳐진 풀밭이든 온통 베리로 가득하다. 수많은 종류의 허클베리, 새먼베리, 라즈베리, 블랙베리, 커런트, 구스베리 천국이다. 비교적 마른 땅에는 향긋한 딸기와 준베리가 나고 습지에는 크랜베리가 열린다. 이곳에 사는 벌레며 새, 사람이 충분히 먹고도 수천 톤이 남을 만큼 풍부하다. 특정 시즌이 되면 인디언들은 즐겁게 무리 지어 베리를 찾아다니며 엄청난 양을 모아 온다. 베리는 으깨서 페이스트를 만든다. 네모난 빵에 페이스트를 발라서 그 상태로 말렸다가 겨우내 기름진 연어와 함께 먹는다. 꽃마저 화려한 베리만 보더라도 이 북부 지역의 벌판이 얼마나 멋지고 풍요로운지 단번에 알 수 있다.

알래스카의 날씨

알래스카 지역 남단에서 북쪽과 서쪽으로 올라가 아투섬 Atoo Island에 이르기까지 일본해류와 접하는 해안 지역 일대는 거리가 2,500마일에 달한다. 이곳은 연중 내내 극심한 더위나 추위 없이 무척이나 온화한 날씨다. 그래도 비는 많이 내린다. 다만 내리는 비의 질이 아주 우수하다. 순하게 내리며 개울물을 이룰 샘을 채워서 온 땅을 신선하고 비옥하게 유지해 준다. 비가 내린 후 햇살에 반짝이는 이곳 날씨보다 더 상쾌한 것은 세상 어디에도 없는 것 같다.

6월부터 8월까지는 둥글고 커다란 해가 뜨는 날들이 펼쳐진다. 알래스카의 한여름은 밤이 없다. 알래스카 북단은 몇 주 동안 해가 지지 않는다. 시트카나 포트랭겔처럼 멀리 남쪽 지역에서도 해가 수평선 아래로 살짝만 잠긴다. 어둠으로 경계가 나뉘지 않고, 저녁을 물들인 장밋빛이 그대로 아침 빛깔과 섞인다. 그런데도 완연한 낮이 서서히 열리며 시작된다. 땅거미가 진 뒤 새벽이 되기 전까지 딱 중간 지점이 되는 한

밤중에는 낮은 아치 모양의 빛이 수평선을 따라 서서히 움직인다. 그러는 동안 아치가 점점 높고 넓어지면서 색조도 진해진다. 대개는 붉은 구름을 동반하여 해가 산꼭대기 위로 모습을 드러내기 훨씬 전에 이미 해의 등장을 강렬하게 예고한다. 해가 뜨고 몇 시간 동안은 풍경 안의 모든 것이 단조롭고 무덤덤해 보인다. 서서히 구름이 사라지면서 옅은 안개를 두른 섬과 산이 불분명한 그림자를 드리운다. 창공은 온통 자줏빛 흔적만 남은 옅은 진줏빛으로 변한다.

하지만 정오가 다가오면 모든 것이 찬란하게 깨어난다. 서늘하고 흐릿한 분위기는 사라지고, 풍부해진 햇살이 높은 데서부터 내리쬐며 모든 만과 해협을 빛내준다. 이제 섬 가장자리와 그 사이의 많은 깃털 무늬 층 너머로 잔물결이 둥근 모양을 이루며 밝게 장난친다. 이곳은 지나치는 산들바람이 물을 휘젓는 곳이기 때문이다. 본토의 산과 해안 가장자리에 있는 높은 벽 같은 피오르 위로 떨어지는 햇살은 훨씬 더 멋진 작품을 만들어낸다. 빙하의 드넓고 하얀 품 안은 은빛으로 반짝인다. 크리스털처럼 투명한 빙하 말단부, 소용돌이치고 이동하면서 무수히 많은 각도로 햇빛을 받으며 빙하 주변을 떠도는 수많은 빙산. 이들은 햇빛을 반사하여 휘황찬란한 무지갯빛을 내뿜는다. 떨리고 흔들리는 따뜻한 공기는 전 지구를 아우르며 생명을 선사하고 에너지를 북돋우는 태양처럼 느껴진다.

바닷가의 신선한 공기가 충전되자 맥박이 두근거리고 마

음이 따뜻해진다. 우리 근원인 자연의 품으로 돌아가서 금세 이 세상 모든 것에 연민을 느낀다. 우리는 주변에 있는 생명과 움직임, 우주의 아름다움을 느낀다. 조수는 지칠 줄 모르는 근면함을 발휘하며 물러났다 다시 들이닥치기를 무한히 반복한다. 그러는 동안 아름다운 해안을 씻어내듯 지나며 물고기 먹이를 제공하는 바다의 목초지에서 자줏빛 해초를 흔든다. 군데군데 폭포 때문에 하얗게 보이는 거친 개울물은 언제나 만개한 듯 노래하며 천 개에 달하는 산으로 지류를 뻗는다. 흠뻑 쏟아지는 햇살을 먹고 자란 넓은 삼림은 작은 구석하나하나가 즐거움으로 춤춘다.

곤충도 뿌옇게 떼를 지어 날아다니며 온 하늘을 휘젓는다. 숲 위쪽으로 풀이 무성한 산등성이에서는 야생 양과 염소가 풀을 뜯고, 베리가 엉클어진 곳에서는 곰들이 베리를 먹는다. 훨씬 뒤로 더 들어가면 강과 호수에서 밍크와 비버, 수달이 노닌다. 인디언과 모험가는 그들의 고독한 길을 계속 걸어나가고, 새들은 새끼를 돌본다. 어디를 가든, 어느 곳이든 아름다움과 생명이, 반갑고 기쁜 행동이 넘쳐흐른다.

오후가 지나는 동안 공기는 서쪽으로 내려가면서 진하고 부드러워진다. 동시에 그 섬세함을 잃지 않는다. 산들바람이 멈추면 모든 것이 깊은 의식적 휴식에 들어간다. 그리고 자줏빛과 금빛을 동반한 일몰이 시작된다. 이때 좁은 아치가 아니라 하늘의 절반 이상을 가득 채우는 화려한 색의 아치가 그려진다. 수평선을 따라 길게 늘어선 수평 구름의 가장자리가 타오르고, 그 사이로 보이는 맑은 하늘은 초록빛이 도는 노란색과 호박색으로 채워진다. 무리 지어 서로 겹친 얇은 구름 조각은 대부분 진홍색을 띤다. 인디언 서머가 시작될 때 단풍나무 숲이 물보라처럼 밖으로 뻗어나가는 것과 같다. 잠시 뒤 매끈하고 부드러운 자줏빛이 하늘을 온통 붉게 적시고, 공기를 가득 채우고, 섬과 산을 완전히 물들이면서 모든 물을 포도주로 바꿔버린다.

내가 보니 랭겔의 1879년 여름 날씨는 3분의 1은 흐렸고, 3분의 1은 비가 왔으며, 3분의 1은 맑았다. 비가 내린 날을 꼽았더니 6월에는 18일, 7월에는 8일, 9월에는 20일이었다. 하지만 이 중에는 가벼운 소나기만 내린 날도 손에 꼽을 정도로 드문드문 있었다. 가장 어둡고 가장 많이 젖은 날이라 해도, 일찍 또는 늦게라도 언제나 살짝 색조를 띠었다. 혹은 정오쯤에는 어느 정도 하얀빛이 밝게 빛났다. 최저 기온은 화씨 50도, 최고 기온은 화씨 75도를 기록했다.

요란한 대형 폭풍은 늦가을과 겨울이 되어서야 몰려와 밤낮을 가리지 않고 내내 몰아친다. 대부분 강풍을 동반한 비가 온종일 꾸준히 내린다. 저지대에서 눈은 흔히 내리지만, 절대 많이 쌓일 정도는 아니다. 기온이 어는점보다 크게 떨어지는 경우도 좀처럼 없어서 눈이 오랫동안 녹지 않는 일도 없다. 하지만 산이나 내륙 안쪽 지역은 겨울이면 추위가 혹독하다. 간혹 사냥꾼들이 납 대신 수은을 총알로 사용할 만큼 춥다.

랭겔 주변 나들이

포트랭겔에 한두 주 머물면서 인접한 지역으로 나들이 가면 장엄한 삼림과 빙하, 개울, 호수, 야생 정원, 인디언 마을 등을 가까이에서 생생하게 구경할 수 있다. 알래스카 증기선이 매주 한 번 이곳에 들리는 터, 원할 때는 증기선을 타고 더 북쪽으로 가서 왕복 여행을 완수해도 좋다.

삼림

어디든 숲속에 들어가면 가장 먼저 해야 할 일이 있다. 루부스Rubus, 허클베리, 층층나무, 딱총나무 관목과 낯선 수목이 엉클어진 한가운데를 뚫어 외곽으로 이어지는 길을 내는 것이다. 높이 6피트의 이 나무는 밧줄처럼 생긴 잘 휘어지는 줄기에 가시가 달렸으며 야자수처럼 꼭대기에 넓은 반투명 잎이 달려 있다. 바로 이카이노 파낙스 호리다Echino panax horrida 또는 악마의 클럽(또는 데빌즈 클럽-역자)이라고 부르는 식물이다. 인디언들이 마녀를 매질할 때 사용하는 식물이라서 유감스럽지만 학명이든 별칭이든 악명으로 불릴 만하다. 그늘진 깊은 숲은 비교적 거닐기가 자유로워 나무들의 웅장한 아름다움과 거대함에 매료된다. 이뿐 아니라 우거진 잎사귀 사이로 들어오는 햇빛을 받아 줄무늬가 새겨진 푹신한 융단

같은 황금빛 이끼에서는 엄숙한 정적과 아름다움마저 느껴진다. 분명 마음을 빼앗길 것이다.

알래스카 남동부의 삼림은 대부분 세 가지 침엽수 종으로 이루어져 있다. 멘지스가문비나무와 머튼가문비나무 그리고 황금삼나무다. 수많은 섬마다 곳곳이 이들 나무로 덮여 있다. 본토 해안과 해발 2,000피트 높이의 산등성이도 온통 이 세 종류의 나무가 차지하고 있다.

그중 멘지스가문비나무 또는 시트카소나무Picea Sitchensis가 가장 흔하다. 숲속 가장 울창한 곳에서 높이 175피트, 지름 3~6피트까지 자란다. 습성이나 전체적인 형태는 퓨젓사운드에서 무성하게 자라는 더글러스가문비나무와 닮았다. 목재는 단단하고 나뭇결이 고우며 흰색을 띠는 것이 소나무와 비슷해 보인다. 내가 포트랭겔 뒤편에서 살펴본 그루터기 표본은 4피트 높이에 지름이 6피트가 조금 넘었다. 이 나무가 베어졌을 때 수령은 500년 정도였다. 또 다른 표본은 지름 4피트, 수령은 385년이었다. 세 번째 표본은 지름이 5피트가 채 안 됐는데, 조금도 썩은 흔적 없이 수령 764년은 족히 되어 보였다. 나는 랭겔 주변 섬 가운데 한 곳에서 랭겔로 가져온 이 가문비나무 통나무를 많이 보았는데 그중 세 개는 길이가 100피트, 끝마구리 지름은 거의 2피트에 달했다. 알래스카 남동부에 서식하는 나무 가운데 절반은 이 품종일 것이다. 이 거대한 나무의 이름에 붙은 멘지스Menzies는 100년 전 밴쿠버 선장이 이 해안을 발견했을 때 여행에 동행한 스코틀랜드 식물학자의 이름이다.

아름다운 아메리카솔송나무Tsuga Mertensiana는 멘지스가문비나무보다 가늘지만 키는 거의 비슷하다. 어린나무는 더 우아하고 그림처럼 예쁘다. 과거 인디언들이 쌉싸래한 맛이 나는 이 나무의 껍질을 빻아 기름진 생선과 함께 먹을 빵을 만드느라 많이 잘려나갔다.

이 유명한 그룹에 속한 세 번째 수종은 샤모에사이패리스 눗카엔시스Chamoecyparis Nutkaensis, 이른바 황금삼나무 혹은 알래스카삼나무다. 키는 150피트, 지름은 3~5피트에 이른다. 가지는 깃털처럼 양측이 대칭되어 아래로 늘어지면서 리보세드루스Libocedrus(삼나무와 비슷하게 생긴 사이프러스-역자)처럼 아름다운 연두색 가지가 된다. 하지만 나뭇잎도 더 곱고 깃털 모양도 더 섬세하다. 이 고귀한 나무가 제공하는 목재는 전국에서 최고이자 태평양 연안 전역에서 가장 가치가 높다고 꼽힌다. 열은 황색에 나뭇결이 곱고 단단하며 내구성이 좋은 데다 길들이면 곱게 윤이 난다. 인디언들은 이 나무로 노와 장승을 만들고 속껍질을 짜서 매트와 거친 천을 만든다. 물론 땔감으로도 좋다. 황금삼나무로 지핀 불은 먼 길을 찾아가 구경할 만하다. 불꽃이 삐죽삐죽한 창들이 흔들리는 모양으로 혀를 내두를 만큼 열렬히 타오른다. 불타는 땔감 표면은 탁탁 부러지는 소리와 함께 터지면서 우수수 숯을 뿜어낸다. 불타는 소리가 워낙 커서 불가에 모여앉아도 대화가 불가능할 정도다.

나무가 쓰러져 수 세기 동안 축축한 숲속에 누워 있었는데도 상태가 온전한 것만 봐도 이 목재의 내구성을 확실히 알수 있다. 이들 나무가 쓰러지면 이내 이끼가 자란다. 그 이끼속에서 나무 씨앗이 살아남아 싹을 틔우고 튼튼한 묘목이 되어 죽은 조상 나무 뒤에 줄지어 우뚝 선다. 이들 어린나무 가운데 서넛은 끝까지 자라서 뿌리를 양측으로 내리고 땅속에단단히 자리 잡는다. 그리고 수령이 200~300년 되어 나무의버팀목으로 혹사당한 몸통을 자르면 나무가 쓰러졌을 때처럼속 한가운데가 싱싱한 상태로 드러난다.

이 수종은 오리건처럼 멀리 남쪽에도 서식하며 칠캣(위도 59도)처럼 멀리 북쪽까지 해안과 섬을 따라 드문드문 분포한다. 삼림의 남부 지역에 서식하는 다른 수종 가운데 가장주목할 만하지만 아주 작은 비중을 차지하는 나무는 거대한아메리카측백나무Thuja gigantea다. 이 나무는 캘리포니아부터해안을 따라 위도 56도까지 분포한다. 바로 이 나무로 최고의카누를 만드는데, 50~60명도 충분히 태울 만큼 큰 것도 있다.나는 소나무 중에서는 딱 한 종류Pinus contorta만 발견했는데, 키가 50피트 정도 되는 몇몇 표본은 호수와 습지의 가장자리에서 볼 수 있다. 반면 산 너머 내륙에서는 이 소나무가 광범위하게 넓은 숲을 형성하고 있다. 피시아 알바Picea alba도 마찬가지다. 가늘고 뾰족한 이 나무는 키도 100피트가 넘는다. 나는이 수종이 코츠부사운드Kotzebue Sound로 흐르는 개울 기슭의 얼어붙은 땅에서 용감하게 자라나 북극 삼림지대의 말단을 이루는 모습을 보았다.

서늘한 협곡과 피오르 안 그리고 빙하 기슭을 따라 은빛 전나무 종과 아름다운 페이튼가문비나무가 무성하게 자란다. 내가 알래스카에서 발견한 몇 안 되는 활엽수는 자작나무, 오리나무, 단풍나무, 야생 사과나무인데 각기 한 가지 종만 볼 수 있었다. 이들은 중심 삼림지대 가장자리 주변과 산속 협곡 안쪽에서 자란다. 자작나무의 상큼한 연두색은 침엽수로만 이루어진 단조로운 색상에 유쾌한 변주를 선사한다. 특히 남쪽으로 노출된 강 협곡의 산비탈에서 존재감을 뽐낸다. 전체적으로 보면 해안에 있는 숲의 가운데 부분은 어두워 보이고 먼 부분은 푸르게 보인다. 반면 앞부분은 회색, 갈색, 황색 나무들로 무성하다. 전경이 이런 색상을 띠는 이유는 주로 이끼 때문이다. 이끼는 나뭇가지에 길게 치렁치렁 달리거나 수평으로 뻗은 손바닥 모양의 가문비나무 가지 위 넓고 둥지처럼 생긴 곳에서 자란다. 이처럼 이끼로 덮인 정원 위쪽 높은 곳에는 고사리와 풀이 무성하게 자란다. 키가 5~6피트 되는 묘목들도 있어서 나이가 많아 약해진 나무들이 수많은 자식을 품에 안고 있는 듯한 흥미로운 장면을 연출한다.

슈어드는 알래스카가 세계적인 조선소가 될 거라고 예측했다. 어쩌면 그렇게 될 수도 있다. 그때까지 캘리포니아와 오리건, 워싱턴, 브리티시컬럼비아는 이곳보다 품질이 떨어지지 않는 다용도 목재를 여전히 풍부하게 생산할 것이다. 그러니 우리 다 함께 희망을 가져보자. 부디 더 나은 관리 아래

지금까지 우리 숲을 잠식해온 낭비와 파괴 행위가 멈추기를. 이곳 북부 보호구역까지 건드려야 하는 상황은 먼 훗날의 일이 되기를. 자연의 지배 아래서 이들 알래스카 침엽수는 빙하가 물러나며 수 세기에 걸쳐 늘어나고 있다. 부디 이들이 가치 있게 사용될 수 있도록 그때까지 보존되기를. 나무들이 스스로 하산해서 생을 마감하려 한다고 상상할 수 있을 만큼 나무의 가치가 커질 때까지 말이다.

강

포트랭겔에서 출발하는 나들이 가운데 스티킨강을 타고 떠나는 코스가 가장 흥미롭다. 알래스카에 있는 개울 가운데 20~30개는 강으로 불릴 텐데, 강 전체를 완전히 탐사한 사례는 없다. 무려 2,000마일에 달하는 장대한 유콘강부터 빙하에서 하얗게 쏟아져내리는 길이가 가장 짧은 산속 급류에 이르기까지 속속들이 탐험을 마친 개울은 하나도 없다. 세인트엘리아스산맥부터 넓고 높게 열 지어 늘어선 코스트산맥은 알래스카 영토 남단 경계선 너머로 뻗어 있다. 이 산맥을 깊게 가르는 거대한 협곡들 안에는 길이가 짧아도 강이라 부를 만한 깊이와 넓이를 갖춘 개울이 각각 하나씩 흐른다. 이들 개울을 이루는 최상류 발원지는 해안에서 40~50마일 안에 있는 산맥의 얼음으로 뒤덮인 외딴곳에 있다. 하지만 거품을 일으키며 흐르는 이들 강 가운데 몇몇(칠캣강, 칠쿳강, 타쿠강, 스티킨강 외 다수)은 산맥 너머 매켄지강, 유콘강과 같은 발원지에서 흘러내려온다.

이들 하천이 흐르는 본류 협곡의 지류 협곡은 눈부시게 열을 지어 내려오는 빙하들로 여전히 덮여 있다. 툭 튀어나온 빙하의 거대한 돌출부는 그늘 속에 뒤로 살짝 물러서 있거나 강기슭에 줄지어 선 미루나무들 사이에서 크게 앞으로 나와 있다. 혹은 본류 협곡을 죽 가로지르는 빙하 때문에 강물은 어쩔 수 없이 빙하 아래로 기다란 아치 모양의 터널을 통과해서 흘러간다.

스티킨강은 캐시어Cassiar 금광으로 가는 통로라 알래스카에서 가장 유명한 강이 되었다. 길이는 350마일이며 소형 증기선으로 이 강을 타고 150마일 항해하면 글레노라Glenora에 도착할 수 있다. 먼저 스티킨강은 서쪽으로 흐르면서 여기저기 상록수가 무리 지어 짙은 색을 띠는, 풀이 무성한 초원을 통과한다. 그리고 남쪽으로 굽어흐르면서 북쪽에서 흘러내려온 지류들을 흡수한다. 이어서 코스트산맥으로 들어가 산을 가로지르며 바다로 흘러간다. 이때 길이 100마일 이상, 폭 1~3마일, 깊이 5,000~8,000피트에 달하는 처음부터 끝까지 놀랄 만큼 아름다운 계곡을 통과한다. 안목 있는 관광객이라면 강을 타고 가면서 구경하는 협곡이 절묘한 그림으로 가득한 갤러리처럼 느껴질 것이다. 끊임없이 이어지는 장엄한 산맥, 빙하, 크고 작은 폭포, 작은 숲, 정원, 풀이 무성한 초원 등 다양한 모양과 구성으로 이루어진 대자연의 작품을 감상할 수 있기 때문이다. 벽처럼 우뚝 서 있는 협곡 뒤 수천 피트 위로는 얼음과 눈으로 덮인 뾰족하거나 둥근 탑 꼭대기 같은 수많은 봉우리가 위풍당당하게 하늘로 솟아 있다.

날쌔게 흐르는 강을 따라 미끄러져 내려가다 보면 경치가 당황스러울 정도로 빠르게 바뀐다. 계절과 날씨에 따라 달라지는 풍경 또한 멋지다. 겨울이면 눈 덮인 꼭대기에서부터 마치 웅장한 폭포처럼 우렁찬 산사태 소리가 좌우로 울려퍼진다. 폭풍이 홍수가 휩쓸고 지나듯 북극 산악지대부터 협곡을 쓸어내려가며 얼음 먼지를 몰고 와서 공기를 숨 막히게 만든다. 반면 암석과 빙하, 작은 숲은 티 하나 없이 온통 하얗다.

봄에는 수많은 폭포가 들려주는 노랫소리를 즐길 수 있다. 따뜻한 바람이 내뿜는 부드러운 숨결과 나무에 새순이 돋고 꽃망울이 터지는 모습, 꽃밭 위로 윙윙거리며 날아다니는 꿀벌, 둥지를 짓느라 바쁜 새들도 감상할 수 있다. 수 마일이나 떨어진 곳에 핀 들장미, 클로버, 인동초의 향기가 구름처럼 여기저기 떠다닌다. 눈이 녹으면서 만들어진 기슭을 따라 생긴 완만한 경사면에는 자작나무와 버드나무가 무리 지어 자란다. 가장 높은 봉우리 위로는 흰색과 자주색 구름이 뭉게뭉게 피어 있고, 암벽산에 우뚝 서 있는 산꼭대기와 톱니 모양의 봉우리를 회색 비구름이 휘어감는다. 비 온 뒤 갑자기 태양이 모습을 드러내면 젖은 나뭇잎과 강물 그리고 빙하가 빚어낸 크리스털처럼 투명한 건축물이 반짝이며 빛난다. 신선한 향기가 피어오르고, 새들은 즐거운 노래를 부르며, 하얗고 둥근 하늘이 어렴풋이 보이고, 아침과 저녁에는 차분한 색으로 장엄하게 물든다.

여름이 되면 숲과 정원은 옷을 제대로 갖춰입는다. 따뜻한 햇볕과 비를 맞은 빙하가 빠르게 녹아내리면 절정에 달한 폭포가 쏟아져내리고, 강물은 기뻐하며 힘차게 흐른다. 나비는 봄에 무르익은 꽃 주위를 날아다니듯 주변을 맴돌고, 어린 새는 날갯짓을 시도하며, 곰은 연어와 베리를 음미한다. 가득 차오른 개울처럼 협곡의 모든 생명체가 충만하기 그지없다.

그러다 가을이 오면 한 해의 과업을 완수한 듯 휴식이 찾아온다. 햇빛은 절벽 위로 흐릿하지만 풍요로운 빛줄기를 쏟아내며 마지막 남은 용담과 미역취를 불러내어 꽃피운다. 나뭇잎이 진홍색과 노란색으로 옷을 갈아입으면서 작은 숲과 넝쿨, 초원에도 울긋불긋 꽃이 핀다. 암석에도 꽃이 피고 빙하도 은은한 금빛을 머금는다. 이렇듯 철마다 찬란한 화음 속에서 변화를 거듭하며 자연의 노래가 이어진다.

이제 랭겔을 출발하여 해안을 따라 주노Juneau로 올라가라. 그림 같은 랭겔수로Wrangel Narrows를 통과해서 수코이해협 Souchoi Channel과 프린스프레데릭해협으로 들어가면 당신이 이 여행에서 처음 보는 몇몇 빙산이 시야에 들어온다. 이들 빙산은 눈에 확 띄는 커다란 르콘트빙하에서 떨어져나왔다. 이 빙하는 스티킨강 초입 근처에 있는 야생의 피오르로 빙산을 방출한다. 빙산이 떨어지면서 나는 굉음 때문에 인디언들은 이곳을 후틀리Hutli 또는 선더만Thunder Bay이라고 부른다. 내가 아는 한 이곳이 바다로 흐르는 빙하의 최남단이다. 북쪽으로 올라가면서 보면 한편으로 본토의 산맥들이 보이고 다른 한편으로는 쿠프레노프섬 외에 수많은 작은 섬이 눈에 들어온다.

멀리 야생의 땅으로 뻗어나가는 풍경들은 하나같이 하늘처럼 자연 그대로 깨끗하다. 그래도 이제야 비로소 뚜렷하게 산에 가까워진 터라 당신의 시선은 산에 쏠릴 것이다. 증기선이 해안을 천천히 따라가는 동안 마치 책장을 넘기듯 협곡이 시야에 들어왔다 사라지기를 꾸준히 반복한다. 이때 주의 깊은 관찰자라면 안쪽에 있는 깊은 얼음 속을 들여다볼 것이다. 랭겔수로와 팬쇼곶Cape Fanshaw 사이 중간 지점에 이르면 웅장하게 군群을 이루는 빙하를 마주한다. 이들 빙하는 흰 눈으로 덮인 발원지에서 휩쓸고 내려와 숲을 지나고 해수면에 이르는 동안 요세미티계곡처럼 높은 화강암 산과 벼랑의 발치에서 강물처럼 우아한 곡선을 그리며 굽이돈다. 이들 빙하 중 가장 규모가 큰 패터슨빙하Patterson Glacier에서 알래스카 아이스 컴퍼니Alaska Ice Company 소속 선박들이 얼음을 적재하여 샌프란시스코와 샌드위치제도Sandwich Islands로 출발한다.

한두 시간가량 북쪽으로 더 올라가면 또 하나의 빙산군氷山群이 시야에 포착된다. 섬덤만 또는 홀컴만에서 떨어져나온 빙산이다. 산속 깊이 길게 얼음 줄기가 뻗어 있는 이 웅장한 후미는 알래스카 피오르 전역에서 가장 흥미로운 곳이다. 다만 그 안에 떠 있는 빙산들이 너무 가까이 밀집해 있어서 어떤 증기유람선도 그 사이를 지나갈 수 없다.

이 만은 초입부터 대략 5마일 떨어진 지점에서 길이가 각각 18마일과 20마일 되는 두 개의 큰 줄기로 갈라진다. 두 줄기로부터 깊이 숨어 있는 구석진 곳에는 빙산을 방출하는 거대한 빙하가 네 개 있다. 카누에서 보면 조수에 닿기 전에 녹아버리는 더 작은 2급, 3급 빙하 가운데 100개 이상이 암벽을 따라 보인다. 그만큼 많은 눈 덮인 폭포에서 나는 소리와 주요 빙하에서 빙산이 떨어지는 소리로 인해 피오르 전체가 계속해서 으르렁거린다. 두 줄기로 길게 이어진 만과 그 옆으로 난 지류들이 빚어내는 경치는 그 어느 것보다 자연 그대로의 모습을 간직하고 있다. 특히 상류로 올라가면 마치 요세미티계곡처럼 화강암 암벽이 깎아지를 듯한 거대한 낭떠러지를 형성하며 3,000~5,000피트 높이로 솟아 있다.

해안에서 40마일 더 올라가면 또 다른 빙산군이 보이는데, 증기선이 그 한가운데를 지나 타쿠후미Tahkou Inlet로 들어간다. 코스트산맥 한가운데로 18마일 들어간 곳에서는 크고 작은 많은 빙하가 흘러나온다. 이들 빙하는 한때 이 후미를 형성하여 수로로 삼았던 거대한 빙하의 지류 빙하였다. 내가 지금껏 조사해온 후미 가운데 이 후미야말로 퓨젓사운드에서 북쪽으로 뻗어나간 깊은 수로 시스템의 형성 방식을 가장 쉽게 보여준다. 이 후미는 그런 수로 시스템이 뚜렷하게 드러난 부분이기 때문이다. 그 발원지에서 여전히 형성되고 있는 스티븐스수로Stephens Passage의 지류인 것이다. 반면 이 후미의 방향과 지형은 크기가 작은 피오르처럼 뚜렷하게 빙하의 특성을 보인다.

이 한가운데를 향해서 올라가는 동안 당신이 만날 빙하를 꼽아보면 45개쯤 될 것이다. 그 가운데 셋은 후미의 발원지에 있는 고산군高山群에서 흘러내려와 해수면에 도달하며 거대한 쇼를 연출한다. 그러나 단 하나, 아름다운 타쿠빙하는 빙신을 분리한다. 타쿠빙하는 웅장한 곡선을 그리며 앞으로 휩쓸고 내려와서 타쿠강이 차지한 후미 다음에 있는 후미의 서쪽 지류를 통해 빙산을 방출한다. 덕분에 여기서는 각각 얼음과 물이 바다로 나란히 흐르는 두 개의 강을 볼 수 있다. 이 두 개의 강은 모두 폭포와 급류로 가득하다. 하지만 움직이는 속도를 비롯해 각자 흐르면서 부르는 노랫소리와 풍경에 미치는 영향은 얼마나 다른지 모른다. 워낙 접하기 힘든 좋은 실제 사례라서 지구를 돌아 먼 길을 찾아올 만하다.

한번은 이곳 빙산들 사이에서 스케치를 하는데, 타쿠 인디언 부자가 너무도 작은 미루나무 카누를 타고 우리 일행을 향해 다가왔다. 그리고 "사가야Sahgaya"라는 인사와 함께 우리가 누구인지, 무엇을 하는지 등을 물었다. 그러면서 강과 그들이 사는 마을, 강 협곡 위로 몇 마일 떨어진 곳에 있는 두 개의 거대한 빙하에 관한 정보를 알려주었다. 그들은 바다표범을 사냥하고 있었다. 빙산들 사이에서 작디작은 배 안에 웅크린 채 먹이를 쫓아 조심스럽게 빠져나가는 인디언 부자의 모습이 그린란드의 해류와 부빙 한가운데 있는 그 어떤 것에도 뒤지지 않을 만큼 얼음으로 뒤덮인 야생의 현실을 잘 보여주었다.

증기선은 승객들이 거대 빙하의 투명한 빙벽과 거기서 떨어져나와 바다로 떠오르는 커다란 빙산을 감상할 시간을 30분가량 준 뒤 후미를 따라 내려가 주노로 향했다. 이 신생 도시는 채굴의 중심지이자 알래스카에서 가장 중요한 비즈니스 요지다. 이곳에 오면 소위 세계 최대의 도광기를 구경할 수 있다. 이 도광기 안의 240개 쇄광기는 '1마일 떨어진 곳에서도 들릴 정도로 으르렁거리는 소리를 한결같이' 내며 돌아간다.

알래스카는 탐광업자가 일하기에 퍽 힘든 지역이다. 대부분의 땅이 영구 동토 아니면 빙하나 삼림, 두꺼운 이끼층으로 덮여 있기 때문이다. 그런데도 캘리포니아와 애리조나의 협곡과 절벽에서 잔뼈가 굵은 건장한 채광업자 수천 명이 알래스카 전역으로 신속히 진출하여 이곳의 부를 보여주고 있다. 100여 개의 광맥이나 사광 가운데 아직 단 하나도 채굴되지 않았지만, 이 얼음 나라에 전 세계 금광 가운데 적어도 상당량이 매장되어 있다는 주장을 뒷받침할 정도로는 이미 발견되었다. 증기선은 광산을 방문하고 주노 시내 거리를 구경할 시간을 준 다음 더글러스섬Douglass Island과 애드머럴티섬 사이를 지나, 산이 벽처럼 둘러싼 수로 가운데 당신이 지금껏 본 적 없는 가장 아름답고 웅대한 린운하로 향한다.

운하에 들어서면 오른쪽으로 아우크빙하Auk Glacier와 이글

빙하Eagle Glacier가 숲을 가로질러 수정처럼 투명한 얼음 물살을 웅장하게 내려보내는 풍경이 한눈에 들어온다. 하지만 가장 인상적인 풍경은 운하 서쪽 편의 발원지 근처에서 기다리고 있다. 바로 데이비슨빙하다. 처음에는 수로로 불쑥 끼어든 거대한 얼음 산등성이처럼 보인다. 그러나 이 빙하를 정면에서 마주하는 위치에 가면 산맥 발치에 있는 웅장한 입구에서 광대한 해류가 분출되어 좌우로 퍼져나가면서 폭 3~4마일에 이르는 아름다운 부채꼴 모양이 만들어지는 게 보인다. 이 부채꼴 모양의 빙하 말단부는 말단 빙퇴석에 의해 물과 분리되어 있다. 쇠퇴기 1단계에 접어든 거대 빙하 가운데 가장 장엄한 빙하다. 조수까지 거의 도달했으나 진입하지는 못하고 빙산을 방출하는 상태다. 타쿠빙하를 제외하고 당신이 여기까지 여행하면서 목격한 거대 빙하는 모두 이 부류에 속한다. 그래도 데이비슨빙하야말로 가장 아름답다. 여행 내내 온몸이 꽁꽁 얼어붙을 만큼 추워도 당신은 이 빙하가 그려내는 장관을 잊지 못할 것이다.

데이비슨빙하를 지나면 이내 위도 59도보다 살짝 위에 있는 이 여행의 최북단 지점인 운하 발원지에 도착한다. 이곳에 있는 통조림 회사와 상점을 둘러보면 이 아름다운 해안에 사는 주민들의 삶을 어느 정도 알 수 있다. 알래스카에 모피, 광물, 목재 등의 자원이 넘쳐난다지만 어업의 중요성은 아무리 강조해도 부족하다. 멀리 북단에 있는 고래와 대구, 청어, 넙치처럼 해안과 후미를 따라 광대한 지역에 떼 지어 사는 어류가 전부는 아니다.

알래스카는 매년 몇 개월간 질 좋은 연어로 가득한 연어
하천이 천 개도 넘는 것 같다. 이곳에 사는 연어의 수는 상상
을 불허한다. 하천 급류 지역은 물보다 고기가 더 많아 보이
는 경우도 흔하다. 한번은 일행 중 한 명이 바글바글한 연어
떼 한가운데로 헤치고 들어가 신나게 잡아서 머리 위로 던져
댔다. 한 시간만 이렇게 잡으면 인디언이 1년간 충분히 먹고
도 남을 양을 확보할 수 있을 것 같다. 확실한 것은 세상 어느
곳에서도 이보다 쉽게 일용할 양식을 구할 수는 없을 거라는
사실이다. 깜깜한 밤이 되어 물에서 인광을 발하고 연어 떼가
뛰어다니는 가운데 항해하는 일은 무척이나 멋지고 신명 나
는 경험이다. 서로 앞 다투어 돌진하는 수많은 지느러미가 기
슭과 기슭 사이의 물을 온통 휘저어 마치 은빛 물길이 이는
듯 칠흑 같은 어둠 속에서 눈부신 빛을 만들어낸다.

칠캣에서 출발한 우리는 이제 린운하로 내려가 아이시해
협을 지나서 그 유명한 글레이셔만으로 향한다. 랭겔에서 시
작한 여행 내내 당신은 크고 작은 빙하를 수없이 구경했을 터
다. 하지만 이 글레이셔만과 그 주변, 그 너머 세인트엘리아
스산 일대야말로 알래스카와 더 나아가 아메리카 대륙 서해
안 전역에서도 얼음으로 덮인 곳 가운데 가장 출중하다.

태평양 연안의 빙하

　여기서 잠시 멈추고 태평양 연안을 따라 뻗어나간 산맥 전체를 탐험한 결과를 살펴보자. 캘리포니아주 시에라산맥에는 60~70개의 잔류 빙하가 남아 있다. 북쪽으로 오리건주와 워싱턴주로 올라가면 캐스케이드산맥의 고도가 높은 화산(스리시스터스산, 제퍼슨산, 후드산, 세인트헬렌스산, 애덤스산, 레이니어산, 베이커산 등)에는 여전히 빙하가 남아 있으며 그중 일부는 규모도 상당히 크다. 이 가운데 바다까지 도달하는 빙하는 하나도 없지만 말이다.

　브리티시컬럼비아와 알래스카 남동부에 넓게 연이어 자리한 코스트산맥은 전체적으로 빙하가 남아 있다. 거의 모든 협곡의 상류 지류는 여전히 빙하로 덮여 있는데, 아래로 내려가면서 빙하가 점점 커지다가 글레이셔만과 세인트엘리아스산 사이 고지대에 다다르면 상당히 많은 빙산을 바다로 방출한다. 프린스윌리엄스해협과 쿡후미 주변에는 거대한 빙하가 많다. 알래스카반도와 알류샨열도를 따라 서쪽으로 더 나아가면 가장 높은 봉우리는 빙하가 많지만 크기가 작고 해수면보다 훨씬 높은 지점에서 녹는다. 반면 위도 62도까지 북쪽으로 올라가면 남은 빙하가 있더라도 극소수에 불과하다. 이 지역은 비교적 지대가 낮고 강설량이 적기 때문이다.

뮤어빙하

글레이셔만으로 빙산을 방출하는 일곱 개 빙하 가운데 규모가 가장 큰 것이 뮤어빙하다. 게다가 접근하기도 가장 쉬워서 상륙하고 한두 시간 둘러볼 만하다. 관광객들은 이 빙하의 투명한 얼음 절벽 주위로 올라가, 엄청난 굉음과 함께 빙하 말단부의 웅장한 빙벽에서 거대한 빙산이 떨어져나와 바다 속으로 잠겼다가 다시 올라오는 장관을 구경한다. 빙하 말단부 혹은 돌출부는 폭이 3마일에 달하지만, 빙산이 분리되는 중앙부는 폭이 그 절반 정도에 불과하다. 이 부분은 흰색과 파란색이 섞인 들쭉날쭉한 거대한 장벽처럼 후미 양측을 가로질러 뻗어 있다. 수면 위로 드러난 빙벽의 높이는 250~300피트지만 캡틴캐럴호수가 내는 소리를 들으면 수면 아래로도 빙벽이 720피트는 더 이어진다는 걸 알 수 있다.

그런데 빙하 기슭에 끊임없이 쌓이는 빙퇴석 퇴적물 아래에는 이외에도 측정되지 않은 제3의 부분이 묻혀 있다. 물과 암석 퇴적물이 제거된다면 폭이 1.5마일에 달하고 높이가 1,000피트가 넘는 순수한 얼음 절벽이 모습을 드러낼 것이다. 빙하로 다가가면서 1~2마일 거리를 두고 후미에서 바라보면, 무척이나 거대하고 형태가 규칙적인 것처럼 보이지만 실제로는 매끈한 것과 거리가 멀다. 깊은 균열과 구멍이 넓고 편편한 보루가 번갈아 있는데, 빙산이 분리되면서 계속 그 형태가 변한다. 또한 꼭대기를 따라서 뾰족한 첨탑이나 피라미드, 날카롭게 잘린 칼날 같은 수많은 봉우리가 기울어지고 넘어지거나 그대로 하늘을 찌르면서 울퉁불퉁한 모습을 연출한다.

빙산의 탄생

분리되는 빙산의 수는 날씨와 조류에 따라 다소 영향을 받는다. 1~2마일 거리에서도 천둥과 같은 굉음이 들릴 만큼 커다란 빙산이 얼마나 떨어져나가는지 열두 시간 동안 계속 세어보았더니 평균 5~6분에 한 개꼴로 방출되었다. 가장 큰 빙산이 떨어지면서 내는 굉음은 여건이 좋으면 20마일 이상 떨어진 곳에서도 들린다. 커다란 빙산 덩어리가 빙벽 상부의 균열 부위에서 떨어져 가라앉을 때, 처음에는 예리하고 날카로운 굉음이 나다가 깊은 곳에서 찬찬히 길게 끄는 우레 같은 포효 소리로 바뀐다. 그러다가 서서히 가라앉으면서 비교적 낮고 멀리까지 나지막하게 울리는 으르렁거리는 소리로 변한다. 그러고 나면 새로 떨어진 빙산 주위에서 파도에 출렁이며 신입 빙산을 환영이라도 하듯 동요하는 빙산들이 서로 충돌하면서 귀를 긁는 듯한 소리를 낸다. 뒤이어 빙산이 만들어낸 파도가 해안에 닿아 둥근 돌덩이 사이에서 부서지며 울부짖는 소리가 들린다.

하지만 가장 크고 가장 아름다운 빙산은 빙벽 가운데 햇빛에 노출된 부분에서 떨어져나오지 않는다. 그 대신 물속에 잠겨 있던 부분이 수면 위로 올라가면서 훨씬 더 큰 동요를 일으킨다. 엄청난 굉음과 함께 머리카락을 내려뜨리듯 어마어마한 양의 물을 옆으로 뿜어내면서 빙벽 꼭대기까지 높게 올라간다. 이처럼 위로 솟구쳤다 물속으로 뛰어들기를 반복하다가 마침내 안정된 상태가 되어 항해하며 사라져간다. 수세기 동안 천천히 움직이는 빙하의 한 부분으로 단단히 붙잡혀 있다가 마침내 자유의 몸이 된 푸른 크리스털 섬처럼 말이다. 게다가 200~300년 전 산 위에 내린 눈이 납작하게 눌려서 만들어진 얼음이 오랜 세월 천천히 여행하며 풍경의 면면을 갈아만든 뒤에도 여전히 순수하고 신선하며 사랑스러운 무지개색을 유지하는 듯 보이니 이 얼마나 경이로운 일인가! 쏟아져내린 햇빛이 이 각진 크리스털 같은 얼음으로 이루어진 벌판 한가운데를 통과한 뒤 빙산이 떨어지며 생긴 충격 때문에 솟아오르는 커다란 불꽃 모양으로 빛나는 물보라를 관통하면 이루 말할 수 없을 정도로 눈부신 정경이 펼쳐진다.

빙하와 함께 맞는 추운 밤

눈부시게 찬란한 것은 또 있다. 이들 크리스털 절벽을 따라 달과 별이 빛나는 밤이다. 낮에 봤을 때보다 더 높아 보이는 돌출된 버팀벽과 톱니 모양 벽은 그림자가 드리운 우묵한 부분들과 대조를 이루며 달빛 아래 한 발짝 앞으로 나와 서 있는 듯하다. 신생 빙산들은 우레 같은 굉음을 끝없이 발산하고, 초승달은 부딪쳐 위로 부서지는 물보라를 연한 무지갯빛으로 물들인다.

뭐니 뭐니 해도 최고로 감동적인 쇼는 그 어느 때보다 어두운 밤, 폭풍이 불고 후미의 바닷물이 인광을 발할 때 펼쳐진다. 이럴 때면 산맥처럼 길게 이어진 크리스털 절벽이 살짝 조명을 받아 폭풍이 이는 어둠 속에서 마치 이 세상 것이 아닌 듯 너무도 장엄하게 뻗어 있다. 그 아래로 파도가 부딪치면서 소용돌이치는 거품을 뿜어내며 빛난다. 신생 빙산은 해방을 기뻐하는 듯 물속에 잠겼다가 올라오기를 반복하면서 서로 스치며 긁어댄다. 마치 외계에서 온 생명체가 울부짖는 폭풍 속에서 눈부시게 밀려오는 서광을 받으며 춤추고 으르렁대는 것처럼 보인다.

뮤어빙하의 특징

증기선이 닻을 내리자마자 해안에 상륙한다면 동쪽 면의 말단 빙퇴석을 가로질러 1마일 정도 빙하 가장자리를 지나서 황색 산등성이를 오르는 시간이 생길 것이다. 앞으로 나와 있어서 접근하기 쉬운 이 산등성이를 오르면 뮤어빙하 대부분과 주요 지류 빙하를 전체적으로 조망할 수 있다. 다만 시야가 확보될 정도로 맑은 날씨가 따라주는 행운이 있어야 한다.

스위스빙하 가운데 규모가 가장 큰 빙하는 벽처럼 둘러싼 산 사이 좁은 골짜기를 따라 구불구불하게 내려간다.

그러나 뮤어빙하, 즉 이 얼음 강은 스위스빙하와 다르다. 그 대신 당신은 이곳에서 알프스의 유명한 메르드글라스빙하 (메르드글라스는 프랑스어로 '얼음 바다'라는 의미-역주)보 다 200배 이상 큰 거대한 얼음 호수나 얼음 바다를 볼 수 있 다. 부드러운 물결 모양으로 굽이친 이 널찍한 초원은 그늘진 협곡과 분지의 삼림으로 둘러싸여 있으며 무수히 많은 지류 빙하가 이곳의 거대한 중앙 저수지로 흘러들어간다. 그 가운 데 주요 지류 빙하는 일곱 개가 있는데, 이들이 본류 빙하로 합류하는 부분의 폭이 2~6마일, 길이는 20~30마일에 이른 다. 이 지류들도 각기 많은 하부 지류로 갈라지기 때문에 산 위 발원지에서 웅장한 본류 빙하로 흘러들어가는 크고 작은 지류를 전부 합하면 아주 작은 것들은 제외하더라도 그 수가 200개는 된다.

맑은 날이면 주요 지류 빙하 위쪽의 경관이 지극히 풍 요롭고 아름답다. 비록 당신이 서 있는 지점에서 멀리 떨어 져 있더라도 넓은 백색 얼음 강이 깊디깊은 신비한 고독에 서 우아하게 줄지어 흘러나오는 모습은 뚜렷이 보일 것이다. 이 거대 빙하와 그 지류들이 흘러지나간 지역의 넓이는 못 해도 1,000제곱마일은 되며, 아마 이곳에는 스위스 알프스 의 1,100개 빙하를 모두 합한 것보다 많은 얼음이 있을 것이 다. 빙하 말단부에서 가장 멀리 있는 발원지까지의 거리는 50

마일이며, 지류 합류 지점 아래에 있는 본류 빙하의 폭은 25 마일이다. 이 빙하는 그 유역을 둘러싼 산처럼 얼핏 보기에는 꿈쩍도 하지 않는 것 같아도 사실은 통째로 강처럼 멈추거나 사시사철 수 세기에 걸쳐 쉬지 않고 흐른다. 다만 곳곳마다 흐름의 강도와 물길 속 다양한 지점의 내리막, 매끈함, 똑바름이 어느 정도인지에 따라 움직이는 속도가 달라진다. 리드 교수가 측정했듯이 빙하 말단부 근처의 폭포처럼 흐르는 중앙부에서 이동하는 속도는 시간당 2.5~5인치 또는 하루 5~10피트에 이른다.

　주요 본류 빙하의 동쪽 가장자리를 따라 붙어 있는 얼음은 거의 깨지지 않은 상태라서 100명의 장정이 큰 어려움 없이 몇 마일이고 나란히 말을 타고 달려도 될 정도다. 하지만 멀리 광활하게 트인 지역 대부분은 찢어지고 구겨졌다. 날 선 산등성이와 거칠고 험한 언덕이 그물망처럼 연결되어 있어서 당황스러울 정도다. 이들은 입을 크게 벌린 만과 크레바스에 의해 나뉘어 있는데 그 광경이 형언할 수 없을 만큼 아름답고 감탄스럽다. 여기저기서 모험심으로 가득한 탐험가들이 반짝이는 벌판을 한참 동안 끈기 있게 지그재그로 지나서 마침내 움푹 꺼진 널찍한 곳에 도착한다. 어떤 곳은 크기가 수 마일에 이르며 빽빽하게 눌려서 뭉쳐진 얼음이 아름다운 푸른 호수를 이룬다. 호수를 채우는 개울물 악단이 메아리치듯 연주하고 졸졸 흐르면서 봄날 초원에 지은 둥지 위를 날아다니는 종달새의 노래처럼 달콤한 멜로디를 만들어낸다.

뮤어빙하 옆으로 웅장한 빙하 여섯 개가 더 있다. 이들도 함대처럼 많은 빙산을 방출하며 만 전체를 굉음으로 가득 채운다. 기키, 휴밀러, 퍼시픽, 리드, 캐럴, 후나 빙하가 그 주인공들이다. 해수면까지 내려오지만 진흙 부유물과 침수 세척된 말단부의 빙퇴석에 의해 해수면과 분리된 대형 2급 빙하는 여덟 개가 있고, 크기가 더 작은 빙하는 수없이 많다.

무언가를 제대로 구경해야 한다는 의무감이 강한 관광객이라면 이 같은 얼음 세상을 보면서 기꺼이 만족스러울 것이다. 다른 어느 곳에서도 이처럼 편안한 증기선을 타고 항해하며 새로 만들어진 풍경 안에 들어가 빙산의 탄생을 직접 목격할 수는 없다는 사실을 깨달을 테니 말이다. 떠다니는 빙산을 이리저리 피하며 지그재그로 만을 따라 다시 내려오면 페어웨더산맥의 높디높은 정상 봉우리들(페어웨더산, 리투야산, 크리용산, 라페루즈산)이 보일 것이다.

곧이어 아이시해협을 떠나 채텀해협으로 들어가서 그림처럼 아름다운 페릴해협을 통과하고 알래스카의 주도(러시아령이었을 때 주도였다.-역주) 시트카에 도착한다. 이곳에서 증기선이 하루 동안 정차하며 옛 러시아 도시의 흥미로운 모습과 그 거대한 주변을 돌아볼 시간을 준다. 시트카를 떠나면 증기선은 우편물 때문에 다시 랭겔에 기항한다. 그리고 당신이 왔던 길 그대로 다시 초록빛 군도를 가로질러 내려가면 이내 문명의 세계에 도착한다. 야생의 모습을 보고 영원히 마음이 풍요로워진 상태 그대로 말이다.

View of mountain ranges, Humboldt Mountains, Feb 16/59
Camped on L. of North Platte River in foreground

TWENTY HILL HOLLOW

스무고개골짜기

먼저 캘리포니아의 중앙 대평원을 간단히 설명한 한 뒤 그중에서 머세드카운티Merced County의 스무고개골짜기에 관해 자세히 이야기할 생각이다. 해마다 이곳을 급히 지나치는 문필가들이 캘리포니아의 경관을 묘사한 글을 읽어보니 오해의 소지가 다분해서다. 그들은 캘리포니아주는 요세미티국립공원이나 간헐천, 세쿼이아 거목처럼 변화무쌍한 관광지만 벗어나면 포도주 양조장이나 포도밭 몇몇을 제외하고는 주목할 만한 곳이 별로 없다는 식으로 썼다. 또한 이 거대한 평원을 서둘러 지나가야 하는 사하라사막처럼 여기는지, 가장 좁고 먼지가 적은 교차로를 자원해서 안내하는 식이었다.

하지만 열의에 찬 소수의 여행객(야생의 진실과 아름다움을 진정으로 사랑하는 사람)에게 확실히 말해주고 싶다. '카더라 통신'은 전혀 개의치 마라. '에이전트'나 안내서 또는 절친한 친구에게도 묻지 마라. 시계며 연감이며 다 뒤로하고 지금 당장 우리의 야생 정원으로 출발하라. 계획을 세우지 않을수록, 아는 것이 없을수록 좋다. 믿음을 가지고 오직 본능에 따라 대자연의 드넓은 만과 하천으로 떠나라. 혹독한 폭풍도, 곰도, 뱀도 당신을 해치지 않을 것이다. 그저 고분고분하게 사람들로 가득 찬 역마차에 올라 땀에 젖은 상태로 '사람들이 선호하는 길'을 택하여 서둘러 요세미티계곡으로 달려가는 사람들. 이들은 목적지로 삼은 요세미티보다 더 거대한 요세미티를 보지 못하고 그냥 지나친다는 사실도 미처 깨닫지 못한다.

시스키유Siskiyoud에서 샌디에이고에 이르기까지 캘리포니아 자체가 비할 데 없이 아름다운 계곡이다. 기암절벽에 둘러싸인 우리의 대평원이야말로 진정한 캘리포니아 요세미티다. 물리적 특징과 비율이 머세드강 요세미티와 정확히 일치하기 때문이다. 소요세미티Yosemite the less가 인디언캐니언Indian Canon, 글레이셔캐니언Glacier Canon, 일릴루에트Illilouette, 포호노Pohono가 있는 요세미티계곡 일대를 말한다면, 대요세미티Yosemite the great는 킹스강King's River, 프레스노강Fresno River, 머세드강Merced River, 투올럼니강Tuolumne River 일대 지역을 가리킨다.

중앙의 대요세미티(그 아래로 새크라멘토와 산호아킨평원이 펼쳐지고 시에라산맥과 해안산맥이 벽처럼 둘러쌌다)와 머세드요세미티(아래에는 빙하로 형성된 초원이 빙하 암벽에 둘러싸여 있다)의 중요한 차이는 중앙의 대요세미티가 두 배 더 넓다는 것밖에 없다. 이들 두 요세미티는 각기 복잡하게 얽혀 있는 빙하 협곡에서 시작하여 수이순만Suisun Bay 맞은편에서 서로 만난 뒤 하나로 합해진 물을 골든게이트Golden Gate를 통해 바다로 보낸다.

시에라네바다산맥을 12마일씩 구역을 나누면 구역마다 호수와 초원, 암벽과 숲이 뚜렷하게 배열된 요세미티 계곡과 강이 그 안에 하나씩 포함되어 있다. 구역마다 규모가 엄청나고 아름다움이 마를 줄 몰라서 모두 대단하고 만족스러운지라 그 가운데 하나를 고르는 일은 빵 한 덩어리를 썰어놓고 그 가운데 하나를 고르는 것과 같다. 분화구처럼 어떤 조각은 탄 부분이 있을 테고, 어떤 조각은 다른 부분보다 잘 구워졌을 수 있고, 또 어떤 조각은 껍질이 딱딱하거나 들쭉날쭉하게 잘렸을 수도 있다. 그래도 같은 빵 덩어리에서 나왔으니 근본적으로는 다 똑같다.

이처럼 시에라산맥 조각들도 일반적인 특성은 크게 다르지 않다. 그런데도 이 가운데 하나를 고른다면 누구든 단연 머세드 구역을 선택할 것이다. 이곳은 접근하기 쉬운 터라 빵 조각을 야금야금 뜯어먹으며 맛본 뒤 아주 맛있다고 소문내는 것처럼, 많은 사람이 찾아서 널리 알려졌기 때문이다. 게다가 이곳은 위대한 시에라네바다산맥이라는 빵 덩어리 가운데 빵을 굽고, 발효하고, 빙하를 코팅하는 특정 조건이 잘 갖추어진 곳이라 농축된 모양의 요세미티가 형성되어 있다. 우리는 역시 중앙 대평원 역시 빵 덩어리(황금 케이크)로 인식하기에 아무리 맛있더라도 부스러기가 불편하다며 대평원이라는 웅장한 빵 덩어리를 떠나고 싶은 생각이 없다.

겨울비가 우리 머리 위 희뿌연 하늘을 깨끗이 씻어내자 복잡하게 늘어선 시에라네바다산맥 전체가 평원에서 모습을 드러낸다. 살짝 비스듬히 기울어진 단순한 벽에 층층이 수평으로 띠를 이루듯 채색된 것 같다. 곳곳이 똑바로 편 무지개로 이루어진 것처럼 보인다. 산에서 내려다본 평원의 표면도 단순하게 매끈한 데다 무지갯빛 구름으로 만든 조각보처럼 자주색과 노란색을 띤다. 이 매끈한 곳으로 내려오면 눈에 덜 띄기는 하지만 평원의 물리적 조건도 산맥처럼 복잡하다는 사실을 발견한다. 특히 암회색 언덕에서 10마일 안에 있는 머세드강과 투올럼니강 사이의 평원은 그 어느 곳보다 정교하게 조각되어 계곡과 분지, 매끈한 물결 모양을 이룬다. 바로 그 사이에 있는 것이 대평원의 머세드요세미티, 즉 스무고개 골짜기다.

이 유쾌한 골짜기는 길이가 1마일도 되지 않는 데다 폭 역시 긴신히 비율이 질 밎는 타원 모양이 나오는 성도밖에 되지 않는다. 위치는 두 강의 중간쯤, 시에라산맥 기슭의 언덕에서 5마일 떨어진 곳에 있다. 골짜기 바닥은 스무 개의 반구형 언덕으로 이루어져 있다. 그래서 스무고개골짜기라는 이름이 생겼다. 이들 언덕은 물길이 지나도록 남서쪽으로 좁은 구멍만 하나 남기고 사방에서 골짜기를 에워싼다. 골짜기의 바닥은 주변 평원보다 지대가 200피트 낮고, 언덕 꼭대기는 전체 평원 높이보다 조금 낮다. 여기에는 랜드마크가 될 만한 탑처럼 높은 돔도 없고, 하프돔 북서면에 있는 티시악Tissiack 같은 볼거리도 없다. 그래서 미처 알아채지 못한 채 그냥 걷다가 분지 가장자리에 가까이 다가가서야 그 존재를 알 수도 있다.

이 스무 개의 언덕은 크기, 배치, 형태가 놀랍도록 규칙적이다. 땅속에 반쯤 묻혀 있는 커다란 대리석들이 규칙적인 거리를 두며 조심스레 자리 잡고서 언덕으로 이루어진 매력적인 동화의 나라를 연출하는 것 같다. 언덕 사이에는 풀이 무성한 작은 계곡들이 있고, 이들 계곡마다 작은 실개천이 흐른다. 이렇게 흐르는 개울물은 탁 트인 분지로 반짝이며 튀어올라 하나로 합쳐져 분지 계곡Hollow Creek을 형성한다.

주변 가까이 있는 다른 언덕들처럼 이 스무 개의 언덕도 다양한 비율로 산속 퇴적물과 뒤섞인 용암층으로 구성되어 있다. 어떤 층은 거의 전체가 화산 물질(용암과 타다 남은 파편)로만 이루어진 것도 있다. 이런 화산 물질은 이들을 퇴적시킨 물에 의해 철저하게 분쇄되어 혼합된 상태다. 그런가 하면 또 어떤 층은 다양한 굵기의 둥근 점판암과 석영 바위로 이루어진 역암으로 구성되어 있다. 막힌 곳 없이 확 트인 몇 안 되는 구역은 바다와 빙하와 화산의 범람으로 점철된 역사를 자세히 보여준다. 타다 남은 파편과 재로 뒤덮였던 시절, 이 눈 덮인 밝은 산들이 자욱한 연기에 휩싸이고 활활 타오르는 불길이 강과 호수를 이루던 암흑의 나날이 생생히 묘사된다. 사람들은 말한다. 그때는 이 밝디밝은 시에라네바다산맥이 바다로 용암을 흘려보낸 무시무시한 시절이었다고. 시야가 얼마나 불꽃으로 가득했을까! 대기는 얼마나 재와 연기가 자욱했을까!

이 지역의 역암과 용암은 물의 침식 작용으로 인해 표면이 쉽사리 노출된다. 오래전 역암과 용암의 모체가 된 바다가 사라지면서 이 황금빛 평원이 형성되었다. 그 시절에는 보통 역암과 용암으로 이루어진 지표면이 대부분 얕은 호수로 덮여 있었고, 부동자세에서 거의 변화가 없었다. 그러다가 산에서 빗물이 급류가 되어 흐르거나 범람하며 그제야 단순했던 모습이 지금과 같은 기슭과 비탈을 지닌 다채로운 모습으로 서서히 조각되었다. 그러면서 머세드강과 투올럼니강 사이의 구역에 스무고개골짜기와 백합골짜기Lily Hollow, 캐스케이드 Cascade(작은 폭포)와 캐슬크리크(계곡)Castle Creeks의 어여쁜 계곡이 만들어졌다. 그 외에도 오직 사냥꾼과 양치기만 알아볼 수 있는 이름도 없고 알려지지도 않은 골짜기들이 생겨났다.

이들은 사람의 눈에 띄지 않은 황금서림 넓은 평원 안복판에 가라앉았다. 이곳에는 극적인 모습을 자랑하는 워싱턴 칼럼Washingto Columns이나 수직으로 솟은 엘카피탄El Capitans도 없다. 부드러운 용암이 깎여 만들어진 골짜기의 협곡은 그다지 깊지 않다. 과학이 작용해서 단 한 차례의 지진만으로 만들어졌기 때문이다. 요세미티산을 만드는 데 지진이라는 편리한 도구가 열세 차례나 필요했던 것과 비교하면 횟수가 훨씬 적다. 이 단순하고 이해하기 쉬운 골짜기를 만든 단 한 차례의 지진은 우리의 산술적 표준에 어긋나지 않는다.

평원에 속한 이 지역의 현재 침식 속도는 연간 10분의 1인치로 보인다. 이 근사치는 개울 기슭과 다년생식물을 관찰한 바를 토대로 나온 것이다. 비와 바람은 산에 서식하는 식물이나 동물에게 지장을 주지 않으면서 산을 제거한다. 바다에서는 공중을 맴도는 바다제비와 물고기, 대양을 떠다니는 식물이 아름다운 파도의 리듬에 맞춰 가라앉기도 하고 올라오기도 한다. 마찬가지로 평원에서는 새와 식물이 땅의 파도에 맞춰 가라앉고 위로 올라오기를 반복한다. 유일한 차이라면 변동 속도가 한쪽이 다른 쪽보다 더 빠르다는 것뿐이다.

3월과 4월이면 골짜기 바닥과 모든 언덕이 노란색과 자주색 꽃으로 무성하게 뒤덮이는데, 그중에서도 노란색 꽃이 주를 이룬다. 대개는 군락을 이룬 국화Compositae가 많고, 쇠비름, 꽃고비, 금영화, 흰색과 노란색 제비꽃, 파란색과 노란색 백합, 앵초 몇몇이 반쯤 떠 있는 미로 같은 자주색 풀밭에 피어 있다. 그런데 덩굴식물은 딱 하나 있다. 바로 박과에 속하는 메갈라이자Megarrhiza(Echinocystis T. & D., 야생오이) 혹은 '빅 루트Big Root'라고 불리는 식물이다.

여기서 1마일 거리 안에 있는 유일한 관목은 키가 4피트에 달해 잔잔한 환경에서 눈에 확 들어온다. 우리 개가 마치 곰이라도 본 듯 조심스럽게 거리를 둔 채 그 주위를 돌며 맹렬하게 짖을 정도다. 몇몇 언덕에는 빨간색과 노란색 이끼로 밝게 채색된 암석층이 있고, 축축하고 구석진 곳에는 이끼(구슬이끼Bartramia, 꼬리이끼Dicranum, 표주박이끼Funaria, 여러 종류의 털깃털이끼Hypnum)가 무성하게 덮여 있다. 해가 들지 않는 서늘한 작은 만에는 이끼와 함께 양치식물(한들고사리Cystopteris와 금가루가 뿌려진 꼬마 암석 고사리인 좀고사리Gymnogramma trangularis)이 자란다.

스무고개골짜기에는 새가 그리 많지 않다. 들종다리가 보금자리를 틀었고, 꼬마 굴올빼미, 물떼새, 참새 종도 하나 서식한다. 가끔 오리 몇 마리가 물가로 놀러 오기도 하며, 때때로 키 큰 왜가리(흰색과 파란색) 한두 마리가 냇가를 따라

성큼성큼 걷는 모습도 보인다. 새매와 회색 독수리도 사냥하러 들른다. 이 골짜기에서 들리는 거의 모든 노랫소리의 주인 공인 종달새는 동부의 들종다리와 매우 흡사하게 생겼지만 같은 종은 아니다. 아마 이곳의 풍부한 꽃과 하늘에서 영감을 받아 대서양 종달새보다 훨씬 훌륭한 노래를 부르는 듯싶다.

내가 듣기에 이곳에서 종달새가 부르는 노래는 세 가지다. 섯 번째 노래의 가사는 종달새들이 특별히 모여서 부를 때 듣고 기억했는데, 들리는 대로 적자면 "위로 스피로 위오 위얼리 위잇"이다. 1869년 1월 20일 종달새들은 하늘처럼 달콤한 음악과 함께 몇 시간이고 다 함께 아주 규칙적으로 '퀴들릭스 부들'이라고 반복하며 노래 불렀다. 같은 달 22일에는 "치 출 치딜디 추딜디"라고 노래했다. 행복한 종달새가 부르는 이 노래는 인간의 영혼이 보편적으로 받아들일 수 있는 하나의 영감이 된다. 이 노래야말로 이곳 언덕에 사는 새들이 부르는 노래 가운데 우리 인간과 직접 관련되어 창조된 유일한 노래 같다.

어떤 형태로 구성되건 음악은 물질의 고유한 속성 가운데 하나다. 공기 방울과 비말은 종달새의 가슴속에서 철썩거리며 요동치기 좋게 만들어졌다. 극소량의 공기만으로도 모래알갱이의 각도와 구멍을 찬미하며 노래할 수 있다. 세상을 찬양하는 축가가 되도록 완벽하게 작곡되고 운명지어졌다. 그러나 우리 인간의 감각은 그 곡조를 포착할 만큼 심세하지 못하다. 그러니 상상해보라. 골짜기에 광범위하게 군집한 꽃들이 부르는 흔들리고 고동치는 멜로디를. 음을 맞춘 꽃잎과 암술이 내는 수많은 목소리와 수북이 쌓인 조각 같은 꽃가루에서 흘러나오는 멜로디를. 이 가운데 우리를 위한 음은 거의 없다. 그런데도 종달새의 깃털 아래 감춰진 이 복된 악기를 주신 신에게 감사드린다.

스무고개골짜기에는 독수리가 살지 않는다. 그저 귀가 긴 산토끼를 사냥하기 위해 하늘을 떠다닐 뿐이다. 어느 날 나는 훌륭한 표본이 되는 독수리 한 마리가 비탈에 내려앉는 것을 목격했다. 처음에는 대체 어떤 힘이 하늘의 제왕을 종달새가 사는 풀 위로 불러내렸는지 몰라 어리둥절했다. 그러다가 독수리를 주의 깊게 관찰했더니 그가 땅에 내려온 원인을 금세 발견할 수 있었다. 긴 귀 토끼가 토끼굴 입구에 똑바로 서서 날개 달린 동료 생명체를 똑바로 응시했고, 독수리는 배가 고파서 이 토끼를 노리며 서 있었다. 둘 사이는 10피트 정도 거리가 떨어져 있었다. 독수리가 토끼를 낚아채려 한다면 토끼는 그 즉시 땅속으로 모습을 감출 것이다. 이 팽팽한 부동 상태에 지쳐버린 토끼가 언덕을 내달려 이웃한 다른 토끼굴로 달아나는 모험을 감행한다면 독수리는 토끼에게 달려들어 날개로 세게 내리쳐 죽인 다음 자신이 좋아하는 바위 테이블로 가져가 허기를 채운 뒤 역겨운 흔적을 모두 지우고 다시 하늘로 날아오를 것이다.

이 골짜기에서 영양이 사라지자 산토끼가 가장 날쌘 동물로 등극했다. 독수리가 나는 모습이 보일 때와 마찬가지로 토끼는 개에게 쫓기면 토끼굴을 찾는 것이 아니라 언덕에서 언덕으로 모퉁이를 연결하는 것처럼 지그재그를 그리며 미끄러지듯 달아날 것이다. 새의 그림자처럼 날쌔면서도 힘들이지 않고 말이다. 내가 치수를 재본 토끼는 어깨까지 높이가 12인치였다. 코끝에서 꼬리까지의 몸길이는 18인치였다. 거대한 귀는 길이가 6.5인치, 너비가 2인치에 달했다. 거대한 크기에도 우아하고 잘 어울리는 귀 때문에 이 토끼에게는 '멍청이 토끼Jackass rabbit'라는 못난 별명이 붙었다. 초원 일대와 살짝 숲이 우거진 별 좋은 작은 언덕에는 토끼가 매우 많지만 빽빽한 소나무 숲까지 서식지가 확장되지는 않았다.

코요테 혹은 캘리포니아늑대는 이 골짜기 주변을 슬그머니 지나는 모습이 간헐적으로 포착된다. 하지만 많은 수가 양치기들이 놓은 덫과 독 때문에 목숨을 잃어서 지금은 그 수가 많지 않다. 코요테는 대략 양치기 개만 한데, 귀가 여우처럼 쫑긋 올라가고 꼬리는 텁수룩하며 아름답고 우아하게 움직인다. 코요테는 양고기를 워낙 좋아하는 탓에 '양치기'뿐만 아니라 거의 모든 교양인에게 진심으로 미움을 받는다.

들다람쥐는 이 골짜기에서 가장 흔히 볼 수 있는 동물이다. 이곳 언덕 가운데 여럿은 부드러운 지층이 있어서 들다람쥐들이 그 안에 터널을 파고 보금자리를 만든다. 그런데 비상상황이 생겼을 때 이들 설치류가 사는 도시를 관찰해보면 꽤 흥미롭다. 이 도시에는 원형으로 순환하는 거리가 하나 있는데, 그 거리가 온통 날카롭고 찌르는 듯한 절규로 울린다. "시킷, 식, 식, 시킷!" 가까운 이웃들은 조심스럽게 반쯤 밖으로 몸을 내밀고 훔쳐보면서 낮고 부드러운 목소리로 수다를 시작한다. 다른 녀석들은 문턱이나 바위에 똑바로 서서 천적의 움직임과 상태에 주의를 기울이라고 호소하는 듯 격앙된 목소리로 외친다. 늑대와 마찬가지로 이 작은 동물도 곡물을 즐기는 탓에 저주받은 운명이 되었다. 대자연이 우리와 똑같은 입맛을 지닌 작은 동물을 이렇게도 많이 창조했다니 너무도 애석할 따름이다.

골짜기의 사계절은 늘 따뜻하고 환하며 1년 내내 꽃이 만개한다. 그래도 매년 식물과 곤충의 생명을 잉태하는 원대한 시작은 12월과 1월에 비가 내리는 것으로 대장정의 막을 올린다. 비와 함께 뜨겁고 뿌옇던 공기가 깨끗해지고 시원해진다. 그러면 여섯 달 동안 농부의 곡식 통에 있었던 것처럼 건조한 상태로 대지에 놓여 있던 식물의 씨앗이 그 즉시 보물과 같은 생명을 활짝 펼친다. 파리는 은은한 곡조를 들려주며 날아다닌다. 마치 겉껍질에서 떡잎이 나오듯 나비는 번데기에서 나온다. 계곡과 골짜기로 그물망처럼 뻗은 메마른 물줄기에 갑자기 맑은 물이 쏟아진다. 먼지가 수북이 앉은 미라가 죽은 자들 가운데서 다시 살아나 혈색 도는 얼굴로 웃는 것처럼 투명한 물이 반짝이며 이 못에서 저 못으로 쏟아져내린다.

날씨도 꽃처럼 아름답게 자란다. 그 뿌리는 땅속에서 1~2주 커진 뒤 나뉘어 나뭇잎처럼 구름으로 발달한다. 혹은 둥근 열매처럼 몇 시간이고 잘 익은 햇살이 하늘 그림자 아래

물결치듯 흔들리고 흩뿌려진다. 반쯤 잎사귀 속에 숨어 있는 베리의 꽃차례처럼 말이다.

이 몇 달간은 이른바 우기라고 불리지만 비만 내리는 것은 아니다. 북아메리카, 아니 어쩌면 전 세계에서 이곳처럼 1월에 생생한 햇살이 위안을 주며 빛나는 곳은 또 없을 것이다. 내가 1868년과 1869년에 기록한 내용을 찾아보니 가장 처음 내린 깅한 호우는 12월 18일에 찾아온 것으로 뇌어 있다. 1월 한 달간은 이 골짜기에 낮 동안 단 스무 시간밖에 비가 내리지 않았는데 이는 모두 6일에 걸쳐 내린 시간이다. 2월에는 단 3일만 비가 내렸는데, 비가 내린 시간을 모두 합하면 열여덟 시간 반이었다. 3월에는 5일간 비가 내렸다. 4월에는 3일간 모두 일곱 시간 동안 비가 왔다. 5월에도 대지를 적신 날은 3일간 아홉 시간이었으며 이로써 그해의 '우기'가 끝났다. 평균적인 우기의 강수량이 이 정도일 것이다. 다만 야간에 내린 비는 이 강수량과 무관하다는 점을 반드시 명심해야 한다.

이 지역에 일반적으로 내리는 폭풍우는 미시시피계곡 특유의 폭풍처럼 겉으로 거창하고 웅장한 면은 거의 없다. 그런데도 우리는 칠흑처럼 어두운 밤이면 나무가 없는 이 초원에서 산을 흔드는 가장 장엄한 폭풍만큼 인상적인 웅장한 폭풍우를 경험했다. 안정적인 날씨라면 바람이 북서쪽에서 불어오지만, 폭풍이 다가오면서 방향을 남동쪽으로 튼다. 하늘은 티끌 없고 매끈하며 균질한 구름으로 점차 고르게 분리된다. 그러고 나면 비가 온다. 꾸준하게 쏟아지는데, 강한 바람 때문에 사선으로 비스듬하게 내리는 경우가 많다. 1869년에는 겨울비 가운데 4분의 3 이상이 남동쪽에서 왔다. 북서쪽에서 발생한 거대한 폭풍은 3월 21일에 단 한 차례 있었다. 둥글게 튀어나온 어마어마하게 큰 구름 한 점이 꽃으로 뒤덮인 언덕 위를 누구보다 위엄 있게 항해하면서 마치 바다에서 가져온 양 물을 내렸다. 비가 격렬하게 쏟아진 시간은 1분밖에 되지 않았지만 그런데도 지금껏 내가 본 하늘이라는 산에서 떨어지는 폭포 가운데 가장 장엄한 것이었다.

시에라네바다산맥 쪽 일부 고요한 하늘은 얇은 흰색 구름 조각으로 칠해졌고, 그 위로 하늘 높이 장대비가 쏟아졌다. 이 구름 폭포는 요세미티의 폭포처럼 물보라도, 비도, 순전히 물도 아니었다. 같은 해 1월 비 오는 날을 제외하고 한 달간의 운량雲量은 0.32였다. 2월의 운량은 0.13, 3월은 0.20, 4월은 0.10, 5월은 0.08이었다. 이 운량의 대부분을 모아도 며칠밖에 되지 않아서 나머지 날들은 햇살이 모든 틈새와 구멍에 빠짐없이 보편적으로 비치는 날들이었다.

1월 말에 네 가지 식물이 꽃을 피웠다. 넓은 땅에서 자라는 작은 흰색 물냉이, 노란 꽃들이 송이처럼 모여 있는 아래로 처진 모양의 산형화 식물, 잎이 없이 반짝이는 꽃이 피는 에리오고눔과 작은 보리지가 그 주인공들이다. 대여섯 종류의 이끼도 덮개를 조절해서 전성기를 누렸다. 2월에는 다람쥐와 토끼 그리고 꽃들이 즐겁게 봄을 만끽했다. 화사한 식물이 마치 밤하늘의 별자리처럼 골짜기 이곳저곳을 환하게 비추었다. 개미들도 일을 시작할 채비를 하며 그들의 보금자리 앞에 쌓여 있는 곡식 껍질 더미에 다리를 문지르기도 하고 햇볕을 쬐기도 했다. 꽃가루를 뒤집어쓴 통통하고 건장한 왕벌은 잠이 덜 깬 채로 꽃과 꽃 사이를 윙윙거리며 날았다. 거미는 낡은 거미줄을 손보거나 새 거미줄을 짜느라 분주했다. 꽃은 배일같이 피어났다. 교회에서 나오는 화사하게 차려입은 어린아이들처럼 땅을 뚫고 화려하게 솟아났다. 밝은 공기는 하늘을 나는 곤충들이 날갯짓으로 부르는 노랫소리와 식물이 뿜어내는 달콤한 숨으로 점점 가득 찼다.

3월이 되자 식물은 두 배 이상 늘었다. 이즈음 꼬마 선구자 물냉이는 씨가 여물면서 섬세한 자수를 놓은 듯한 단각과 열매를 맺는다. 여러 종류의 쇠비름도 모습을 드러내고, 크고 하얀 렙토시폰과 두 종류의 네모필라도 보인다. 키 작은 질경이도 어느덧 자라서 바람에 나부끼며 그림자로 비단처럼 부드러운 잔물결을 만든다.

3월 말 또는 4월 초로 갈수록 식물의 한살이는 절정에 이른다. 이때 식물이 얼마나 놀라울 정도로 풍부한지 제대로 아는 사람은 거의 없다. 여기 스무고개 아무 데서나, 또는 개울들 사이에 있는 골짜기 바닥 아무 데서나 꽃이 얼마나 되는지 한번 세어보기 바란다. 국화compositae 한 종류만 해도 제곱야드마다 1,000~10,000송이는 거뜬히 될 것이다. 이 황금빛 골짜기에서는 노란색 국화가 단연코 가장 많다. 가장 풍요로운 햇빛을 자양분 삼은 덕이리라. 빛나는 작은 태양 같은 이들 노란색 국화는 바로 태양의 후예이기 때문이다. 태양 광선이 내뿜는 광선, 태양 빛이 내는 빛이다!

이 시기 캘리포니아에서는 낮 동안 땅에 선사하는 것보다 오히려 땅에서 얻는 황금이 더 많다고 상상할 수 있을 정도다. 사실상 땅이 하늘이 되었다. 그리하여 구름 없는 두 하늘이 서로를 향해 꽃빛과 햇빛을 비추면서 하나로 녹아들어 함께 황금빛을 이루며 빛나는 천국이 된다. 4월 말이 되면 골짜기에 서식하는 식물은 대부분 씨가 여물면서 생을 마감한다. 하지만 아직 부패하지 않은 상태라서 꽃의 밑동을 싸고 있는 총포와 화관처럼 생긴 비늘 송이에 남은 다채로운 색으로 여전히 풍경을 물들인다.

5월에는 뿌리를 깊이 내린 백합과 에리오고눔만 살아남는다. 6월, 7월, 8월, 9월은 식물이 휴식을 취하는 계절이고, 뒤이은 10월은 한 해 중 가장 건조한 시기지만 매우 특별한 식물이 용솟음치는 때이기도 하다. 키가 6인치에서 3피트 정도 되고 옅은 색 선형잎이 달린 요란하지 않은 자그마한 식물인 헤미조니아 버가타Hemizonia virgata가 갑자기 꽃망울을 터뜨리는 것이다. 몇 마일 규모로 군데군데 만개하는 모습이 마치 4월의 황금빛 꽃밭이 부활이라도 한 듯하다. 내가 세어보니 식물 하나에 3,000송이가 넘는 작은 꽃송이가 달려 있었다. 잎과 꽃자루 모두 무척 작아서 마치 밤하늘의 별처럼 꿋꿋이 자리를 지키는 듯 보이는 무수히 많은 황금빛 데이지꽃 사이에서 거의 보이지 않을 정도다.

꽃송이는 지름이 8분의 5인치 정도인데, 꽃을 이루는 설상화(국화나 해바라기 등의 꽃을 이루는 두 부분 가운데 가장자리를 둘러싼 혀 모양의 꽃으로, 보통 꽃잎이라고 여기는 부분이다.-역주)와 관상화(설상화 안쪽 가운데 부분에 있는 수많은 작은 꽃으로, 수술과 씨방이 있다.-역주)는 노란색이고 수술은 자주색이다. 설싱화는 팬지 꽃잎서림 털로 뒤딮여 있다. 여름철 탁월풍(일정 기간에 우세하게 나타나는 바람-역주)의 영향으로 꽃송이는 모두 남동쪽을 향한다. 잎사귀와 총포에서 왁스 같은 수지가 분비되는 탓에 붙여진 '타르초 Tarweed'라는 칙칙한 이름으로 알려져 있다.

하지만 우리가 평가하기엔 이 식물이야말로 이곳 초원에 있는 모든 국화과 가운데 가장 유쾌한 식물이다. 11월까지 에리오고눔과 함께 꽃을 피운다. 에리오고눔은 그 뒤로도 12월까지 꽃을 피우면서 1월의 봄 식물과 이어진다. 거의 모든 한 해의 식물이 2월과 3월, 4월에 꽃을 피우지만 스무고개골짜기 주변의 개화 주기는 결코 끊어지는 시기 없이 1년 내내 계속 이어진다.

이 골짜기는 요세미티로 향하는 관광객들이 도중에 쉽게 들를 수 있다. 스넬링Snelling에서 불과 6마일 거리이기 때문이다. 이곳은 박물학자에게 사계절 내내 흥미로운 장소다. 하지만 1월 이전이나 4월 이후는 일반 관광객이 흥미로워할 게 별로 없다. 1월에도 풍부한 빛과 생명, 기쁨을 경험하고자 한다면 이 축복받은 골짜기를 찾기 바란다. 식물의 부활(마치 심판받는 영혼들처럼 무수히 많은 화사한 꽃이 땅을 박차고 나와서 가득 메우는 모습)을 목격하고 싶다면 2월에 스무고개 골짜기를 방문하라. 만약 당신이 건강을 위해 여행 중이라면 의사나 친구와의 약속은 과감히 저버린 채 주머니에 비스킷을 챙겨넣고 이 골짜기의 언덕에 몸을 숨겨라. 계곡물에 몸을 씻고 황금빛 햇살에 살갗을 태우며 꽃들이 내뿜는 빛을 쫴라. 이렇게 세례받은 당신은 진정한 새 사람으로 다시 태어날 것이다. 혹은 사회생활의 찌꺼기에 숨이 탁탁 막히거나 세상사에 지쳤다면 이곳으로 오라. 당신의 굳은 의구심도 사라지고 부질없는 욕망도 녹아없어질 것이다. 마침내 당신의 영혼은 하느님의 끝없는 아름다움과 사랑으로 가득한 곳에서 자유롭고 깊게 숨 쉬리라.

나는 세례반 역할을 했던 이 골짜기에서 자연의 세례를 받은 경험을 결코 잊지 못한다. 1월이었다. 그날 많은 식물과 함께 나도 부활했다. 문득 깨닫고 보니 골짜기의 언덕 중 한 곳에 와 있었다. 골짜기에는 분수처럼 빛이 넘쳐흘렀고, 볕이 들지 않는 후미진 작은 구석에만 양치식물과 이끼가 보였다. 분지 계곡의 물은 마치 강물처럼 미로같이 반짝반짝 빛나며 흘렀다. 땅에서는 꽃향기가 뿜어져나왔다. 형언할 수 없을 만치 풍요로운 빛이 꽃들을 품어주었다. 캘리포니아를 골든스테이트라고 부르는 이유가 다 있다는 생각이 들었다. 금광의 황금만 풍부한 것이 아니라 황금빛 햇살과 황금빛 식물까지 가득한, 온통 황금빛으로 빛나는 땅이기 때문이다. 여름 한 철 내내 쏟아질 햇살이 이날 하루에 다 농축되어 눈부시게 빛나는 듯했다.

깨끗이 씻어낸 하늘에는 한 점 어두운 흔적도 남아 있지 않았다. 구름 떼는 주변에 있는 산들을 말끔히 쓸고 닦았다. 파체코봉우리Pacheco Peak와 디아블로산Mount Diablo, 그 사이에 있는 물결 모양의 초록 벽. 가로로 층을 이룬 네 가지 색 띠를 두른 웅장한 시에라산이 평원을 따라 우뚝 솟아 있었다. 가장 아랫부분은 장밋빛이 도는 자주색, 그 위는 짙은 자주색, 그 다음은 초록색, 마지막으로 정상은 흰색 꼭대기가 하늘을 찌르고 있었다.

물론 스무고개골짜기와 50마일 혹은 100마일이나 떨어진 곳에 있는 산들이 대체 무슨 관련이 있냐고 의아해할 수도 있다. 하지만 야생을 사랑하는 애호가들에게는 이 산들이 100마일이나 멀게 느껴지지 않는다. 산의 정기와 하늘의 선량함이 이 산들을 절친한 친구처럼 가깝게 느끼도록 해주기 때문이다. 산들은 벽처럼 이곳 분지를 둘러싼 언덕들의 일부인 듯 서 있다. 이곳은 야외에 나온 느낌이 들지 않는다. 당신이 느끼는 아름다움은 평원과 하늘, 산에서 쏟아진다. 당신은 캠프파이어에서 몸을 덥히듯 빙글빙글 돌면서 이들이 쏟아내는 정기 안에 몸을 담그면 된다. 그러면 내가 따로 떨어진 별개의 존재라는 의식이 금세 사라진다. 내가 풍경과 하나 되어 자연의 한 부분으로 스며들기 때문이다.

John Muir

SNOW

시에라네바다산맥을 하얗게 뒤덮는 첫눈은 보통 10월 말이나 11월 초에 내린다. 사람이 상상할 수 있는 최고로 멋진 인디언 서머가 몇 달간 이어진 다음 몇 인치 안 되는 양만큼 눈이 쌓인다. 햇볕에 노출된 경사면을 얇게 덮은 눈은 며칠 지나지 않아 거의 다 녹아버린다. 이 시기에 높은 봉우리 사이를 한가로이 거니는 산악인들은 크게 염려하지 않아도 된다. 겨우내 남아 있을 눈을 몰고 오는 본격적인 첫 겨울 폭풍은 11월 말 이전에는 좀처럼 산에 불어닥치지 않는다.

　　이즈음 되면 조심성 있는 산악인들은 하늘을 보고 폭풍의 조짐이 느껴지면 야생 양과 사슴, 새, 곰과 함께 서둘러 저지대나 구릉지대로 내려간다. 깊은 굴속에 사는 마멋과 산비버, 숲쥐 같은 친구들은 동면 장소로 이동한다. 이 가운데 일부는 6월이나 7월에 봄이 되어 모두가 깨어나고 부활하는 시기가 되기 전까지 다시는 햇빛을 보지 않는다. 첫 폭설은 적설량이 2~4피트에 이른다. 그 후 중간중간 눈부신 햇살이 비치는 날들이 찾아오는 가운데 폭풍에 폭풍이 이어진다. 쌓인 눈 위로 다시 눈이 수북이 쌓여 30~50피트까지 내린다. 하지만 눈이 응결되고 다져지는 데다 조금씩 녹고 증발하는 바람에 언제든 실제 확인되는 평균 적설량은 삼림 지역의 경우 10피트, 산꼭대기 비탈면을 따라서는 15피트를 좀처럼 넘기지 않는다.

　　심지어 혹한기에도 증발이 완전히 멈추는 일은 절대 없다. 게다가 폭풍과 폭풍 사이에 풍부하게 내리쬐는 햇살은 몇 달간 이어지는 겨울이 거의 끝날 때까지 지면을 녹일 만큼 강하다. 또한 열기가 저장된 바위에 눈이 닿으면 바위에서 눈으로 서서히 열을 방출하기 때문에 맨 아래에서는 눈이 웬만큼은 계속해서 녹는다. 첫눈이 내린 뒤로 모든 고산지대의 개울물 수위가 높아지고 겨우내 꾸준히 흐르는 것을 보면 알 수 있다.

우뚝 솟은 산 정상 주위에 쌓이는 눈은 대부분 눈송이가 작고 바삭바삭하며 눈 결정이 깨져서 내린다. 눈이 내릴 때 마침 바람이 강하게 불고 기온이 낮으면 눈 결정은 떨어지면서 서로 맞물려 촘촘한 눈송이를 만드는 대신 서로 부딪히고 깨지면서 굵은 가루나 고운 먼지처럼 변한다. 반면 산 아래 삼림 지역에 내리는 눈은 대부분 깃털처럼 가볍게 살살 땅에 닿는다. 날씨가 온화하면 눈송이 지름이 1인치에 달하기도 한다. 그리고 눈이 고르게 쌓이는 데다 커다란 나무들이 막아 줘서 크게 휘날리지도 않는다. 가벼운 폭풍이 부는 동안 모든 나무에는 마치 동화처럼 연중 가장 춥고 어두운 시기에 하얀 꽃, 즉 눈꽃이 쌓인다. 덕분에 그 무게로 나무의 가지가 휘고 노래하던 침엽수의 바늘 같은 잎도 조용해진다.

하지만 폭풍이 그치고 햇볕이 비치기 시작하자마자 나무에 내려앉은 눈이 이내 움직이며 모형 산사태처럼 가지에서 떨어진다. 새하얀 숲이 금세 초록으로 물든다. 대지에 쌓인 눈도 환한 낮에는 응결되었다가 녹고 밤에는 다시 얼어붙는다. 결국 거친 알갱이 모양이 되어 원래의 방사형 결정 구조가 흔적도 없이 사라진다. 이렇게 얼어붙은 눈 위를 걸으려면 마치 얼음 위를 걷듯 한 발 한 발 조심해서 내디뎌야 한다. 7,000피트 높이까지의 산림 지역은 6월이면 대부분 눈이 없다. 반면 이 시기에 고산 지역은 여전히 많은 눈이 무겁게 남아 있다. 7월 중순이나 하순까지는 웬만해서는 봄 날씨의 영향을 받지 않는다.

산에 내린 눈이 만드는 가장 강렬한 효과는 강과 작은 호수를 묻어버리는 것이다.

"강 위로 눈이 내리면
한순간 하얗다가 곧이어 영원히 자취를 감추네"

로버트 번스Robert Burns(1759~1796, 스코틀랜드 시인-역주)가 인간이 느끼는 찰나의 즐거움을 노래한 시구다. 시에라 산맥을 흐르는 강물에 첫눈이 내리면 갑자기 눈송이가 사라진다. 하지만 강한 폭풍이 일고 기온까지 떨어지면 결국 많은 눈이 강물을 차갑게 만들어 어는점까지 내려가게 한다. 당연히 강물은 일순간 눈을 녹이고 소멸시키는 걸 멈춘다. 하늘에서 내리는 눈송이와 눈 결정이 모여 구름처럼 생긴 작은 파란색 얼음 덩어리가 만들어진다. 물 위에 떠 있는 이 얼음 덩어리들을 물살이 휩쓸고 내려가 수 마일 멀리 떨어진 따뜻한 지역으로 보낸다. 그래도 일부는 통나무와 바위, 강기슭 가운데 돌출된 부분에 박히기도 한다. 그 상태로 며칠이고 남아서 수면보다 높게 쌓인다.

눈은 당장 '영원히 자취를 감추는' 대신 다시 흰색을 띤다. 반면 강물은 눈이 내리는 몇 개월 동안은 모습을 감춘다. 눈은 강기슭부터 쌓여 울퉁불퉁한 모양의 눈더미를 이루다, 점점 다져지고 단단히 굳어지면서 강을 가로질러 뒤덮는다. 강물은 계속 눈이 덮여 있는 구간 아래 그늘 속을 흘러내려 간다. 이렇게 눈으로 덮여 있는 구간은 폭이 30마일에 이른다. 따라서 시에라산맥을 흐르는 모든 강과 고산지대에 있는 그 강들의 모든 지류는 해마다 겨울이 되면 마치 빙하기가 다시 찾아온 것처럼 자취도 없이 사라진다. 강물이 폭포가 되어 떨어지는 극소수 지점을 제외하고는 강한 급류가 흐르는 소리는 꾸준히 들려도 물이 흐르는 모습은 한 방울도 눈에 띄지 않는다. 점점 봄이 다가오면서 날씨가 낮에는 따뜻하고 밤에는 얼어붙을 정도로 추워진다. 눈이 녹고 얼기를 반복하고, 또 새로 쌓이면서 다리처럼 강을 가로질러 덮고 있던 눈덩이가 밀도도 높아지고 단단해진다. 사람이 안전하게 걸어서 강을 건널 수도 있고, 심지어 말 한 마리를 몰고 건너도 강에 빠질 위험이 없을 정도로 단단해진다.

6월이 되면 이렇게 단단했던 겨울 천장 가운데 가장 얇은 부분과 햇볕에 가장 많이 노출된 부분부터 무너지기 시작한다. 시커멓고 가장자리가 삐죽삐죽한 구덩이 모양의 싱크홀이 만들어지면 그 아래 바닥으로 힘차게 흐르는 강물이 보인다. 6월 하순이 되면 눈으로 만들어진 다리 가운데 산악인이 안전하게 건널 만한 곳을 간혹 만날 수 있을 뿐이다. 가장 오래 남는 겨울 다리들은 위에서부터도 녹지만 터널을 지나는 따뜻한 기류 때문에 아래에서부터도 녹아서 모두 두드러진 아치 모양으로 조각된다. 가끔 천장에서 녹아서 떨어지는 물이 얼면서 화사하고 그림같이 아름다운 얼음 다리로 변신하기도 한다. 우리가 갈 수 있는 다리 가운데 가장자리가 막히지 않은 몇몇은 그 아래를 걸어서 통과할 수도 있다. 이들 터널은 천장에 작은 구멍이 여기저기 나 있어서 하늘빛이 새어들어와 아주 깜깜하지도 않다. 포효하는 강물 소리는 인상적일 정도로 커다란 울림을 주는 음악이 되어 아치 모양으로 이루어진 길을 가는 내내 그 공간을 가득 채운다. 간간이 지빠귀가 부르는 노랫소리가 웅장한 음악에 달콤함을 더한다. 이 새는 하천이 어디로 흐르건 두려워하지 않고 따라가며, 하천이 노래를 부르는 곳이면 어디든지 두려워 않고 노래한다.

높은 산에 있는 작은 못과 호수도 겨울 풍경에서 사라져 버린다. 못이나 호수가 먼저 얼어붙은 뒤 그 위에 눈이 덮였거나, 아니면 눈사태가 나서 속이 채워졌기 때문이다. 호수 분지로 밀려온 시즌 첫 눈사태는 수면이 얼어붙었을 때 일어난다. 그런 다음 깊고 낮게 쿵 하는 눈사태 소리와 뒤섞여서 물살이 밀려오고 얼음이 깨지면서 큰 충돌이 일어난다. 침입해 들어오는 눈 가운데 떨어져나간 눈덩이는 얼음 조각과 섞인 채 섬처럼 생긴 질퍽질퍽한 눈 더미 주변을 떠다닌다.

반면 산사태로 호수에 난입한 눈의 본체는 맨 아랫부분이 전부 혹은 일부 분지 바닥에 남아 있는 상태에서 사면을 형성한다. 이때 산사태 규모와 몰려온 눈의 양에 따라 영향을 받는다. 물론 그다음 산사태는 더 멀리까지 잠식해 들어간다. 이런 식으로 계속해서 산사태가 이어져 결국은 분지 전체가 눈으로 채워지고 호숫물은 스펀지가 빨아들이듯 흡수되거나 다른 곳으로 옮겨진다. 모래, 돌, 어쩌면 통나무까지 섞여서 만들어진 이 거대한 눈 침전물은 상당한 깊이까지 얼어서 녹이려면 꽤 많은 태양열이 필요하다.

눈사태를 입은 불운한 꼬마 호수들 가운데 일부는 여름의 끝자락에 가까워질 때까지 얼음과 눈이 남아 있다. 다른 일부는 눈사태가 밀려왔던 반대편으로만 모습을 드러낼 뿐 눈사태에서 해방되지는 못한다. 또 어떤 호수에서는 호숫가와 눈이 다져져 만들어진 얼음 절벽 사이에서 좁은 초승달 모양으로만 물이 보이기도 한다. 절벽의 다져진 눈덩이는 빙벽에서 떨어져나와 북극해의 빙산처럼 떠다니고, 산에 기대어 쌓여 있는 눈사태 더미는 마치 작은 빙하처럼 보인다. 어떤 경우에는 전면의 절벽이 그림처럼 무척 아름다울 때도 있다. 그 앞으로 햇빛을 받아 빛나는 수면에 얼음 눈덩이가 빙산처럼 점점이 떠 있는 모습은 너무도 아름답다. 종종 호수 분지의 한편은 속수무책으로 눈에 묻혀서 얼어붙는데, 반대편은 햇살을 만끽하며 아름다운 꽃 정원으로 장식되는 경우도 생긴다.

규모가 더 작은 호수 중에는 대형 산사태나 눈사태로 인해 한순간에 사라지는 경우도 있다. 위에서 굴러내려온 육중한 눈덩이나 바윗덩이는 호수 한쪽 편으로 몰려와 바닥을 가로질러 반대편으로 휩쓸고 올라간다. 이 과정에서 물도 옮기고, 심지어 분지를 깨끗하게 긁어서 쌓여 있던 바위와 퇴적물을 더 멀리 있는 기슭 위로 밀어내고 호수 분지를 완전히 장악한다. 원래 자리에서 다른 곳으로 옮겨간 호숫물은 일부는 땅에 흡수되지만, 대부분은 눈사태나 산사태 때 말단부 주위로 보내져 호수의 유출구 수로를 따라 내려간다. 탈출할 수 있어 놀랍고도 기쁜 듯 아우성치며 서둘러 흘러간다.

설연

지금껏 내가 목격한 가장 멋진 폭풍 현상은 요세미티계곡 뒤 시에라네바다산맥 꼭대기를 장식한 설연雪煙(산꼭대기에 바람이 불어 공중에 흩날리는 눈발-역주)이다. 구름이나 홍수, 눈사태의 결과물이 제아무리 눈길을 사로잡더라도 단연코 설연이 가장 아름답다. 설연의 재료가 되는 별 모양의 눈꽃은 대개 미처 무르익기 전에 내린다. 반면 여섯 방향 결정체로 완벽하게 발전하는 눈꽃 대부분은 차가운 공기를 뚫고 내리는 과정에서 서로 빛을 반사하고 마찰하면서 깨지고 산산조각이 난다. 하지만 이런 건조한 눈 조각이 바람의 작용으로 설연이 되려면 아직 한참 더 준비 과정을 거쳐야 한다.

이들은 고요하고 깊은 숲에 내리는 눈처럼 내리는 즉시 쉴 곳을 발견하지 않는다. 그 대신 구르고 또 구르고, 바위 산등성이에 부딪히고, 강의 움푹 파인 곳에 들어간 둥근 돌이나 조약돌, 모래처럼 구덩이와 오목한 곳으로 소용돌이치며 들어가야 하기 때문이다. 그러면 종국에는 눈 결정의 부서지기 쉬운 각진 부분이 차츰 닳아 없어져서 전체 덩어리가 먼지처럼 미세한 가루가 된다. 이렇게 준비된 눈가루는 바람 부는 방향으로 막힘 없이 휩쓸고 올라갈 수 있게 노출된 산비탈에 느슨한 상태로 있다가 폭풍이 불면 언제든 다시 하늘로 던져올려지고 봉우리에서 봉우리로 전달되어 깃발이나 구름 떼 모양을 한다. 이때 풍속과 산비탈의 형태에 따라 만들어지는 모양이 조금씩 달라진다. 하지만 대부분의 눈가루는 하늘로 반복해서 올라갔다가 한참 뒤 울퉁불퉁한 눈더미나 빙하 내부에 단단히 박힌다. 이 가운데 일부는 수 세기 동안 조용히 움직이지 않다가 마침내 녹으면 노래를 흥얼거리며 산비탈을 타고 바다로 흘러내려간다.

겨우내 산에는 눈가루도 풍부하고, 강풍도 자주 불고, 눈가루가 느슨한 상태로 바람의 작용에 노출되는 시간도 많다. 그런데도 제대로 형성된 설연은 보기 드물다. 왜 그런지 이제부터 그 원인을 따져보자. 나는 모든 면에서 완벽해 보이는 설연이 펼쳐진 것을 단 한 번밖에 보지 못했다. 1873년 겨울 눈이 무겁게 쌓인 산 정상에 성난 듯 '강하게 부는 북풍'이 휘몰아쳤다. 그때 나는 우연히도 요세미티계곡에서 겨울을 나고 있었다. 그곳은 매일같이 세상에서 가장 위대한 풍경을 볼 수 있는 숭고한 시에라네바다산맥의 사원이었다.

하지만 그곳에서도 성난 북풍의 잔칫날 같은 기세는 단연코 장엄해 보였다. 나는 통나무집이 흔들리고 솔방울이 지붕을 때리는 통에 잠에서 깼다. 머리 위로 쇄도하는 주풍主風(일정한 지역에 항상 부는 바람-역주)과 별개로 급류와 눈사태가 비좁은 협곡을 따라 가파른 벽을 지나서 거칠게 흘러내려가며 요란하게 울려퍼지는 굉음을 내고 있었다. 그러면서 조용히 서 있는 소나무를 일깨워 열성적으로 움직이게 만들고 계곡 전체가 연주되는 악기라도 된 것처럼 진동하게 했다.

하지만 아득히 하늘 높이 서 있는 산맥 가운데 노출된 우뚝 솟은 봉우리 위에서는 폭풍이 훨씬 더 거대한 스타일을 드러내고 있었다. 얼마 지나지 않아 나는 거대한 스타일의 폭풍이 절정에 이르는 모습을 보았다. 겨울마다 요세미티 상단 폭포Upper Yosemite Fall 발치에는 원뿔 모양의 얼음이 형성된다. 나는 오래전부터 이 얼음 구조의 몇몇 요소를 연구하고 싶은 마음이 굴뚝같았다. 하지만 폭포에서 만들어진 물보라가 시야를 가리는 탓에 지금껏 가까이 접근하지 못했다. 그런데 그날 아침 폭포수 전체가 잘게 찢어져 옅어진 데다 절벽 표면을 따라 수평으로 흩날린 덕분에 원뿔 모양의 얼음이 마른 상태가 될 수 있었다.

원뿔 내부를 살펴볼 수 있는 이런 절호의 기회를 놓치지 않으려고 아래를 내려다볼 수 있는 위치에 놓인 절벽의 돌출된 바위 꼭대기로 올라갔다. 그렇게 오르는 동안 사우스돔South Dome의 등성이 너머로 머세드강에 무리 지어 몰려 있는 산봉우리들이 눈에 들어왔다. 봉우리마다 하늘을 배경으로 눈이 시리도록 찬란한 깃발을 흔들고 있었다. 마치 고운 비단으로 짠 것처럼 탄탄한 촉감에 모양이 고른 깃발 같았다. 워낙 보기 힘들고 아름다운 현상이라 다른 계산을 할 상황이 아니었다.

나는 그 즉시 얼음 원뿔을 포기하고, 주요 산 정상을 전체적으로 감상할 수 있을 만큼 높이 솟은 돔이나 산등성이를 찾아 계곡을 벗어나기 시작했다. 그렇게 높은 곳에 오르면 훨씬 더 찬란하게 설연의 깃발을 흔드는 봉우리들을 볼 수 있다는 확신이 들었다. 이런 기대는 조금도 실망으로 바뀌지 않았다. 내가 올라간 인디언캐니언은 주변의 높은 절벽에서 눈사태가 나는 바람에 밀려내려온 눈으로 꽉 막혀서 오르기가 어려웠다. 하지만 으르렁거리는 폭풍에 영감을 받는 터라 지루하게 계속해서 눈 속을 뒹굴어도 전혀 피곤하지 않았다. 그렇게 네 시간 만에 계곡 위 8,000피트 높이의 산등성이 꼭대기에 도달했다. 마침내 눈길을 사로잡는 장관이 마치 또렷하게 그려놓은 그림처럼 선명하게 드러났다.

헤아릴 수 없이 많은 검고 뾰족한 봉우리가 검푸른 하늘을 찌르며 당당하게 솟아 있었다. 봉우리 맨 아랫부분은 완전히 하얗고, 측면은 너른 바다의 바위에 거품이 붙은 것처럼 하얀 눈으로 얼룩져 있었다. 산 정상은 하나같이 탁 트이고 뚜렷했다. 거기서부터 비단처럼 아름다운 설연이 흐르고 있었다. 설연은 길이가 0.5~1마일 정도 되었고, 꼭대기에 붙어 있는 지점에서는 가늘다가 봉우리에서 확장되며 점차 넓어졌다. 추정해보니 대략 1,000피트 내지는 1,500피트까지 폭이 넓어졌다. 머세드강과 투올럼니강 상류의 '시에라의 왕관'이라 불리는 봉우리군에는 댄산Mount Dan, 깁스산Mount Gibbs, 코네스산Mount Conness, 라이엘산Mount Lyell, 매클루어산Mount Maclure, 리터산Mount Ritter뿐만 아니라 이름 없는 산들도 포함되어 있다. 이들 봉우리마다 각자 환하게 빛나는 설연의 깃발을 흔드는 모습을 아침노을 아래 선명히 감상할 수 있었다. 하늘에는 이 온전한 장관을 망칠 만한 구름 한 점 없었다.

당신도 이 요세미티 산등성이에 서서 동쪽을 바라보는 자신의 모습을 상상해보기 바란다. 불현듯 공중에서 낯설게 느껴질 정도로 요란하게 반짝이는 무언가가 눈에 띌 것이다. 돌풍이 머리 위로 사납게 불어대며 성난 폭풍 소리를 내지만 얼마나 사나운지 피부로 느껴지지는 않는다. 마치 창문을 통해 보듯 당신은 숲속에서 안전하게 트여 있는 곳을 통해 밖을 내다보기 때문이다. 당신이 감상하는 그림에서 가장 앞쪽의 눈에 잘 띄는 근경近景에는 연두색 잎이 변함없이 싱싱한 전나무숲이 위풍당당하게 서 있다. 나무 아래로는 바람이 일면서 아름다운 깃털처럼 눈이 흩날린다. 그 너머로 그림 속 중간 배경에는 길고 넓게 열 지어 서 있는 거무스름한 소나무밭이 보이고, 크게 부푼 모양의 산등성이와 돔이 그 뒤를 막아서고 있다. 이 어두운 숲 바로 너머에 군주처럼 버티고 있는 시에라네바다산맥이 기가 막히게 멋진 설연의 깃발을 흔든다. 20

마일이나 떨어져 있지만, 더 가까이서 봤으면 하는 마음은 들지 않을 것이다. 이미 지형 하나하나가 또렷이 구별되어 보이는 데다 찬란한 설연이 펼치는 쇼를 적당한 비율로 감상할테니 말이다.

이렇게 전체적인 풍경을 감상한 뒤에는 설연이 베일처럼 감싸고 있는 부분을 제외하고 눈이 쌓이지 않은 산마루와 봉우리 꼭대기가 얼마나 예리하게 윤곽을 드러내는지 주목하기 바란다. 그리고 좁은 세로 골과 협곡에 와서 안착한 눈이 그 측면에 얼마나 섬세하게 줄무늬를 만드는지도 눈여겨보기 바란다. 또한 바람이 측면에 부딪힐 때 얼마나 거창하게 설연이 물결 짓는지, 설연 하나하나가 돛대 꼭대기에 달린 기다란 깃발처럼 각자의 봉우리 정상에 얼마나 가지런히 붙어 있는지도 놓치지 말고 확인하라. 설연의 촉감이 얼마나 매끈하고 비단처럼 부드러운지, 가장자리로 갈수록 흐려지는 설연이 쪽빛 하늘에 마치 연필로 표현된 것처럼 얼마나 곱게 그려졌는지도 주목하라. 설연이 정상에 붙어 있는 지점에서는 빽빽하고 불투명하지만 끝으로 갈수록 옅어지고 반투명해져 그 뒤에 있는 봉우리들이 마치 간유리를 통해 보는 것처럼 어렴풋하게 보이는 것도 확인하라. 가장 높은 산 정상에서 만들어지는 가장 긴 설연 중에는 길을 가로막는 좁은 통로와 협곡을 가로질러 온전히 자유롭게 한 봉우리에서 다른 봉우리로 흐르는 경우도 있고, 서로 겹치거나 부분적으로 가리는 경우도 있으니 잘 관찰하기 바란다. 그리고 경탄스러운 설연을 이루는 작은 입자 하나하나가 얼마나 열심히 빛을 분출하는지도 음미하라. 이 모두가 숲의 창문을 통해 바라본 아름답고 놀라운 그림을 이루는 특징이다. 그림의 근경과 중경이 모두 지워져서 검은 봉우리와 하얀 설연, 푸른 하늘만 남는다 하더라도 그 장면은 단연코 눈부시게 찬란할 것이다.

자, 이제 설연이 어떻게 만들어지는지 살펴보자. 지금껏 우리가 감상한 경이로울 만큼 아름답고 완벽한 설연이 탄생하려면 이에 유리한 풍향과 풍속, 풍부한 눈가루, 독특한 형태의 산비탈, 이 삼박자가 맞아야 한다. 바람이 굉장한 풍속으로 꾸준히 불어서 방대한 눈가루를 계속 제공해야 할 뿐만 아니라 바람이 북쪽에서 불어야 하는 것도 매우 중요하다. 남풍이 불어 시에라산맥 산꼭대기에 완벽한 설연을 흩날린 적은 한 번도 없다. 다른 조건은 그대로여도 돌풍이 남쪽에서 불어오면 흐릿한 안개 같은 무리만 만들어진다. 남풍이 불면 눈이 봉우리 꼭대기에 집중적으로 분출해서 돛대 꼭대기의 가는 깃발처럼 이끌려 나오지 않고 측면으로 떨어져서 빙하 내부로 들어가 쌓이기 때문이다. 북풍이 집중적으로 작용하는 원인은 잔류 빙하 분지가 있는 봉우리 북면의 형태가 독특하기 때문이다. 일반적으로 봉우리 남면은 볼록하고 불규칙적인 반면 북면은 수직, 수평 단면 모두 오목하다. 이런 굴곡을 따라 올라가는 바람은 산 정상을 향해 수렴하면서 집중 기류로 눈을 운반하여 산꼭대기 위에 있는 공기 중으로 거의 수직으로 눈을 쏘아올린 뒤 수평 방향으로 휩쓸려 지나간다.

봉우리의 북면과 남면의 형태가 이렇게 다른 이유는 양쪽이 받은 빙하작용의 종류와 규모가 다르기 때문이다. 북면은 햇볕이 내리쬐는 쪽에서는 절대 있을 수 없는 형태를 지닌 그늘진 잔류 빙하에 의해 분지처럼 우묵한 모양이 된 것이다.

　　이처럼 그림자는 높은 얼음 산의 형태만 결정하는 게 아니라 성난 바람에 의해 산 위에서 깃발처럼 휘날리는 설연의 모양도 결정하는 것으로 보인다.

A NEAR VIEW OF THE HIGH SIERRA

가까이에서 바라본 시에라네바다산맥

인디언 서머가 한창인 눈부신 이른 아침이었다. 빙하가 만든 목초지에 아직 서리 결정이 남아서 바삭거렸다. 나는 바닥난 빵과 차를 보충하기 위해 라이엘산을 떠나 요세미티계곡으로 내려가는 길이었다. 여느 여름과 마찬가지로 지난여름에도 샌호아킨강San Joaquin River, 투올럼니강, 머세드강, 오언스강 상류에 있는 빙하들을 탐험하며 지냈다. 빙하의 움직임, 동향, 크레바스, 빙퇴석 등을 측정하고 조사했으며, 빙하가 왕성하게 확장하던 시기에 산으로 이루어진 이 동화 나라의 풍경을 만들고 발전시키는 데 빙하가 어떤 역할을 했는지도 탐구했다. 1년 중 이런 종류의 작업을 하는 시기는 거의 끝난 터라 즐거운 마음으로 다가오는 겨울과 경이로운 겨울 폭풍을 기다리기 시작했다. 겨울이 오면 눈 때문에 발이 묶이니 요세미티의 통나무집에서 넉넉한 빵이랑 책과 함께 따뜻하게 지낼 터였다. 하지만 벽처럼 솟은 요세미티 암벽 주변 고지대에서 멀찍이 전망하는 경우를 제외하면 이제 다음 여름이 오기 전까지 이토록 좋아하는 이 지역을 다시 보지 못할 수도 있다는 데 생각이 미치자 살짝 아쉬운 마음이 들었다.

엄밀히 말하면 시에라네바다산맥 가운데 예술가의 눈에 그림처럼 아름답게 보일 만한 곳은 거의 없다. 거대하게 융기된 이 산맥의 전체 모습이 하나의 훌륭한 그림이 되는 것이지, 이 산맥을 더 작은 단위로 뚜렷하게 나눌 수는 없다. 이런 면에서 시에라산맥은 코스트산맥에 있는 더 오래되고 더 무르익은 산들과 큰 차이가 있다. 우리가 목격한 대로 시에라산맥의 모든 풍경은 몹시 추웠던 지난겨울에 발달한 얼음이 몰려와 맨 아랫부분부터 산 정상까지 개조되면서 재탄생했다.

하지만 이 모든 새로운 풍경이 전부 동시에 탄생하지는 않았다. 얼음이 가장 오랫동안 남아 있던 가장 높은 몇몇 지대는 이들보다 더 낮은 곳에 있는 더 따뜻한 지대보다 수십 세기는 젊다. 산의 풍경이 형성된 지 오래되지 않을수록, 즉 젊을수록(여기서 젊다는 것은 빙하기의 얼음에서 출현한 시기를 말한다), 예술적인 작은 조각으로 분리하기가 어렵다. 인간애가 상당히 담겨 있는 따뜻하고 사랑스럽고 호감을 주는 그림이 될 수 있는 조각으로 나뉘기 힘들다는 말이다.

하지만 투올럼니강 상류에 있는 자연 그대로의 모습을 간직한 봉우리군을 지질학자가 본다면 이제야 막 태양이 이들을 비추기 시작했다고 할 것이다. 그래도 이 봉우리군은 그림처럼 무척이나 아름답고, 주요 지형들은 자칫 평범해 보일 정도로 매우 규칙적이고 고르게 균형 잡혀 있다. 무거운 눈을 짊어진 봉우리들이 모여 어둡게 무리를 이루고, 그 맨 아랫부분은 소나무가 가장자리를 둘러싼 회색빛 화강암 돌출부로 장식되어 있다. 이 봉우리군은 멋진 계곡의 맨 윗부분에서부터 자유로이 하늘로 몰려올라가는 모양을 하고 있다. 우뚝 솟은 계곡 벽들은 양쪽 측면 모두 비스듬히 기울어져서 엄밀히 따졌을 때 계곡에 속하지 않는 것은 받아들이지 않으면서도 계곡 전체를 아우를 수 있다.

이제 이 풍경의 근경은 갈색, 자주색, 황금색 등 그윽한 햇빛을 받아 무르익은 가을색으로 불타고 있었다. 깊은 코발트색 하늘과 흑색과 회색이 섞인 바위, 영적인 감흥을 주는 순백의 빙하와는 선명한 대조를 이루었다. 정중앙 아래로는 이제 발원하기 시작한 꼬마 투올럼니강이 투명한 샘에서 쏟아져나오고 있었다. 어떨 때는 다시 얼음으로 변하려는 것처럼 유리 같은 샘에서 가만히 쉬다가도, 또 어떨 때는 눈으로 변하려는 듯 하얀 폭포 속으로 뛰어들었다.

이렇게 발원한 투올럼니강은 화강암 돌출부 사이를 좌우로 미끄러져 내려가서는 계곡의 매끈한 초원 지대를 휩쓸며 통과했다. 그러면서 마치 사색에 잠긴 듯 고요하고 정적인 몸짓으로 물속에 잠긴 버드나무와 사초莎草를 지나 화살처럼 날카로운 소나무밭을 둘러서 좌우로 흔들리며 흘러내려갔다. 이렇듯 투올럼니강은 파란만장한 코스를 완주했다. 빠르게 흐르기도 하고 느리게 흐르기도 하며, 크게 노래하기도 하고 작게 노래하기도 하면서 언제나 영적 생동감으로 풍경을 가득 채웠고 모든 움직임과 음색으로 발원지의 위엄을 보여주었다.

나는 계곡 아래로 고독하게 내려가면서도 눈부시게 찬란한 경치를 뒤돌아보고 또 돌아보았다. 그러면서 두 팔을 높이 들어올려 마치 액자처럼 이 풍경을 품 안에 담은 채 지긋이 바라보았다. 오랜 세월 빙하 아래 어둠 속에서 햇살과 폭풍을 겪으며 성장한 이 풍광은 누렇게 익은 밀밭이 농부의 수확을 기다리듯 이제 재능 있는 화가가 그려주기를 기다리는 것처럼 보였다. 여행할 때 붓과 물감을 챙겨 다니고 그림 그리는 법도 배우고 싶다는 생각이 절로 생겼다. 그런 날이 오기 전까지는 마음속에 사진을 담아두고 노트에 스케치를 남기는 것으로 만족해야 한다.

한참 뒤 계곡 서쪽 벽에서 뻗어나온 가파른 돌출부를 돌아서자 모든 봉우리가 시야에서 사라졌다. 나는 얼어붙은 초원을 따라 빠르게 전진해서 머세드강과 투올림니강 사이에 있는 분수계를 지나 클라우드레스트Clouds Rest 산비탈을 덮고 있는 숲을 통과하여 제때 요세미티에 도착했다(사실 나에게 제때란 아무 때나를 말한다). 그런데 희한하게도 내가 이곳에 와서 가장 먼저 만난 사람들 가운데 화가가 둘이나 있는 게 아닌가. 두 사람은 소개서를 들고 내가 돌아오기를 기다리고 있었다. 그들은 내게 근처 산을 탐험하면서 커다란 그림으로 담기에 적당한 풍경을 본 적이 없냐고 물었다.

나는 바로 최근에 경탄을 자아낸 풍경을 묘사해주기 시작했다. 더 세세한 부분까지 이야기하자 두 사람의 얼굴이 환하게 빛나기 시작했다. 내가 그곳으로 안내하겠다고 제안하자 그들은 내가 시간을 내어 데려가주는 곳이라면 어디든, 멀거나 가깝거나 상관없이 기쁘게 따라나서겠다고 했다. 나는 아무리 날씨가 좋아도 언제든 폭풍이 몰려와 형형색색의 풍경을 눈에 묻어버리고 화가들의 대피도 어렵게 만들 수 있으니 즉시 출발 준비를 하는 것이 좋겠다고 했다.

나는 그들을 이끌고 버널폭포Vernal Falls와 네바다폭포

Nevada Falls를 지나 계곡을 빠져나왔다. 그리고 오래된 모노 트레일 등반로를 따라 분수령을 넘어 빅투올럼니초원Big Tuolumne Meadow으로 갔다. 거기서부터는 투올럼니강 상류를 따라 강의 발원지로 갔다. 동행한 화가들은 시에라산맥 나들이가 이번이 처음이었다. 나는 주로 혼자서 산행을 하는 터라 두 사람의 표정에 신선한 아름다움이 투영되는 모습을 보니 새롭고 흥미로운 연구 대상으로 느껴졌다. 당연히 두 사람은 색조에 크게 감동했다. 강렬한 쪽빛 하늘, 자줏빛이 도는 회색 화강암, 붉은색과 갈색이 어우러진 메마른 초원, 반투명한 자주색과 진홍색이 섞인 허클베리밭, 불타는 듯한 노란색 사시나무 숲, 은빛 섬광이 빛나는 개울, 밝은 초록색과 파란색이 눈부신 빙하 호수.

하지만 애석하게도 전반적인 경치(바위투성이에다 자연 그대로의 황량한 모습)는 실망스러운 모양이었다. 두 사람은 산등성이에서 산등성이로 숲을 지나면서 눈앞에 펼쳐지는 풍경을 열심히 둘러보며 말했다. "규모는 다 어마어마하고 웅장합니다만 아직 실제로 그림으로 그릴 만한 소재는 하나도 없네요. 아시겠지만 예술은 길면서도 한계가 있습니다. 그런데 이곳은 근경, 중경, 원경이 다 비슷비슷합니다. 벌거벗은 바위, 숲, 수풀, 아주 작게 군데군데 있는 초원, 반짝이는 물줄기…." 내가 웃으며 대답했다. "걱정하지 마세요. 조금만 기다리면 여러분이 좋아할 만한 것을 보여드리죠."

마침내 둘째 날이 저물어갈 무렵 시에라의 왕관이 시야

에 들어오기 시작했다. 앞서 언급한 돌출부를 완전히 돌아서자 산꼭대기의 붉은 노을 속에서 전경이 드러났다. 신이 난 화가들은 도를 넘을 정도로 흥분했다. 둘 가운데 더 충동적으로 반응한 젊은 스코틀랜드 청년은 앞으로 달려나가면서 마치 정신 나간 사람처럼 소리치고 손짓하며 팔을 허공으로 흔들어댔다. 그들의 눈앞에 비로소 전형적인 산악 풍경이 펼쳐졌다.

장관 앞에서 잠시 축제 분위기에 젖은 뒤, 나는 초원에서 조금 뒤로 돌아온 지점에 있는 안전한 수풀에 캠프를 차리기 시작했다. 이곳은 침대로 쓸 소나무 가지도 구할 수 있고, 장작으로 쓸 만한 마른 나무도 많았다. 그러는 동안 두 화가는 굽은 강변을 따라 협곡의 사면 위로 여기저기 뛰어다니면서 스케치에 담을 근경을 골랐다. 어둠이 내리자 우리는 마실 차도 우려내고 장작불도 활활 타오르게 준비한 다음 앞으로의 계획을 세우기 시작했다. 화가들은 이곳에 최소한 며칠 더 남기로 했고, 그동안 나는 사람의 발길이 닿지 않은 리터산 정상에 다녀오기로 했다.

10월 중순, 눈꽃이 피어나기 시작하는 개화기였다. 올겨울의 첫 눈구름이 이미 꽃을 피워 산봉우리마다 새로 내린 눈 결정이 흩뿌려져 있었다. 그래도 등반이 위험할 정도는 아니었다. 여전히 날씨도 무척 잔잔한 데다 산기슭까지 하루 조금 넘게 걸어가면 도착하는 거리라서 내가 폭풍우에 고립될 위험은 크지 않다고 판단했다.

리터산은 하이시에라 중부에 포진한 산들 가운데 대장격인 산이다. 북부에서는 샤스타산Mount Shasta, 남부에서는 휘트니산Mount Whitney이 대표주자인 것처럼 말이다. 이뿐만 아니라 내가 아는 한 아직 아무도 정상을 정복하지 않은 산이었다. 나는 여러 차례 여름이면 산 주변에 있는 야생의 땅을 탐험했지만 조사 결과 지금까지는 산 정상에 오르고 싶다는 생각이 들지 않았다. 리터산은 해발 1만 3,300피트 높이에 가파르게 경사진 빙하와 어마어마하게 깊은 바위투성이 협곡이 울타리처럼 둘러서 있다. 이 산에 접근하는 건 거의 불가능하지만 이런 난관쯤은 산악인에게 짜릿함만 안겨줄 뿐이다.

다음 날 아침 화가들은 열심히 그림 작업에 몰두했고 나 역시 내가 해야 할 일에 집중했다. 경험상 아직은 기미가 보이지 않더라도 잔잔한 황금빛 태양이 내리쬐는 가운데 얼마든지 격렬한 폭풍이 알을 까고 나올 수 있었다. 화가들에게 작별 인사를 하기 전에 내가 일주일이나 열흘이 지나도록 나타나지 않더라도 놀라지 말라고 말해두었다. 만약 눈보라가 시작되면 불을 크게 지피고 가능한 한 안전하게 몸을 피하되, 겁을 먹고 두 사람끼리 눈 더미를 헤치며 요세미티로 돌아갈 생각은 절대 하지 말라는 당부도 잊지 않았다.

나의 등반 계획은 마주칠 지형에 맞게 가파른 협곡 벽을 올라 시에라산맥 동쪽 측면으로 건너간 다음 남쪽으로 발길을 돌려 리터산의 북쪽 돌출부로 가는 거였다. 캠프에서 출발하여 곧장 남쪽으로 가면 시에라산맥의 축에 해당하는 이 지역을 장식하는 수많은 봉우리와 뾰족한 산꼭대기를 통과해야 한다. 물론 재미는 있겠지만 시간이 너무 많이 소요될 뿐만 아니라 1년 중 지금 같은 시기에는 지극히 어렵고 위험해서 이 코스는 마음을 접었다.

첫날은 오로지 즐겁기만 했다. 그저 마음껏 등반하고, 오래전 빙하가 만들어놓은 마른 길을 건너가고, 행복하게 흐르는 개울을 따라가고, 수풀과 바위에 사는 새와 마멋의 습성도 알아냈다. 캠프에서 불과 1마일도 가지 않았는데 하얗게 떨어지는 폭포 발치에 이르렀다. 이 폭포는 900피트 높이에서 협곡 벽의 바위투성이 틈을 헤치고 아래로 떨어지며 격렬하게 고동치는 폭포수를 투올럼니강으로 쏟아붓고 있었다. 다행히 내가 가는 코스에 들어 있어서 이 폭포의 발원지를 알수 있었다. 덕분에 얼마나 좋은 길동무를 얻었는지! 어찌나 즐겁게 노래하며 이 산이 선사하는 기쁨을 열성적으로 들려주는지! 나는 근사한 폭포 가장자리를 따라 기꺼이 올라가면서 폭포가 들려주는 천상의 음악도 감상하고 간간이 무지갯빛 물보라에 몸을 담그기도 했다.

높이 오를수록 새록새록 아름다운 풍경이 눈앞에 펼쳐졌다. 물감을 칠한 듯한 초원, 늦깍이 꽃이 피어난 정원, 보기 드문 건축물 같은 봉우리, 여기저기서 은빛으로 빛나는 호수, 얼핏 보이는 중부 삼림지대와 저 멀리 서쪽의 노란색 저지대. 시에라산맥 너머로는 이른바 모노사막Mono Desert이 꿈인 양 짙은 자주색 빛 속에 침묵을 지키고 있는 것이 보였다(얼음으로 반짝이는 화강암 사막에서 태양이 작열하는 사막을 바라본 셈이다). 여기서부터 물길이 열렬히 소리치며 양 갈래로 나뉜다. 동쪽으로 떨어져 그레이트베이슨Great Basin의 마른하늘 아래 화산모래 속으로 사라지거나, 서쪽으로 떨어져 캘리포니아 그레이트밸리Great Valley로 가서 샌프란시스코만과 골든게이트를 거쳐 바다로 흘러들어간다.

　　산 정상을 지나서 조금 아래로 내려가 1만 피트 높이에 도달한 뒤 거친 봉우리들이 무리 지어 서 있는 곳을 향해 남쪽으로 발길을 재촉했다. 이 봉우리들은 북쪽과 서쪽에서 리터산 주위를 지키고 서 있다. 나는 장애물이 나타날 때마다 본능적으로 대처하면서 손으로 더듬어가며 앞으로 나아갔다. 여기서 내 앞길을 가로지르는 거대한 협곡이 나타났다. 나는 조금이라도 덜 가파른 지점을 발견할 때까지 이 아찔한 협곡 가장자리를 따라 기어갔다. 덜 가파른 곳에서는 조심하며 안전하게 바닥으로 내려가 협곡 맞은편 벽에서 어느 정도 적합한 곳을 골라 다시 천천히 조심스레 올라갈 생각이었다.

　　협곡과 번갈아 나타나는 꼭대기가 평평한 거대한 돌출부는 눈 덮인 봉우리의 어깨에서 갑자기 아래로 떨어져 따뜻한 사막에 발을 묻는다. 어디를 봐도 오래전 빙하가 하나의 거대한 얼음 바람처럼 이 지역 전체를 휩쓸고 지나면서 만든 개성 있는 조각품들로 장식되어 있었다. 빙하가 육중하게 쇄도하면서 표면이 반질반질하게 다듬어졌는데, 지금도 워낙 완벽하게 보존되어 있어서 햇빛을 반사하는 눈처럼 여기에 반사된 햇빛이 많은 곳에서 눈을 부시게 한다.

신이 만든 빙하라는 맷돌은 느리게 갈긴 했지만 캘리포니아에서 워낙 오래전부터 가동된 터라 충분히 많은 흙을 갈아 만들어 찬란하리만치 풍부한 생명을 잉태할 수 있었다. 하지만 이렇게 갈아서 얻은 흙은 대부분 저지대로 옮겨져 이곳 같은 고지대는 비교적 메마르고 헐벗은 상태로 남았다. 빙하기 이후의 침식작용 인자들은 몇몇 생명력 강한 식물, 주로 사초와 에리오고눔이 자라는 데 필요한 자양분을 지면에 아직 충분히 공급하지 못했다. 이런 연관성을 통해 흥미롭게도 이 고도에 서식하는 식물이 희박하고 그 개성이 억제된 원인이 척박한 기후보다는 토양의 부족 때문이라는 사실을 알 수 있다.

이에 반해 군데군데 보이는 악천후에도 안전한 (지면 아래로 넓게 파인) 분지에는 얼마 안 되지만 잘 분쇄된 빙퇴석 조각이 쌓여 있다. 이런 곳에는 키가 30~40피트에 이르는 가문비나무와 소나무숲이 있고, 그 가장자리를 버드나무와 허클베리 관목이 둘러싸며 장식한다. 대개 더 바깥쪽으로 나가면 키 큰 풀과 화사한 루핀, 라크스퍼, 화려한 컬럼바인이 원을 그리며 자란다. 이렇게 다양한 식물이 자라는 모습을 보면 생장을 억제할 정도로 기후가 혹독하진 않다고 추정할 수 있다. 이 고도에 있는 개울과 못에도 토양이 자리 잡을 수 있는 곳이라면 어디든지 작은 정원이 조성되어 있다. 이런 풍경은 조금 떨어져서 보면 잘 보이지 않지만 진가를 알아보는 안목 있는 관찰자에게는 매력적인 뜻밖의 발견이 된다.

얼마 안 되는 이런 수풀도 몇몇 새에게는 고마운 보금자리가 된다. 사람을 만난 적 없는 이 새들은 어떤 불운도 두려워하지 않고 호기심에 가득 차서 낯선 사람 주위로 몰려들어 거의 손에 잡힐 정도로 가까이 다가온다. 이렇듯 자연 그대로의 모습을 간직한 아름다운 곳에서 첫날을 보냈다. 덕분에 모든 광경과 모든 소리로부터 영감을 받아 나 자신에게서 멀리 벗어나면서도 나만의 개성을 키우고 발전시킬 수 있었다.

이제 장엄하고 조용한 저녁이 되었다. 길고 뾰족뾰족한 푸른색 그림자가 눈밭을 가로질러 살금살금 기어나왔다. 그러는 동안 처음에는 알아볼 수 없던 장밋빛 저녁노을이 점점 깊어지더니 모든 산꼭대기로 퍼지면서 빙하와 그 위에 있는 험한 바위를 붉게 물들였다. 바로 산꼭대기에서 맞는 노을이었다. 내게는 지상에서 표현된 신의 모습 가운데 가장 감동적이었다. 이 신성한 빛이 닿으면 산은 종교적 의식 상태에 빠져 불타는 것처럼 보였다. 독실한 교도들처럼 그렇게 숨죽인 상태로 기다리며 서 있었다. 노을이 희미해지기 시작하기 직전, 진홍빛 구름 두 점이 불꽃의 날개처럼 산 정상을 가로질러 흘러가면서 안 그래도 숭고한 풍경을 더 감동적으로 만들었다. 그리고 어둠과 별들이 찾아왔다.

얼음으로 덮인 리터산까지는 여전히 수 마일이나 떨어져 있었지만, 그날 밤은 더 이상 갈 수 없었다. 나는 해발 1만 1,000피트 정도 되는 빙하 분지의 가장자리에서 캠프에 적합한 장소를 발견했다. 분지 바닥에는 작은 호수가 있어서 차 끓일 물도 얻었고, 근처에는 폭풍에 꺾어진 덤불이 있어서 수지가 나오는 땔감도 넉넉히 구했다.

잘리고 산산이 조각난 거무스름한 봉우리들이 지평선 둘레로 반원을 그리며 땅거미가 진 으스름 속에서 야생의 모습을 드러냈다. 빙하 발치에서 흘러내려가던 폭포가 엄숙하게 성가를 부르듯 노래하며 호수를 가로질렀다. 폭포와 호수 그리고 빙하는 거의 똑같이 맨몸을 드러냈다. 갈라진 바위틈에 붙은 앙상한 소나무들은 폭풍 때문에 아주 왜소해진 데다 잘려나가기까지 해서 나무 꼭대기로 걸어서 지나갈 수 있을 정도였다. 색조 면에서나 모양 면에서나 이 풍경은 지금껏 내가 본 것 가운데 가장 황량했다. 하지만 산이라는 성서가 가장 어두워지면 혼자일 때 반드시 느끼게 되는 밝은 사랑의 구절이 이곳을 환하게 밝힌다.

나는 소나무 덤불 한쪽 구석에 잠자리를 만들었다. 소나무 가지가 눌리고 오그라들어 지붕처럼 머리 위를 덮고 아래로 구부러져 측면으로 내려왔다. 그야말로 고산지대에서 누릴 수 있는 최상의 침실이었다. 다람쥐 둥지처럼 안락한 데다 통풍도 잘되고 향긋한 향으로 가득할 뿐만 아니라 바람이 자장가를 연주할 악기로 삼을 솔잎도 충분했다. 여기서 동반자를 만나리라고는 기대하지 않았지만, 아래쪽 옆문으로 기어서 들어가다 보니 술처럼 생긴 꽃들 사이로 새 대여섯 마리가 둥지를 틀고 있었다.

어둠이 내리자 이내 밤바람이 불기 시작했다. 처음에는 그저 부드러운 숨소리 같다가 밤이 깊어질수록 커지더니 거친 돌풍으로 변했다. 돌풍은 머리 위 험준한 바위에 부딪혀 성난 소리를 내면서 폭포처럼 들쑥날쑥하게 밀려와 솔잎으로 만든 지붕 위로 떨어졌다. 폭포는 합창하듯 노래하면서 장엄한 포효 소리로 오래된 얼음 발원지를 가득 채웠다. 밤이 깊어질수록 폭포의 기세가 등등해지는 것 같았다. 이런 풍경에 딱 어울리는 소리였다. 나는 밤새 여러 번 밖으로 기어나와 모닥불 앞으로 가야만 했다. 이가 부딪힐 정도로 추위가 매서웠지만 덮을 담요가 없는 탓이었다. 나는 기쁜 마음으로 새벽별이 뜨는 걸 반겼다.

사막의 메마르고 너울거리는 공기 속에서 맞는 새벽은 찬란했다. 모든 상황이 내가 착수한 일이 성공할 것 같다며 격려하는 듯했다. 하늘에는 구름 한 점 없고 바람결에도 폭풍의 기미는 조금도 실려 있지 않았다. 아침상은 빵과 차로 금세 차렸다. 산꼭대기에서 하룻밤을 보낼 수밖에 없는 경우를 대비하여 오래가는 딱딱한 빵 껍질을 벨트에 매달았다. 얼마 안 되는 남은 비축품은 늑대와 숲쥐로부터 안전한 곳에 숨겨둔 뒤 희망을 가득 품은 채 홀가분하게 출발했다.

태양이 산에게 보내는 안부의 인사가 이토록 눈부시게 찬란할 줄이야! 이 장관을 홀로 바라볼 수 있다면 천 번이라도 산행에 나서는 수고로움을 감수할 만하다. 먼저 가장 높은 봉우리들이 투명한 그늘의 바다에 떠 있는 섬처럼 불탔다. 뒤

이어 낮은 봉우리와 뾰족한 산꼭대기에 아침노을이 걸렸다. 빛은 기다란 창 모양으로 길게 뻗어나가면서 수많은 협곡과 산길을 지나 얼어붙은 초원 위로 빽빽하게 떨어졌다. 이제 리터산의 위풍당당한 자태가 시야를 가득 채웠다.

나는 둥근 바위와 노면 너머로 급히 발길을 서둘렀다. 밑창에 쇠가 달린 신발을 신어서 발을 디딜 때마다 철컥거리는 소리가 나다가 때때로 철쭉과에 속하는 브라이앤서스 Bryanthus(에리카에 속하는 꽃−역주)가 융단처럼 깔린 곳을 지나거나 이끼처럼 부드러운 사초가 무성한 호수 주변을 지나면 조용해졌다. 이른바 '고즈넉한 땅'이라 불리는 이곳에서도 닳고 닳은 바위 사이 가장자리에서 자라는 종 모양의 꽃 카시오페를 만났다. 물론 꽃은 이미 오래전에 시들었지만, 행복한 기억을 간직한 채 늘 푸른 가지에 아직 매달려 있었다. 그 모습이 온몸에 전율을 불러일으킬 정도로 여전히 아름다웠다. 당신이 겨울과 여름에 이곳을 찾는다면 카시오페가 내는 목소리를, 자주색 종 모양의 꽃에서 나는 여리고 달콤한 멜로디를 들을 수도 있다. 산에 서식하는 모든 식물 가운데 대자연의 사랑이라는 복음을 카시오페만큼 소박하게 들려주는 식물도 없다. 카시오페가 사는 곳에서는 가장 차가운 고독으로부터의 구원이 완료된다. 바로 바위와 빙하가 이 꽃의 존재를 느끼고 이 꽃에서 분수처럼 뿜어나오는 달콤함에 흠뻑 젖은 것처럼 보인다.

모든 것이 따뜻해지면서 깨어나고 있었다. 얼어붙은 실

개천이 흐르기 시작하고, 둥근 돌무더기 속 둥지에서 나온 마멋이 햇살 비치는 바위에 올라 일광욕을 즐기며, 회색머리참새는 아침 먹이를 찾아 주변을 날아다녔다. 어느 산등성이 꼭대기에 올라가 내려다보든 거기서 보이는 호수는 왜소한 소나무 덤불처럼 희미하게 빛나면서 눈부시게 잔물결을 일으켜 반짝였다. 바위도 활력 넘치는 열기에 재빨리 반응하는 것 같았다. 암석 결정이건 눈 결정이건 모두 신이 난 듯 보였다.

나는 더 이상 피로를 느끼지 못하는 것처럼 신나게 계속 걸었다. 팔다리가 알아서 저절로 움직이고 얼어붙은 꽃이 녹는 것처럼 모든 감각이 깨어났다. 그렇게 새로운 하루가 만들어내는 조화로움에 동참했다.

지금까지 지나온 코스에서는 협곡으로 내려갔을 때만 빼면 전망이 트여 있었다. 아니, 최소한 한쪽 면은 탁 트여 있었다. 왼쪽에는 모노호수Mono Lake의 자줏빛 초원이 꿈을 꾸듯 따뜻하게 쉬고 있었다. 오른쪽 가까운 곳에는 옅은 하늘로 열심히 튀어오르는 봉우리들이 더욱 웅장한 모습으로 자리했다. 하지만 이 드넓은 광경도 종국에는 사라졌다. 나는 울퉁불퉁한 돌출부와 빙퇴석, 툭 튀어나온 거대한 버팀벽 안에 갇히기 시작했다. 지형 하나하나가 엄격한 의미에서 점점 더 험난한 산악 지형으로 변했지만, 그래도 등골이 오싹해지는 경우는 없었다. 산에 오르는 건 집으로 돌아가는 것과 같기 때문이다. 이런 야생은 우리의 근원과 같기에 이곳에서는 제아무리 낯선 것이라도 어느 정도 친근하게 느낀다. 그래서 예전에 본

적 있는 것 같다는 막연한 느낌으로 이들을 바라본다.

얼어붙은 호수의 남쪽 기슭에 도달하자 단단한 눈 알갱이가 넓게 펼쳐진 들판이 나타났다. 마침 컨디션이 좋아서 그 위로 날쌔게 올라갔다. 이 들판 맨 위까지 따라 올라가서 경사를 이루며 맞붙어 있는 돌출된 바위를 가로지를 생각이었다. 이렇게 해서 리터산의 주요 봉우리 맨 아래로 직행할 수 있기를 바랐다. 지면에는 타원형으로 움푹 파인 분지들이 남아 있었다. 흡수된 태양열이 복사열로 방출되면서 돌과 솔잎 더미가 녹아서 한 덩어리를 이뤘다가 분지를 만든 것이다.

이들 분지는 훌륭한 발판이 되었지만 지면은 맨 윗부분에서 점점 더 급격하게 커브를 이루었다. 구덩이들은 더 얕아지고 적어졌다. 급기야 눈사태로 눈이 떨어져나가는 것처럼 나도 떨어져나갈 위험에 처했다는 것을 깨달았다. 그래도 손과 발을 동원해서 계속 기어가다가 갈고닦여서 반들반들해진 화강암에서 자주 그랬던 것처럼 매끈한 곳이 나오면 등을 대고 눕기를 반복했다. 그러다가 여러 차례 미끄러진 끝에 결국 여기까지 왔던 코스를 되밟아서 맨 아래로 돌아가지 않을 수 없었다. 나는 호수 서쪽 끝을 돌아 둘러서 갔다가 러시크리크 Rush Creek 상류와 산호아킨강의 최북단 지류를 나누는 분수령 정상까지 올라갔다.

이 분수령 정상에 도달하자 내가 지금껏 등반하면서 마주쳤던 순수한 야생의 땅 가운데 가장 흥미로운 곳으로 꼽히는 곳이 모습을 드러냈다. 그곳에서 리터산의 위풍당당한 자태가 정면으로 어렴풋이 보였다. 산 위의 빙하가 거의 내 발치까지 내려와서는 서쪽으로 방향을 틀어 무수한 얼음을 짙푸른 호수로 쏟아부었다. 호수의 기슭은 크리스털 같은 눈으로 덮인 절벽과 단단히 붙어 있었다. 분수령과 빙하 사이의 깊은 균열을 경계로 이 거대한 풍경이 나머지 부분과 분리되어 보였다. 보이는 것은 오로지 웅장한 산 하나, 빙하 하나, 호수 하나였다. 푸른 그림자 하나가 베일처럼 이들 전체를 덮고 있었다. 나뭇잎 한 장도, 아무런 생명의 기미도 없이 바위, 얼음, 물만 가까이 붙어 있었다.

　　나는 넋을 잃고 바라보다가 본능적으로 등산과 관련해서 모든 협곡과 골짜기, 풍화된 돌출부를 하나하나 면밀하게 조사하기 시작했다. 빙하 위 말단부 전체는 어마어마한 크기의 절벽이 하나 있는 것처럼 보였다. 꼭대기 부분이 살짝 후퇴하는 이 빙하에는 놀라운 모습으로 배열된 뾰족한 봉우리가 가득했다. 총안을 낸 성벽처럼 윗부분이 톱니처럼 울퉁불퉁하고 이끼로 얼룩진 거대한 암벽들이 여기저기 앞으로 나와 있었다. 이 벽들은 꼭대기에 각진 모양으로 홈이 났으며, 처음 만들어질 때부터 그늘에 가려진 탓에 서리로 뒤덮인 도랑과 우묵하게 들어간 곳을 경계로 분리되어 있었다.

　　좌우로 가시거리 안에서는 조금씩 부서지는 거대한 버팀벽들이 보였다. 이들 암벽은 올라갈 수 있는 희망이 전혀 보이지 않았다. 빙하의 발원지에서 좁은 협곡couloir을 통해 손가락처럼 생긴 몇몇 지류 빙하가 뻗어 있었다. 하지만 이 지류들은 너무 가파르고 짧아서 오르기 힘들어 보였다. 도끼가 없어서 이 빙벽에 발 디딜 곳을 만들며 올라갈 수도 없었다. 돌과 눈이 쏟아져내린 수많은 도랑은 수직으로 우뚝 선 절벽에 가로막혔을 뿐만 아니라 절망적으로 느껴질 만큼 가팔라 보였다. 게다가 빙하의 말단부 전면 전체는 어두침침한 바위들과 서늘한 그림자 때문에 더더욱 오를 수 없었다.

이렇듯 주저하며 분수령을 내려오다가 산기슭에서 입을 크게 벌리고 있는 협곡을 가로질러 빙하로 올라가는 길을 택했다. 이제 그곳에는 화려한 색으로 힘을 북돋우는 초원도 없었고, 높은 산의 침묵을 깨며 응원가를 부르는 회색머리참새 소리도 들리지 않았다. 오직 빙하 속 수맥과 크레바스를 따라 콸콸 흘러내려가는 작은 실개천 소리만 들릴 뿐이었다. 간혹 돌덩이가 덜컥거리며 아래로 떨어지는 소리와 메마른 공기 중에 메아리치는 소리도 들렸다.

나는 이쪽에서 출발하여 정상에 도달할 수 있다는 확신이 서지 않았다. 그래도 운명에 이끌리듯 계속 빙하를 가로질러 갔다. 나 자신과 씨름하면서 계절이 너무 깊어졌음을 실감했다. 설령 성공하더라도 산 위에 올라서 폭풍 때문에 꼼짝달싹하지 못할 수도 있었다. 게다가 구름이 잔뜩 껴서 깜깜하면 눈 덮인 절벽과 크레바스를 어떻게 벗어날 수 있겠는가. 안 돼. 다음 여름으로 미뤄야 해. 지금은 그저 산 가까이 가서 잘 살펴보고 측면 주변만 살살 돌아보며 산의 역사에 대해 알아낼 수 있는 만큼 파악하는 것이 좋다. 그러면서 폭풍을 몰고 오는 첫 구름이 다가오면 금세 몸을 피할 준비를 하고 있어야한다. 하지만 우리는 해보지 않으면 우리 마음 안에 빙하와 급류를 넘어 위험하게 높은 곳까지 올라가라고 부추기는 걷잡을 수 없는 충동이 얼마나 강한지 잘 모른다. 그러니 판단은 금물이다.

나는 빙하 동쪽 끝에 있는 절벽 발치에 도달하는 데 성공했다. 그곳에는 눈사태가 지나면서 만들어진 좁은 도랑 입구가 있었다. 가능한 한 멀리까지 이 도랑을 따라 올라갈 생각으로 오르기 시작했다. 이렇게 수고한 대가로 적어도 어느 정도 수려한 자연경관을 감상해야겠다는 생각이었다. 전체 코스는 산 암벽의 평평한 면을 비스듬히 오르는 모양새였다. 이 산을 이루는 변성 점판암은 벽개면劈開面에 의해 쪼개져서 비바람을 맞으면 풍화되어 각진 블록이 만들어진다. 덕분에 불규칙한 계단이 만들어져서 깎아지른 듯한 곳을 오르는 데 큰 도움이 된다. 이렇게 해서 나는 허물어지는 첨탑처럼 뾰족한 봉우리와 톱니처럼 비죽비죽한 봉우리가 당황스러운 조합을 이루며 함께 솟아 있는 야생의 땅으로 갔다.

이들 봉우리는 많은 곳이 얇은 얼음으로 코팅되어 매끄럽게 윤이 나기 때문에 돌로 쳐서 얼음을 깨부숴야만 했다. 시간이 지날수록 상황은 점점 더 위험해졌다. 하지만 나는 몇 군데 위험 지역을 통과한 후에는 마음을 단단히 먹고 하산할 생각을 접었다. 오르막길 전체가 이렇게 가팔랐으니 한 발이라도 잘못 내디디면 빙하로 추락하는 걸 면치 못할 터였다.

아래쪽에 확실한 위험이 도사리고 있음을 아는 상태에서 위쪽 상황이 어떻게 전개될지 더더욱 걱정되었고, 실제로 무슨일이 닥칠지 막연한 예감이 들기 시작했다. 하지만 두려움에 사로잡힌 것은 아니었다. 내 직감은 대체로 긍정적이고 잘 맞아들어가는 편인데, 어찌 된 일인지 이런 직감이 타격을 받아나를 잘못된 길로 인도하는 것 같았다.

한참 지나서 1만 2,800피트 고지에 도달하자 지금까지 따라 올라온 눈사태가 지나간 수로 바닥에서 깎아지른 듯한 낭떠러지에 가로막혔다. 이 암벽 때문에 절대로 더 이상 나아가지 못할 것 같았다. 이 낭떠러지는 높이가 45~50피트밖에 안 되는 데다 균열 부분과 돌출 부분으로 인해 표면이 약간 거칠었다. 하지만 이 정도의 요철은 디딤판으로 쓰기에 너무 미미하고 안전해 보이지도 않았다. 나는 필사적으로 이 벼랑을 피하여 어느 쪽이건 수로의 한쪽 벽을 오르기로 했다. 하지만 이 벽은 조금 덜 가파르긴 해도 앞을 막고 서 있는 바위 절벽보다 표면이 매끈했다. 여러 차례 시도해봤지만 결국 곧장 직진하든지, 아니면 되돌아가든지 선택할 수밖에 없다는 걸 깨달았다. 아래쪽에 도사리고 있는 확실한 위험은 정면을 가로막은 절벽에 도사린 위험보다 훨씬 더 커 보였다.

나는 이 절벽의 지형을 훑어보고 또 훑어본 뒤 손으로 잡을 곳을 극도로 조심스럽게 골라가면서 오르기 시작했다. 그런데 정상까지 반 정도 되는 지점에 이르러서 갑자기 꼼짝도 할 수 없었다. 두 팔을 활짝 벌린 상태로 암벽에 딱 달라붙은 채 손이건 발이건 위아래로 전혀 움직이지 못하게 된 것이다. 이렇게 내 운명이 다하는 것처럼 보였다. 틀림없이 떨어지는 구나. 잠시 갈피를 잡지 못하다 목숨을 잃고 절벽을 따라 아래 빙하로 굴러떨어지겠지.

최후의 위험이 닥친다는 생각이 뇌리에 떠오르자 산에 오르기 시작한 이후 평생 처음으로 불안감이 밀려왔다. 세상이 온통 숨 막히는 연기로 가득 찬 듯 마음이 갑갑해졌다. 하지만 눈앞이 깜깜해지는 이런 끔찍한 순간은 찰나에 그쳤고, 이내 생명의 불꽃이 초자연적으로 선명하게 불타올랐다. 불현듯 새로운 감각이 나를 휩싸는 듯했다. 나의 분신 혹은 지나간 옛 경험들, 본능, 수호천사(뭐라고 불러도 좋다)가 앞으로 나서서 키를 잡았다. 덜덜 떨리던 근육들이 다시 단단해졌고, 암벽의 균열과 홈이 마치 현미경으로 보듯 하나하나 눈에 들어왔다. 팔다리는 나와 아무 상관 없는 것처럼 긍정적인 자세로 정확하게 움직였다. 내가 하늘 높은 곳에서 날개를 달고 태어났다 해도 이보다 완벽하게 탈출할 수는 없을 것이다.

결코 잊지 못할 것 같은 이 지점 위로는 암벽이 더욱 거칠게 잘리고 찢겨나갔다. 깊은 협곡과 도랑은 입을 크게 벌린 채 미로처럼 복잡하게 얽혀 있었다. 그 모퉁이에는 불쑥 튀어나온 험한 바위와 떨어져나온 둥근 바위 더미가 여차하면 굴러내릴 태세로 솟아 있었다. 이런 상황에서도 내게 수혈된 신기한 힘은 바닥을 드러낼 줄 몰랐다. 크게 애쓰지 않았는데도 이곳을 벗어날 길을 찾았고, 어느새 축복받은 환한 빛을 한가득 받으며 가장 높은 바위에 올라서 있었다.

이 고결한 산 정상을 빙 둘러싼 풍경이 찬란하게 펼쳐졌다. 거대한 산과 무수한 계곡, 빙하와 초원, 강과 호수, 그 위로 모두를 아우르듯 다정하게 굽어보는 넓디넓은 푸른 하늘. 하지만 끔찍한 그늘을 벗어나 자유의 몸이 된 직후라 뭐니 뭐니 해도 일광욕을 하듯 온몸으로 받는 햇빛이야말로 이 풍경의 주인공이었다.

산맥의 축을 따라 남쪽을 바라봤을 때 가장 먼저 시선을 사로잡는 것은 너무도 날카롭고 갸름하게 솟아오른 뾰족한 봉우리들이다. 이들 봉우리는 산 아랫부분에 기대어 있는 얼마 안 되는 잔여 빙하들 위로 모습을 드러내며 1,000피트 높이로 솟아 있다. 얼음 위로 솟아오른 환상적인 조각 작품처럼 한결같이 날카로운 모습이 독특하리만치 야생적이고 인상적인 장관을 연출한다. 이들이 바로 그 유명한 '미나레츠The Minarets'다. 그 너머로 절묘한 황야 같은 산들이 보이는데, 눈 덮인 산 정상들이 빽빽하게 모여서 탑처럼 솟아 있다. 봉우리 너머 봉우리들이 남쪽으로 펼쳐지면서 이 산맥의 최고봉인 휘트니산에서 정점을 찍을 때까지 점점 높이 부풀어오르는 모양새다. 휘트니산은 컨강Kern River의 발원지 근처에 위치하며 높이는 해발 1만 4,700피트에 이른다.

서쪽으로는 산맥의 측면 전체가 잔잔한 물결 모양을 이루며 뾰족한 정상에서부터 장엄하게 흘러가는 것처럼 보인다. 거대한 잿빛 화강암 파도가 이는 바다에 점무늬처럼 호수와 초원이 점점이 보이고, 긴 줄무늬처럼 어마어마하게 큰 협곡들이 거리가 멀어질수록 점점 더 깊어진다. 이 잿빛 지역 아래로는 여기저기 산등성이와 돔이 우뚝 솟은 어두운 삼림 지대가 보인다. 그 너머로는 샌호아킨평원으로 보이는 어렴풋한 황색 지대가 이어지며 멀리 푸른 해안산맥과 경계를 이룬다.

북쪽으로 눈을 돌리면 가장 가까운 근경에 눈부시게 찬란한 시에라크라운Sierra Crown이 보인다. 거기서 살짝 왼쪽을 보면 놀라운 건축미를 자랑하는 사원 같은 커시드럴봉우리Cathedral Peak가 솟아 있다. 오른쪽으로는 매머드산Mammoth Mountain의 거대한 회색빛 자태가 보인다. 이외에도 오드산Ord Mountain, 깁스산, 다나산Dana Mountain, 코네스산, 타워봉우리Tower Peak, 캐슬봉우리Castle Peak, 실버산Silver Mountain을 비롯하여 아직 이름 붙이지 않은 수많은 산이 산맥 축을 따라 장관을 이룬다.

동쪽으로 보이는 지역은 아름다운 빛으로 덮인 적막한 땅처럼 보인다. 이곳에는 열렬한 화산활동이 빚어낸 건조한 모노분지에 장장 14마일에 달하는 황량한 호수가 있다. 오언스밸리Owen's Valley 계곡지대에는 맨 위에 넓은 용암 고원이 있고 점점이 분화구들이 있다. 거대한 인요산맥Inyo Range은 심지어 시에라산맥과 높이를 다툴 정도로 웅장하다. 이런 모습이 마치 지도를 펼쳐놓은 듯 발아래로 전개되고, 그 너머엔 수많은 산맥이 중첩되어 지나다 빛을 발하는 지평선 위에서 희미해진다.

리터산 정상에서 3,000피트도 떨어지지 않은 곳에서 샌호아킨강과 오언스강의 지류들이 산허리에 있는 빙하의 얼음과 눈에서 분출되어 흐른다. 거기서 조금 북쪽으로는 투올럼니강과 머세드강의 지류 가운데 가장 풍요롭게 흐르는 지류들이 보인다. 이렇게 되면 캘리포니아 4대 강의 발원지가 반경 4~5마일 안에 있는 셈이다.

호수는 원형이든 타원형이든 사각형이든 마치 거울처럼 어디에서도 빛을 반사한다. 은빛 지대처럼 봉우리 가까운 곳에 있는 호수들은 좁은 물결 모양을 하고, 가장 높은 곳에 있는 호수들은 암벽과 눈, 하늘만 반사한다. 하지만 이런 호수도, 빙하도, 여기저기 보이는 갈색 초원과 황야도 장대한 산맥이 연출하는 황무지를 압도할 정도로 강한 인상을 줄 만큼 광활하지는 않다. 막힘 없이 볼 수 있게 된 눈으로 자유로운 시야를 확보한 것을 반기면서 드넓게 탁 트인 공간을 이리저리 둘러보지만, 그래도 시선은 자꾸만 높이 솟은 봉우리들로 돌아간다. 많은 봉우리 가운데 특별히 이목을 집중시키는 것이 있는 모양이다. 탑과 흉벽이 있는 거대한 성 모양의 봉우리라든가, 밀라노대성당보다 많은 첨탑으로 장식된 고딕 양식의 대성당처럼 생긴 봉우리 말이다.

하지만 이곳처럼 모든 것을 다 아우르는 시점을 제공하는 자리에서 처음으로 내려다보면 가늠할 수 없을 만치 거대하고 다양하며 풍부한 산들이 시야 너머로 서로 어깨를 나란히 하며 솟아오른 모습에 압도되고 만다. 봉우리 하나하나마다 애정을 가지고 한참 살펴본 후에야 이들 봉우리가 빚어내는 원대한 조화로움이 선명하게 인식된다. 그러면 야생의 땅을 꿰뚫어보게 되어 인상적인 주요 지형들을 금세 감지한다. 주변 지형들은 모두 이들 주요 지형에 종속되어 있다. 그래서 가장 복잡하게 무리 지어 얽혀 있는 봉우리들도 마치 예술 작품처럼 조화롭게 연관된 모습으로 빚어졌음을 알게 된다. 이 봉우리들은 전체 산맥에서 이들을 눈에 띄게 만든 오래전의 얼음 강, 즉 빙하가 빚어낸 감동적인 기념물인 셈이다.

협곡들도 마찬가지다. 이 가운데에는 깊이가 1마일 정도 되며 웅장한 산맥 속에 미로처럼 복잡하게 얽혀 있는 것들이 있다. 처음에는 무법천지인 데다 다스릴 수 없을 것처럼 보이지만 한참 지나면 이들 협곡은 조화로운 순서에 따라 인과관계로 연결된, 원인에 따른 필연적인 결과라는 것을 깨닫는다. 석판에 조각된 대자연의 시라고 할까. 대자연이 빙하로 만든 작품 가운데 가장 단순하면서도 단호한 작품이다.

빙하기에 이곳을 관찰할 수 있었다면 현재 그린란드를 덮고 있는 얼음 바다처럼 계속 이어지는 주름진 얼음 바다가 눈앞에 펼쳐졌을 것이다. 모든 계곡과 협곡이 바위에 부딪힌 얼음 파도 위로 희미하게 솟은 봉우리 꼭대기만 가득했을 것이다. 폭풍이 몰아치는 바다 한가운데 솟아난 작은 섬들처럼 말이다. 이 섬들은 오늘날 이런 찬란한 풍경이 햇살 아래 미소 짓고 있음을 넌지시 알려주는 유일한 힌트다. 깊고 음울한 침묵 속에 서 있자니, 마치 창조 작업을 마친 듯 온 벌판에 아무런 움직임 없이 정적만 흐르는 것 같다.

하지만 우리는 변함없는 이런 겉모습 한가운데에 끊임없는 움직임과 변화가 있다는 사실을 잘 안다. 이따금 저쪽 봉우리들에서 눈사태가 일어나 밀려내려온다. 절벽과 경계를 이루는 이 빙하들은 그 자리에 박혀서 꼼짝도 하지 않는 듯 보이지만 실제로는 물처럼 흐르면서 그 아래 있는 바위들을 갈아 부순다. 그리고 화강암으로 이루어진 호숫가로 철썩이며 밀려와 조금씩 기슭을 닳아 없앤다. 모든 실개천과 상류의 어린 강은 공기를 침식시켜 음악으로 만들고 산을 평야로 옮겨간다. 계곡에 사는 모든 생명의 뿌리가 바로 여기 있다. 영원히 변화하는 대자연의 모습이 그 어느 곳보다 단순하게 바로 여기에서 선명하게 드러난다. 즉 얼음은 물로, 호수는 초원으로, 산은 평야로 변해간다.

우리는 대자연이 풍경을 창조하는 방식을 가만히 들여다보고 대자연이 바위에 새겨놓은 기록을 읽으면서 아무리 불완전하더라도 과거의 풍경을 재건해야 한다. 지금 우리가 보는 풍경이 빙하기 이전 시대의 풍경을 뒤이은 것이듯 지금의 풍경은 점차 시들어 사라지면서 아직 탄생하지 않은 다른 풍경으로 이어지리라.

이런 멋진 교훈과 풍경을 한창 음미하는 동안에도 나는 해가 멀리 서쪽으로 넘어가는 현실을 잊지 말아야 했다. 새로운 하산로를 찾아내서 수목한계선 안에 드는 어느 지점까지는 내려가야만 모닥불을 지필 수 있기 때문이다. 게다가 나는 외투도 챙겨 오지 않았다. 먼저 서쪽 돌출부를 살피면서 북쪽 빙하로 갈 수 있는 길이 보이기를 바랐다. 북쪽 빙하에 도착하면 빙하 말단부를 가로지르거나 빙하가 흐르는 호수를 빙 둘러 가서 아침에 온 길과 만날 수 있을 것 같았다. 하지만 얼마 지나지 않아 이 길로 실제로 갈 수 있다 하더라도 시간이 너무 많이 걸려서 그날 밤 캠프에 도착하기란 불가능하다는 것을 깨달았다. 재빨리 동쪽으로 방향을 바꿔서 남쪽 경사면을 비스듬하게 내려왔다. 이쪽은 바위가 덜 험준해 보이는 데다 북동쪽으로 흐르는 빙하의 발원지도 시야에 들어와서 가능한 한 멀리까지 따라가기로 했다. 이렇게 가면 동쪽 봉우리 발치에 도달하고 거기서 앞을 가로막는 협곡과 산등성이를 가로질러 캠프에 도착할 수 있으리라 생각했다.

빙하는 발원지에서는 경사가 꽤 완만한 데다 햇빛을 받아 만년설névé이 부드러워진 덕분에 뛰기도 하고 미끄러져 내려가기도 하면서 안전하고 빠르게 전진했다. 그러면서도 예리한 눈으로 크레바스에 대한 경계를 늦추지 않았다. 그런데 발원지에서 반 마일 정도 떨어진 곳에 얼음 폭포가 나타났다. 여기서 가파른 내리막으로 빙하가 쏟아져나와 깊고 푸른 균열로 갈라진 거대한 블록으로 산산이 조각나고 있었다. 미끄러운 미로처럼 얽혀 있는 이 크레바스 지대를 그대로 통과하는 것은 불가능해 보였다. 이 크레바스를 피해 산 어깨로 올라가는 시도를 했다. 하지만 비탈이 급경사를 이루더니 결국 가파른 벼랑이 되어 어쩔 수 없이 얼음이 있는 곳으로 돌아갔다. 다행히 날씨가 따뜻해서 얼음 결정 결합이 느슨해졌고, 덕분에 블록 가운데 퍼석퍼석한 부분에 구멍을 팔 수 있었다.

이렇게 해서 예상보다 훨씬 수월하게 한발 한발 디디며 나아갈 수 있었다. 빙하 말단부를 지나고 왼쪽 측면 빙퇴석을 따라 계속 내려가는 건 자신만만하게 산책하는 느낌이었다. 군데군데 디딤 계단을 만들 도끼만 있으면 이 빙하를 통해 산을 오르는 게 쉽다는 걸 알 수 있었다.

빙하 하단에는 겹겹이 쌓인 얼음층 가장자리가 노출되어 아름다운 물결무늬와 줄무늬를 이루었다. 이 얼음층은 연간 적설량을 나타낼 뿐만 아니라 크레바스 벽이 풍화되거나 눈이 내린 뒤 비, 우박, 해빙, 동결 등을 거치면서 불규칙한 구조를 이룬 모습도 어느 정도 보여준다고 할 수 있다. 작은 실개천들은 순전히 얼음으로 덮여 있는 수로 안에서 녹아내리는 표면 위로 매끄러운 기름처럼 미끄러지듯 소용돌이친다. 실개천이 재빠르게 순응하며 움직이는 모습은 실개천을 등에 태운 빙하가 눈에 보이지 않을 정도로 뻣뻣하게 흐르는 모습과 극명한 대조를 이룬다.

아직 산의 동쪽 기슭에 다다르지 못했지만 밤이 가까워졌다. 캠프까지 가려면 바위투성이 길을 따라 북쪽으로 수 마일은 더 가야 했다. 그래도 마침내 성공하리라는 것은 확실했다. 지금부터는 오로지 인내와 평범한 등반 기술의 문제였다. 저녁노을은 심지어 전날보다 훨씬 더 아름다웠다. 모노분지의 전경이 따사로운 자줏빛으로 완전히 포화상태에 이른 듯 보였다. 정상을 따라 모여 있는 봉우리들은 이미 그림자가 졌지만 모든 골짜기와 수로로 생생한 태양의 불덩이가 흐르면서 검고 거칠고 각진 부분을 부드럽게 빛내주었다. 그 위로는 빛나는 작은 구름 떼가 마치 빛의 천사처럼 하늘을 맴돌았다.

어둠이 내렸지만 나는 하늘에 비추어진 협곡과 봉우리의 방향에 따라 길을 찾아갔다. 빛이 사라지면서 흥분이 가라앉자 나도 지쳐버렸다. 바로 그때 호수 건너편에서 명랑한 폭포 소리가 들렸고 곧이어 호수에 반사되어 빛나는 별들이 보였다. 현재 위치를 확인하면서 둘러보니 내가 둥지로 삼은 작은 소나무 덤불이 보였다. 나는 지친 산악인만이 누릴 줄 아는 꿀 같은 휴식을 취했다. 한동안 느슨한 자세로 멍하니 누워 있다가 일몰맞이 모닥불을 피우고 호수로 내려가 머리에 물을 끼얹은 뒤 찻물을 한 컵 떠 왔다. 지나친 즐거움과 노역이 완전히 탈진된 상태를 만들 듯이 빵을 먹고 차를 마신 덕분에 완벽하게 회복하여 늘어진 소나무 가지 아래에 있는 침대로 기어서 들어갔다. 바람이 차가웠고 모닥불도 약했지만 나는 깊은 잠에 빠졌다. 그리고 저녁 별자리가 멀리 서쪽으로 휩쓸고 지난 후에야 눈을 떴다.

아침 햇살에 몸을 녹이고 휴식을 취한 뒤 느긋하게 집으로 돌아갔다(투올럼니 캠프로 돌아갔다는 말이다). 가는 길에 러시크리크의 북쪽 지류 가운데 하나가 발원하는 눈 덮인 봉우리들이 모여 있는 곳으로 향했다. 거대한 원형극장처럼 봉우리들이 아름다운 빙하 호수들을 둘러싸며 품고 있었다. 저

녘 즈음이 되자 모노분지의 수원과 투올럼니강의 수원을 나누는 분수령을 건너 빙하 분지로 들어갔다. 이 빙하 분지에는 투올럼니 상단 폭포를 형성하는 하천을 발원시키는 눈이 쌓여 있다. 나는 이 하천의 수많은 골짜기와 협곡, 초원과 습지를 따라 아래로 내려가서 마침내 땅거미가 질 무렵 투올럼니강 본류가 시작되는 가장자리에 도착했다.

화가들의 커다란 함성이 메아리치듯 연이어 들려왔다. 그들이 피운 캠프파이어가 눈앞에 보이더니, 30분 뒤에는 그들과 함께 할 수 있었다. 두 사람은 나를 보더니 이성을 잃은 듯 기뻐했다. 고작 사흘간 자리를 비웠을 뿐이다. 날씨도 좋았다. 그런데도 두 사람은 내가 돌아올 수 있을까 가능성을 타진하면서 앞으로 더 기다릴지, 아니면 저지대로 돌아갈 방도를 찾아야 할지 고민하고 있었다. 이제 그들의 호기심을 끄는 문제는 해결되었다. 두 사람은 그동안 그린 소중한 스케치를 챙겼다. 다음 날 아침 우리는 집으로 출발해서 인디언캐니언을 지나 이틀 뒤 요세미티계곡 북쪽에 들어섰다.

THEODORE ROOSEVELT, *right*, *and* JOHN MUIR, *left*, *going out of the Yosemite Valley on May 15 1903.*

AMONG
THE
ANIMALS
OF
YOSEMITE

요세미티의 동물들

세쿼이아나무가 세상에서 가장 큰 나무라면, 시에라의 갈색곰 또는 회색곰은 말하자면 동물들 가운데 세쿼이아에 해당한다. 시에라 곰은 요세미티국립공원 전역을 저벅저벅 걸으며 돌아다니지만 그를 만나는 즐거움을 누리는 여행객은 드물다. 그는 웅장한 숲과 협곡 어디에서든 날씨와 상관없이 편안하게 자신의 강한 힘을 만끽하며 나무와 바위, 덥수룩한 수풀과 조화롭게 잘 지낸다. 참으로 행복한 친구 아닌가! 이토록 유쾌한 곳에 그의 가문이 뿌리내렸으니 말이다. 전나무 숲의 백합 정원, 몇 마일이고 줄지어 선 다양한 관목, 울창한 꽃들이 파도처럼 연이은 언덕과 계곡, 음악과 폭포로 가득한 하천과 협곡의 기슭을 따라 이어진다. 가히 에덴동산이라 할 만한 공원이다. 사실 곰보다는 천사를 만나리라는 기대를 품을 만한 곳이다.

　이 행복의 땅에 사는 그에게 기근은 먼 나라 이야기다. 1년 내내 그가 먹을 양식이 끊어지지 않는다. 그가 좋아하는 수많은 먹이 가운데 몇몇은 항상 제철이라 쉽게 구하기 때문이다. 식품저장고에 보관된 식량처럼 산이라는 선반에 먹이가 쌓여 있는 듯하다. 그는 날씨에 따라 위아래로 오르내리면서 차례차례 하나씩 마음껏 먹는다. 남북으로 멀리 떨어진 지방을 여행하는 것처럼 매우 다양한 먹이를 즐긴다. 그에게는 화강암을 제외하면 거의 모든 것이 먹이가 된다. 모든 나무, 모든 관목과 허브가 열매와 꽃, 나뭇잎과 나무껍질을 먹이로 제공한다. 게다가 모든 동물을 다 잡아먹을 수 있다. 오소리,

고퍼, 땅다람쥐, 도마뱀, 뱀 그리고 개미, 벌, 말벌을 어리거나 늙었거나 알, 유충과 함께 보금자리째 먹는다. 모두 아삭아삭 잘게 씹어서 놀라운 위장으로 보내면 마치 훨훨 타는 불 속에 던진 것처럼 사라져버린다. 이 얼마나 놀라운 소화력인가.

　양이나 다친 사슴, 돼지는 고기가 차가워지기 전에 먹어 치운다. 사내아이가 버터 바른 머핀을 눈 깜짝할 사이에 먹어 치우듯. 잡은 지 한 달쯤 지난 고기라 해도 곰은 쌍수를 들고 환영한다. 다만 이런 역겨운 걸 먹었으면 아마 그다음에는 딸기와 클로버 또는 산딸기와 버섯, 견과류 또는 떫은 도토리와 초크체리로 입가심을 할 것이다. 그러고 나서도 그의 영토 안에 있는 먹이를 하나라도 놓칠세라 사람들이 사는 통나무 집에 침입하여 설탕, 말린 사과, 베이컨 등을 찾기도 한다. 가끔은 산악인의 침대도 먹는다. 하지만 더 구미가 당기는 맛난 먹이를 실컷 먹은 다음이라면 대개 침대는 건드리지 않는다. 하지만 지붕에 구멍을 내고 침대를 끌어올려 나무 발치까지 가져가서는 그 위에 누워 낮잠을 즐긴다고 알려져 있긴 하다. 모든 것을 먹는 곰은 사람을 제외하면 그 누구에게도 잡아먹히지 않는다. 오직 사람만이 그가 두려워해야 할 천적이다. "곰고기 말입니다." 내게 정보를 알려준 사냥꾼이 말했다. "곰고기야말로 신에서 나는 최고의 고기죠. 곰가죽은 최고의 침대가 되고, 곰기름은 최고의 버터가 됩니다. 곰기름을 넣어 바삭바삭하게 구워낸 비스킷은 콩만큼 든든하지요. 그 비스킷 두어 개만 먹으면 장정이라도 온종일 걸을 수 있답니다."

내가 시에라의 곰을 처음으로 대면했을 때 곰이나 나나 놀라서 당황하기는 마찬가지였지만 곰의 행동이 나보다 나았다. 우리가 처음 마주쳤을 때 그는 좁은 초원에 서 있었고 나는 그 옆의 나무 뒤에 몸을 숨기고 있었다. 곰이 부동자세로 서 있기에 겉모습을 살펴본 뒤 놀라게 하려고 그가 있는 쪽으로 냅다 달려갔다. 그가 놀라 달아날 때의 걸음걸이를 살펴볼 심산이었다. 그런데 곰은 수줍음이 많다고 들은 것과 달리, 그는 전혀 달아날 생각이 없었다. 내가 몇 걸음 앞에서 갑자기 멈춰서자 그는 물러서지 않고 제자리를 지킨 채 싸울 자세를 취했다. 영락없는 내 실수였다. 나는 즉시 똑바로 처신했고, 그 후 야생의 땅에서 지켜야 하는 올바른 매너를 절대 잊지 않았다.

이 사건은 요세미티계곡 북부로 시에라 숲 나들이를 처음 나간 날 일어났다. 나는 동물을 만나고 싶은 마음이 간절했는데, 실제로 많은 동물이 다가왔다. 자기 모습을 보여주면서 나와 친분을 쌓으려는 듯했다. 그런데 유독 곰만 만나지 못했다.

나이 지긋한 산악인에게 물었더니 무시무시한 늙은 회색곰을 빼면 곰은 수줍음이 많아서 몇 년간 산을 타더라도 온 정성을 쏟으며 사냥꾼처럼 잠행하지 않으면 한 마리도 만나지 못할 거라고 했다. 하지만 그의 말이 무색하게 이 정보를 듣고 불과 몇 주 후 앞서 언급한 곰을 만나 몸소 가르침을 얻었다.

그때 나는 요세미티 가장자리에서 1마일 뒤에 있는 숲속에 캠프를 차렸다. 그 옆에는 인디언캐니언을 통해 계곡으로 흘러내리는 하천이 있었다. 나는 몇 주 동안 거의 하루도 빠지지 않고 노스돔North Dome 꼭대기에 올라가 주변 풍경을 스케치했다. 이곳에 오르면 계곡 전경이 내려다보여서 나무와 바위, 폭포 하나도 놓치지 않고 다 그릴 수 있었다. 스위스 구조견으로 유명한 세인트버나드 종인 카를로Carlo가 반려견으로 나와 함께 했다. 이 멋지고 영리한 친구는 원래 사냥꾼이 키우고 있었는데, 여름 내내 뜨거운 평야에 남게 되면서 그동안 산에 데리고 다니라고 잠시 맡겨둔 거였다. 한여름에는 더운 평야보다 산에서 지내는 게 수월할 테니 말이다.

카를로는 오랜 경험으로 곰에 대해 잘 알고 있었다. 곰과 나의 첫 대면 자리를 마련한 것도 그였다. 다만 그 역시 사냥꾼 같지 않은 나의 행동에 곰만큼 놀란 듯 보였다. 6월 어느 아침 나무들 사이로 햇살이 비치기 시작할 때였다. 그날도 돔 위에서 스케치하려고 길을 나섰다. 그런데 캠프에서 채 반 마일도 가기 전에 카를로가 허공에 대고 킁킁거리더니 조심스럽게 앞을 주시하면서 덥수룩한 꼬리를 내리고 귀를 아래로 늘어뜨렸다. 그러더니 고양이처럼 살살 발을 내디디며 몇 야드 가지 않아 자꾸 돌아서서 나를 쳐다보았다. 그가 표정으로 전하려는 말은 명백했다. "앞으로 조금만 더 가면 곰이 있어."

그가 가리키는 방향으로 조심스럽게 걸었더니 눈에 익은

작은 초원에 다다랐다. 나는 꽃이 만발한 초원의 가장자리에 있는 나무 발치로 기어갔다. 마음속으로는 곰이 수줍음 많은 동물이라고 들은 것을 다시 한번 상기했다. 나무 발치 너머로 조심스럽게 살펴보니 크고 건장한 검은 곰이 30야드 떨어진 곳에 반쯤 일어서 있었다. 발바닥은 초원으로 쓰러진 전나무의 몸통에 얹어놓고, 엉덩이는 풀과 꽃 속에 거의 파묻혀 있었다. 그는 주의 깊게 귀를 기울이면서 냄새를 포착하려 애쓰고 있었다. 보아하니 우리가 다가가는 것을 어떻게든 알고 있는 것 같았다. 나는 그의 몸짓을 관찰하면서 이번 기회를 최대한 활용하여 곰에 대해 배우려고 애썼다. 그가 오래 머물지 않고 자리를 뜰까 봐 걱정되기도 했다. 세상에서 가장 아름다운 전나무가 벽처럼 둘러싼 햇살 가득한 정원에서 주변을 경계하며 서 있는 그의 모습은 한 폭의 멋진 그림 같았다.

느긋하게 그를 살펴보았더니 호기심에 가득 차서 앞으로 내민 날카로운 주둥이와 넓은 가슴에 난 길고 텁수룩한 털, 머리털 속에 묻혀버린 뻣뻣한 귀, 느릿느릿 무겁게 머리를 움직이는 모습이 눈에 띄었다. 그쯤에서 어리석게도 두 팔을 들어올린 채 소리 지르며 그에게 돌진했다. 놀라게 만들어서 달려가는 모습을 보겠다는 생각이었다. 하지만 그는 나의 시위에 신경 쓰지 않았다. 그저 머리를 조금 더 앞으로 내밀고 날카롭게 나를 쳐다볼 뿐이었다. "뭐 하자는 거지? 싸우고 싶다면 얼마든지 덤벼봐."라고 말하는 것 같았다. 그 순간 나야말로 도망쳐야 할 상황인 것은 아닌지 겁이 나기 시작했다.

하지만 이대로 달아났다가는 곰을 자극해서 쫓아오게 만들 것 같았다. 결국 그 자리에 버티고 서서 12야드 정도 떨어진 채 그의 얼굴을 똑바로 응시했다. 최대한 대범한 눈빛을 장착하고 세상에 알려진 것처럼 인간의 시선이 대단한 영향력을 발휘하기만 바랐다. 이 같은 긴장 관계가 형성되자 우리가 대면한 시간이 퍽 오랫동안 계속된 것처럼 느껴졌다. 내가 가만히 움직이지 않는 모습을 지켜보던 곰은 마침내 통나무에 얹어둔 거대한 발바닥을 조용히 거둬들이고 나를 뚫어지게 쳐다보았다. 뒤따라오지 말라고 경고하는 듯 보였다. 그는 등을 돌리고 천천히 걸음을 옮겨 초원 한가운데를 지나 숲으로 향했다. 몇 발자국 가다가 번번이 멈추고 돌아보며 내가 뒤에서 공격하여 그를 불리하게 만들려 하지나 않을까 확인하고 또 확인했다. 나는 그와 헤어지는 게 기뻐서 그가 백합과 매발톱꽃 사이를 헤치며 사라져가는 모습을 진심으로 즐겼다.

그때부터 내가 다가간다는 사실을 곰에게 공손히 알리려고 노력했다. 그들은 내가 가는 길을 대체로 잘 피해주었다. 밤에는 내가 꾸린 캠프 주위에 자주 나타났지만, 낮에 아주 가까이 마주친 것은 내가 아는 한 그때 이후로 딱 한 번뿐이었다. 이번에 내가 만난 상대는 회색곰이었다. 운이 좋다고 해야 할까? 지난번 커다란 흑곰을 만났을 때보다 더 가까이에서 대면했다. 덩치가 큰 종이 아닌데 12야드도 안 되는 거리에서 마주하니 어마어마해 보였다. 몸을 덮은 텁수룩한 털은 희끗희끗한 회색빛이고 머리는 흰색에 가까웠다. 처음 발견했을 때는 75야드 떨어진 켈로그참나무 아래에서 도토리를 먹고 있었다. 방해하지 않고 슬쩍 지나치려 했는데 내가 자갈 밟은 소리를 들었거나 내 냄새를 맡았는지, 그가 5미터마다 멈춰서서 쳐다보고 귀를 기울이며 그대로 나를 향해 다가왔다.

　나는 달아나는 것처럼 보이지 않기 위해 무릎을 꿇고 두 손으로 땅을 짚으며 옆으로 기어서 리보세드러스삼나무 뒤에 숨었다. 그가 나를 무시하고 그냥 지나가기를 바라면서. 하지만 그는 이내 내가 숨은 나무 반대편까지 다가와서는 앞쪽을 바라보았다. 나는 툭 튀어나온 나무 몸통 너머로 그를 쳐다보았다. 마침내 그가 머리를 돌리더니 나를 발견하고는 1~2분가량 매섭게 응시한 뒤 멋지게 위엄 있는 모습으로 만자니타 꽃이 만발한 경사면을 따라 사라졌다.

　곰이 얼마나 육중하고 발바닥도 넓은지 생각하면 그들이 야생에서 별다른 해를 끼치지 않는다는 사실이 놀라울 따름이다. 심지어 수분 공급이 잘되어 꽃들이 쑥쑥 자라는 중부지방의 공원에서도 곰들이 날씨가 따뜻할 때 나와서 아무리 뒹굴고 굴러도 공원을 망쳤다는 증거는 찾아볼 수 없다. 오히려 이 덩치 큰 짐승들은 대자연의 지시 아래 정원사 노릇까지 한다. 곰들은 숲속 바닥에 융단처럼 깔려 있는 솔잎과 덤불, 빙하가 만든 초원의 거친 잔디밭에는 흔적을 남기지 않는다.

　반면 호숫가에서는 멋진 발자국을 남겨 모래에 웅대한

줄무늬를 수놓는다. 주요 협곡들을 따라 양쪽 기슭 가운데 어느 쪽이든 그들이 많이 지나다닌 흔적이 남은 코스들이 뻗어 있다. 먼지가 많은 곳도 있지만, 풍경에 상처를 남기는 일은 전혀 없다. 견과를 먹으려고 몇몇 소나무와 떡갈나무의 가지를 물어 꺾기도 하지만 이런 가지치기 작업은 워낙 미미해서 이를 눈치채는 산악인이 거의 없을 정도다. 물론 곰들이 쓰러진 나무 안에 만들어놓은 개미집을 손에 넣으려고 나무를 조각조각 뜯는 바람에 나무가 썩어서 그 위로 이끼가 가지런하게 깔리지 않는 경우도 있다. 하지만 이렇게 흩어진 나뭇조각의 잔해들이 눈과 비, 심하게 기대는 초목에 의해 납작하게 눌려서 금세 다시 주변과 조화를 이루며 어우러진다.

요세미티공원에 보금자리를 꾸린 곰의 개체 수는 쌍벽을 이루는 최고의 사냥꾼인 던컨과 노련한 데이비드 브라운의 손에 죽은 곰의 숫자로 미루어 짐작할 수 있다. 던컨은 1865년 즈음해서 곰 잡는 킬러로 알려지기 시작했다. 그는 숲에서 돌아다니며 사냥도 하며 머세드강의 남쪽 분기점을 탐사하고 있었다. 한 친구가 들려준 바에 따르면 그가 처음으로 곰을 죽인 곳은 와워나Wawona에 있는 그의 통나무집 근처였다고 한다. 그는 간신히 용기를 내어 발포한 뒤 결과를 확인하지도 않은 채 달아났다. 그리고 몇 시간 뒤에 돌아와서 불쌍한 곰 아저씨가 죽은 걸 발견하고는 다시 시도할 용기를 얻었다.

던컨은 1875년 함께 나들이에 나섰을 때 내게 털어놓았다. 처음에는 죽을 만큼 곰이 무서웠지만 여섯 마리를 죽이고 나니 그의 손에 희생된 숫자를 세기 시작했고, 위대한 곰 사냥꾼으로 이름을 날리고 싶은 야망이 생겼다고. 그는 9년 만에 마흔아홉 마리를 죽였다. 요세미티공원 남쪽 경계선 근처 크레센트호수Crescent Lake 주변에 있는 그의 통나무집에서 통나무에 홈을 파서 숫자를 기록한 모양이다. 그는 곰에 대해 알면 알수록 존경심이 생기고 두려움이 없어졌다고 했다. 이와 동시에 점점 더 조심했고, 유리한 고지를 전부 얻기 전에는 절대 발포하지 않았다. 아무리 오래 기다리더라도 감수하고, 아무리 멀리까지 가야 하더라도 괜찮았다. 곰이 바람 부는 방향에 오게 하고, 곰과 적절한 거리를 유지하고, 사고에 대비해서 탈주로도 확보했다. 또 나이가 많은지 적은지, 흑곰인지 회색곰인지 등 곰의 성향도 고려했다. 특히 친애하는 회색곰은 딱히 쓸데가 없어서 이들과 마주치지 않으려고 부단히 조심했다. 그는 더도 말고 덜도 말고 백 마리 사냥 기록을 세우고 싶었다. 이 목표를 달성하면 더 안전한 사냥감에 몰두할 생각이었다. 어쨌건 곰 사냥은 돈벌이가 되지 않았고 정확히 백 마리를 채우지 않아도 명성을 얻기에는 충분했다.

나는 최근 들어 그를 본 적도 그의 소식을 들은 바도 없고 그의 유혈 낭자한 기록이 어디까지 달성되었는지도 알지 못한다. 산행에 나섰을 때 가끔 그의 통나무집을 지나가기는 했다. 집 안에는 서까래에 달아놓은 고기와 가죽 묶음이 가득했고, 집 주변에는 뼈와 털이 여기저기 흩어져 있었다. 곰이 사는 굴이 훨씬 더 깔끔할 지경이었다. 그는 1~2년가량 사냥꾼이자 안내인으로서 지질조사단에 합류했는데, 그 과정에서 습득한 과학 지식을 무척이나 자랑스러워했다. 그가 흠모하는 동료 산악인들이 그가 모든 나무와 관목의 식물학명뿐 아니라 '곰의 식물학명'까지 아는 걸 보고 그의 실력을 인정했다고 한다.

이 지역에서 가장 유명한 사냥꾼은 데이비드 브라운이었다. 이 노련한 개척자는 골드러시 초창기에 머세드강 북쪽 지류의 작은 숲속 빈터에 캠프 본진을 꾸렸다. 지금도 이곳은 '브라운의 평지Brown's Flat'라고 부른다. 홀로 사냥하고 탐광하기에 이보다 멋진 곳은 없을 듯하다. 1년 내내 기후가 좋고, 하늘과 땅 모두 끊임없이 계속되는 축제 같은 풍광이 펼쳐진다. 그는 '경치를 따지는 사람'은 아니지만, 그의 친구들 말에 따르면 예쁜 곳을 보면 예쁜 줄 알고, 전망 좋은 산등성이에 올라 '멀리 내다보는 것'을 대단히 좋아했다고 한다.

그는 식량이 떨어지면 벽난로 위 사슴뿔에 얹어둔 총신이 긴 구형 소총을 꺼내 들고 사냥감을 찾아 집을 나섰을 것이다. 사슴고기를 구하기 위해 굳이 멀리 갈 필요가 없었다. 사슴들이 파일럿봉우리Pilot Peak 산등성이의 숲이 우거진 비탈을 좋아하기 때문이다. 이곳은 시야가 탁 트여서 이들이 마음 놓고 쉬며 주변도 살피고 날씨가 따뜻하면 파리 떼에 시달리지 않고 바다에서 불어오는 산들바람도 즐길 수 있었다. 이들은 몸을 숨기고 향 좋은 먹이를 구하기 위해 사슴덤불이라 불리는 수풀을 즐겨 찾았다.

사냥꾼에게는 작고 영리한 개 한 마리가 유일한 동반자였다. 꼬마 등반가인 이 개는 사냥마다 목표물을 잘 파악했다. 오늘의 사냥감이 사슴인지 곰인지, 아니면 그저 전나무 꼭대기에 숨은 꿩인지 잘 알았다는 말이다. 사슴 사냥을 할 때는 샌디가 할 일이 별로 없었다. 잰걸음으로 사냥꾼을 따라가면 되는 거였다. 사냥꾼은 향긋한 숲속을 소리 없이 지날 때 마른 잔가지를 세게 밟지 않도록 조심했고, 이른 아침과 해 질 무렵 사슴들이 먹이를 먹는 덤불 속 트인 공간을 살펴보았으며, 새로운 전망대에 도착하면 산등성이와 구릉 너머 오리나무와 버드나무가 둘러싼 평지와 하천을 따라 유심히 눈여겨보았다. 그러다가 어린 사슴을 발견해서 죽인 뒤 다리를 모아 묶어서 어깨에 둘러메고 캠프로 돌아갔다. 하지만 곰을 사냥할 때는 이야기가 달랐다. 샌디가 선봉에 서서 중요한 역할을 했을 뿐만 아니라 사냥꾼의 목숨도 여러 차례 구했다. 사실 데이비드 브라운이 유명해진 것은 곰 사냥꾼으로서 명성을 얻었기 때문이다. 나는 그의 통나무집에서 여러 날 저녁을 보내며 그의 길고 긴 모험 이야기를 들은 친구에게 그의 사냥법을 전해들었다. 방법은 아주 단순했다. 화약과 소총 몇 파운드를 챙기고 야생의 땅에서 가장 외진 곳에 있는 언덕과 계곡을 천천히 아무 소리도 내지 않고 건너갔다. 그러다가 꼬마 샌디가 얼마 전에 새로 생긴 곰의 흔적을 발견하면 시간이 얼마가 걸리든 개의치 않고 죽을 때까지 갔다. 그는 곰이 가는 곳이면 아무리 험해도 따라갔다.

샌디는 앞장서서 가다가 종종 뒤를 돌아보며 사냥꾼이 어디쯤 오는지 확인했다. 적절하게 얼굴 높이를 조절하면서 냄새를 맡았고, 절대로 지치거나 다른 흔적을 따라가지 않았다. 그러다가 유리한 지점에 도착하면 잠시 멈춰서서 사방으로 통하는 곳을 살펴보았다. 어쩌면 곰 아저씨가 땅에 엉덩이를 대고 똑바로 앉아서 만자니타베리를 먹고 있었을지도 모른다. 열매가 잔뜩 매달린 가지를 발로 잡아당기고 통째로 같이 눌러서 입 안 가득 상당한 양을 집어넣는데, 열매뿐만 아니라 나뭇잎과 잔가지도 같이 먹는다.

1년 중 언제냐에 따라 사냥꾼은 사냥이 벌어질 장소를 대략 알 수 있다. 봄과 초여름에는 풀과 클로버가 무성한 초원, 하천 기슭을 따라 베리 덩굴 또는 완두콩과 루핀콩 덩굴이 무성한 비탈이 결전지가 된다. 곰은 늦여름과 가을이면 소나무 아래에서 청설모가 딴 솔방울을 먹거나 협곡 바닥에 있는 떡갈나무숲에서 도토리, 만자니타베리, 체리를 오물오물 씹어먹는다. 눈이 내리고 난 뒤에는 충적토 바닥에서 개미와 땅벌을 먹는다. 곰이 먹이를 먹는 장소들은 항상 조심해서 접근해야 곰과 불시에 마주치는 위험을 피할 수 있다.

사냥꾼이 들려주었다. "곰이 나를 발견하기 전에 내가 먼저 곰을 발견하면 문제없이 녀석을 죽일 수 있었소. 나는 그저 곰이 무엇을 하는지, 얼마나 오랫동안 머물지 파악하고 바람의 방향과 지형을 연구하느라 시간을 많이 들였소. 그리고 아무리 멀리 돌아가더라도 내 냄새가 바람에 실려 곰에게 전달되지 않도록 곰을 향해 부는 바람을 피했소. 곰과의 거리가 100야드 이내인 곳에 서 있는 나무 발치까지 잽싸게 피하면서 기어갔소. 나는 올라갈 수 있지만 곰이 오르기에는 너무 작은 나무였소. 거기서 소총의 점화약을 점검한 뒤, 필요한 경우 신속히 나무 위로 오를 수 있게 장화를 벗었소. 샌디를 내 뒤에 두고 소총을 조준한 상태에서 기다리다 곰이 일어서면 발포하여 앞다리 뒤쪽을 정확히 맞히거나 최소한 제대로 맞혔소. 그래도 곰이 싸울 태세를 보이면 곰이 가까이 다가오기 전에 아까 미리 점 찍어둔 나무로 올라갔소. 곰은 움직임이 느린 데다 시력이 나빠서, 곰이 바람 부는 쪽에 있으면 내 냄새를 맡지 못했소. 그러면 곰이 총에서 나는 연기를 보기 전에 두 번째 총탄을 발포했소. 곰은 상처를 입으면 대개는 달아나려고 애썼소. 나는 곰이 한동안 안전하게 도망가도록 놓아뒀다가 대담하게 그 뒤를 쫓아 덤불 속으로 뛰어들었소. 그러면 샌디가 죽은 곰을 확실히 찾아냈지. 안 그럴 때는 샌디가 주의를 끌기 위해 사자처럼 용감하게 짖거나 곰에게 달려들어 뒤에서 물었소. 덕분에 나는 안전한 거리에서 마지막 한 방을 쏠 기회를 잡을 수 있었소. 아, 맞아요. 곰 사냥은 대단히 흥미로운 비즈니스인 데다 제대로만 하면 안전하기도 하죠. 하지만 다른 비즈니스들, 특히 다른 야생 관련 비즈니스와 마찬가지로 사고가 나기도 해요. 샌디와 나는 구사일생으로 살아남을 때도 있소. 곰은 아주 영특한 동물인 데다 상처 입거나 코너에 몰리거나 새끼와 같이 있는 경우가 아니

라면 대체로 사람을 건드리지 않고 그냥 놔둘 줄 알죠. 배고
픈 늙은 어미 곰은 할 수만 있다면 사람을 잡아먹을 거요. 이
건 공정한 행동이지. 우리도 곰을 잡아먹으니까. 하지만 내가
아는 한 이 풍요로운 산에서 곰에게 잡아먹힌 사람은 한 명도
없소. 나는 곰이 잠자는 사람에게 왜 달려들지 않는지 도대체
이해할 수가 없소. 아주 간단히 우리를 게걸스레 먹어치울 수
도 있지만 아마도 잠든 사람을 손숭하는 것이 자연의 섭리가
아닌가 싶소."

양을 키우는 농장주들과 그들이 고용한 양치기들은 곰을
매우 많이 죽였다. 주로 독살하거나 다양한 종류의 덫을 이용
했다. 곰은 양고기를 좋아해서 산으로 올라온 양들에게 목숨
이라는 무거운 통행료를 부과한다. 대개 밤중에 울타리를 넘
어들어가 한 방에 양 한 마리를 죽이고 조금 떨어진 곳까지
끌고 가서 반쯤 먹어치운 뒤 다음 날 밤에 다시 와서 나머지
반을 먹는다. 이런 식으로 여름 내내 혹은 곰이 죽임을 당할
때까지 계속한다.

하지만 가장 큰 피해는 이렇게 직접 공격받아 죽는 것보
다 겁에 질린 양들이 우리 벽에 한꺼번에 몰려 질식하면서 일
어난다. 곰이 한번 우리를 공격하고 나면 질식해서 죽은 양이
10~15마리씩 발견된다. 아니면 우리 벽이 부서져서 양들이
뿔뿔이 흩어져버리기도 한다. 봄에는 한두 주 동안 이런 약탈
자의 관심을 피할 수 있다. 하지만 곰이 산에서 풀을 먹고 자
란 맛 좋은 양고기를 맛보고 나면 아무리 예방조치를 해도 꾸

준히 양 우리를 찾는다.

어느 날 포르투갈 출신의 양치기 둘하고 하룻밤을 보낸 적이 있다. 그들은 거의 매일 밤 적게는 두 번, 많게는 네다섯 번씩 곰들이 들이닥치는 바람에 큰 곤욕을 치렀다고 말한다. 두 사람의 캠프는 요세미티공원 한가운데와 가까운 곳에 있었는데, 이 못된 곰들은 시간이 갈수록 점점 더 고약해졌다고 한다. 이제는 깜깜해질 때까지 기다리지도 않고 환한 대낮에 덤불을 나와 대담하게도 양을 마음껏 데려가는 모양이다. 어느 날 저녁 양 떼를 천천히 캠프로 몰아가는데, 곰 한 마리와 그 뒤를 따르는 새끼 곰 두 마리가 해가 떨어지기도 전에 이른 저녁 식사를 하러 나타났다. 두 양치기 중에 연장자인 조는 워낙 손에 땀을 쥐는 경험을 많이 해서 곰에 대한 경각심이 있는 터라 커다란 타마락낙엽송 위로 신속히 올라가 이 약탈자들이 마음껏 포식하도록 내버려두었다.

반면 안톤은 조를 겁쟁이라고 부르면서 절대로 자기 눈앞에서 곰들이 양을 먹어치우도록 좌시하지 않겠노라고 선포했다. 그는 곰들을 향해 개를 풀고 큰 소리를 내면서 막대기를 들고 달려갔다. 겁먹은 새끼들은 나무 위로 달아나고 어미 곰은 양치기와 개들과 맞붙기 위해 달려왔다. 안톤은 다가오는 곰을 보곤 잠시 놀라서 멈춰섰다. 다음 순간 조보다 더 빠르게 달아났지만 아슬아슬할 정도로 가까이 곰에게 추격당했다. 그는 신속히 몸을 피할 수 있는 유일한 곳인 그들의 작은 통나무집 지붕으로 서둘러 기어올라갔다.

다행히 어미 곰은 새끼들이 걱정되어 그를 쫓아 지붕까지 올라가지는 않았다. 다만 뚫어지게 쳐다보고 위협을 가하면서 몇 분간 그를 죽음의 공포에 몰아넣은 뒤 서둘러 새끼들에게 돌아갔다. 그리고 새끼들을 나무에서 내려오게 한 뒤 겁에 질려 모여 있는 양들에게 다가가 한 마리를 죽여서 평화롭게 잔칫상을 즐겼다. 안톤은 사려 깊은 조에게 안전한 나무를 가르쳐달라고 애처롭게 사정하여 선원이 돛대에 오르듯 그 나무로 올라가서 다리를 깍지 낀 채 버틸 수 있을 때까지 버텼다. 조가 추천해준 가느다란 소나무에는 가지가 거의 없었기 때문이다.

나는 이 이야기를 들은 뒤 "자, 그러니까 당신도 조만큼 곰을 무서워하는 겁쟁이군요."라고 말했다. 그가 엄숙한 태도로 대답했다. "아, 분명히 말하지만 곰의 얼굴은 가까이서 보면 끔찍해요. 곰은 기꺼이 날 잡아먹으려 드니까. 곰은 내 양 하나하나가 자기 거라도 되는 것처럼 굴지. 난 이제 곰에게 달려들지 않소. 곰을 만나면 항상 나무에 올라가지."

이런 일을 당한 후부터 두 양치기는 해가 지기 한 시간 전쯤 양 떼를 우리 안에 몰아넣고 땔감을 많이 만들어 매일 밤 우리 주변을 빙 둘러가며 불을 지폈다. 그리고 한 사람이 자는 동안 다른 사람은 통나무집 옆에 있는 소나무에 만든 단壇에 올라가 총을 들고 지켰다. 하지만 하루 이틀 밤이 지나자 불로 만든 울타리는 아무 소용이 없었다. 곰들이 불에 익숙해지면서 오히려 불빛을 유리하게 여기는 듯 보였다.

내가 그들의 캠프에서 지낸 날 밤, 우리 둘레를 벽처럼 둘러서 연출한 불 쇼는 불길이 가장 높이 활활 타오를 때 가장 아름다웠다. 불빛을 받은 주변의 나무들이 깜깜한 어둠을 조금이나마 부드럽게 만들었다. 양 2,000마리가 하나의 회색 덩어리를 이루며 누워 있는 가운데 불빛이 양의 눈동자에 반사되어 보석들이 찬란하게 반짝이는 듯 보였다. 자정 무렵이 되자 한 쌍의 약탈자가 도착했다. 그들은 대범하게도 원형으로 놓여 있는 불과 불 사이의 틈을 지나 우리로 들어가 양 두 마리를 죽여서 끌고 나온 뒤 어두운 숲속으로 사라졌다. 우리 안에는 양 열 마리가 한 무더기로 짓밟히고 울타리에 눌려서 질식사한 상태로 발견되었다. 나무 위에서 지키던 양치기는 겁에 질려 한 발도 쏘지 않았다. 그가 시야를 확보하기 전에 곰들이 양들 사이로 들어간 탓에 자칫 곰 대신 양을 맞힐까 봐 그랬다고 했다.

아침이 밝았고 나는 양치기들에게 상황이 이런데 왜 양 떼를 새로운 목초지로 옮기지 않냐고 물었다. "어휴, 그래봤자 소용없소!" 안톤이 소리쳤다. "저기 죽은 우리 양들 좀 봐요. 서너 번 다른 곳으로 옮겨봤지만 매번 같은 곰이 뒤쫓아 오지 뭐요. 소용없소. 내일 우리는 집으로 내려갑니다. 죽은 우리 양들 좀 봐요. 안 그러면 전부 다 죽을 거요."

그들은 여느 때보다 한 달 일찍 양을 몰고 산에서 내려 갔다. 엉클 샘의 병사들에 이어 곰이야말로 가장 유능한 숲의 경찰이지만 몇몇 양치기는 성공리에 곰을 죽이기도 한다. 지난 30년간 요세미티공원 경내에서 사냥꾼, 산악인, 인디언, 양치기의 손에 죽은 곰이 500~600마리에 달하는 것으로 보인다. 그래도 곰은 멸종 위기에 처하지 않았다. 군사들이 공원을 지키는 현재, 대다수 황량한 땅에 다시 식물이 자랄 뿐만 아니라 모든 야생동물도 그 수가 증가하고 있다. 일부 제한적인 경우나 담당관의 허가를 받은 경우를 제외하면 공원에서는 총기를 소지할 수 없다. 피를 보지 않으면 쾌락을 느끼지 못하는 듯 보이는 양치기, 사냥꾼, 사냥 관광객이 벌이는 야만스러운 곰 살육 행위, 특히 사슴 도륙 행위가 이런 조치 덕분에 중단될 수 있었다.

시에라사슴(검은꼬리사슴)은 중심부의 수목 지대 바로 아래 있는 덤불이 우거진 매우 거친 지역에서 겨울을 난다. 산 정상 근처에 있는 여름 목초지를 오가며 비교적 가리는 곳 없이 탁 트인 숲을 지날 때보다 이곳에 있으면 사냥꾼의 접근이 힘들다. 사슴은 눈이 완전히 녹아없어질 때까지 기다리지 않고 녹기 시작하는 초봄에 산 위로 올라간다. 그렇게 해서 6월 초면 시에라네바다산맥에 다다르고, 한 달 뒤에는 봉우리들 맨 아랫부분에 있는 가장 시원한 구석진 곳에 도달한다. 나는 3~10피트 깊이의 단단히 다져진 눈에 이 사슴들이 남긴 흔적을 따라 몇 마일을 뒤쫓았다.

사슴은 산 타는 능력이 뛰어나서 가장 험한 산속 깊은 곳까지도 들어간다. 목초지를 찾아 들어가기도 하지만 시원한 곳, 새끼를 낳을 수 있는 눈에 띄지 않는 안전한 장소를 찾아가기도 한다. 사슴이 암벽 등반 동물 가운데 으뜸은 아니다. 1등 자리는 사슴들이 사는 곳 위로 가장 높은 험한 바위와 봉우리에 사는 산양들이 차지한다. 그래도 사슴과 산양은 자주 마주친다. 사슴들이 빙하 위로 높이 솟은 정상을 제외하고 모든 봉우리에 올라가기 때문이다. 이들은 모난 바위 더미, 물이 불어 콸콸 흐르는 개울물, 얕은 여울과 산길 옆의 깎아지른 듯한 협곡을 건너간다. 가장 대범한 산악인이라도 용기를 시험하게 되는 곳인데, 우아한 모습으로 힘도 아끼면서 쉽게 올라가는 사슴을 보면 감탄을 금할 수가 없다.

몇몇 사슴 종은 어디에서건 자기 집 안방처럼 편안해 보인다. 땅이 거칠든 매끈하든, 저지대든 고지대든, 습지든, 척박한 곳이든, 빽빽한 숲이든, 덥든 춥든, 어떤 날씨에나 대륙 어디에서나 빛나는 건강을 유지하며 절대로 서투른 발걸음은 내딛지 않는다. 서 있을 때나 누워 있을 때나, 걸을 때나 먹이를 먹을 때나, 목숨을 건지기 위해 줄행랑을 칠 때조차 흐트러짐 없이 우아한 자태를 유지하며 그 어떤 풍경에도 아름다움과 생기를 더해준다. 사슴이야말로 매력적인 동물이며 대자연이 낳은 멋진 자랑거리다.

요세미티공원에 서식하는 유일한 사슴 종인 검은꼬리사슴을 볼 때마다 새삼스레 경탄을 금할 수 없다. 나는 원래 총을 들고 다니지 않아서 사슴들을 잘 볼 수 있다. 이들은 넓게 전망할 수 있는 절벽 끝이나 산등성이 끝에 있는 갈색 소나무들 사이 노간주나무나 난쟁이소나무 아래 누워 있다. 아니면 수풀 사이 볕 잘 드는 탁 트인 공간에서 향이 풍부한 나뭇잎과 나뭇가지를 우아하게 선별해서 먹고 있다. 나를 보면 새끼 사슴들이 잘 피할 수 있게 인도하거나 몸을 낮추고 누워서 숨게 만든다. 이들은 껑충껑충 뛰어 숲을 통과하거나 호기심 어린 눈으로 다가오고 물러서기를 반복한다.

어느 날 아침 카웨아 강변에 수풀이 울타리처럼 빙 둘러서 있는 작은 정원 같은 공간에서 아침을 먹고 있다. 사슴 한 마리가 관목 사이로 머리를 쑥 내밀더니 커다랗고 아름다운 눈망울로 나를 바라보는 모습이 포착되었다. 내가 움직이지 않고 가만히 있자 사슴이 한 걸음 앞으로 내딛고 킁킁거리더니 물러갔다. 몇 분 뒤 사슴이 돌아왔다. 매우 우아한 걸음걸이로 탁 트인 정원에 들어왔는데, 그 뒤로 두 마리가 따라 들어왔다. 이들은 한동안 모습을 드러내더니 날카롭고 수줍은 듯한 콧소리를 내며 수풀 울타리를 훌쩍 뛰어넘어 사라졌다. 하지만 못 말리는 호기심 때문에 한 마리 더 합류해서 다시 돌아왔다.

사슴 네 마리가 내 정원에 들어오더니, 내가 해를 끼치지 않는 것을 알고는 마음 놓고 먹이를 먹기 시작했다. 아니, 실제로 나와 함께 아침을 먹었다. 순한 양들이 양치기를 둘러싼 것과 비슷한 장면이었다. 내게는 흔치 않은 밥 친구이자 그 누구보다 행동과 몸가짐이 우아한 동반자였다. 그들이 갈매나무와 야생 체리를 먹는 동안 나는 열심히 관찰했다. 그들은 생울타리 옆에서 이리저리 나뭇잎을 하나씩 우아하게 추려

냈고, 때때로 정원의 꽃밭 한가운데에서 민트잎 몇 장을 잘라 먹었다. 잡풀은 조금도 입에 대지 않았다. 그러니 인디언들이 사슴의 위에 든 내용물을 먹는 것도 놀랄 일이 아니다.

샌호아킨강 북쪽 갈래의 상부 협곡을 탐험한 날 저녁이었다. 하늘을 보니 곧 비가 쏟아질 것 같아 서둘러 마른 잠자리가 될 만한 곳을 찾았고, 커다란 노간주나무를 낙점했다. 이 나무는 눈사태로 내려앉았지만, 완전히 주저앉지 않고 무릎으로 버티고 있어서 넓은 몸통 아래 내가 몸을 뉘기에는 충분한 높이가 되었다. 나의 피난처 바로 아래로 낭떠러지 맨 끝에는 노간주나무 한 그루가 더 있었다. 가만히 살펴보니 나무 아래 사슴의 잠자리가 있었다. 아래로 축 처진 가지들 덕분에 완전히 가려져 안락한 장소였다. 훌륭한 피신처이자 망루인 동시에 휴식처였다.

어둠이 내리기 한 시간 전쯤 사슴이 내는 분명하고 날카로운 콧소리가 들렸다. 덤불진 바위 협곡 바닥을 내려다보니 불안해하는 암사슴 한 마리가 보였다. 틀림없이 새끼들은 근처에 숨겨둔 것 같았다. 사슴은 수풀을 껑충 뛰어넘어 더 멀리 있는 비탈로 올라가며 자주 멈춰서서 돌아보고 귀를 쫑긋했다. 경계를 늦추지 않는 생생하고 강렬한 모습을 보여주는 멋진 장면이었다. 나는 완벽하게 미동도 없이 앉아 있었고 몸에 걸친 셔츠 색이 노간주나무 기둥과 비슷해서 쉽게 눈에 띄지 않았다.

잠시 후 사슴은 조심스레 내가 있는 곳을 향해 다가오더니 킁킁거리고 공기 냄새를 맡으며 살짝 스쳐지나갔다. 바위 더미와 관목, 쓰러진 나무를 뛰어넘으며 협곡면을 타고 내려가는 사슴의 움직임이 감탄이 절로 나올 만큼 강인하고 아름다웠다. 안간힘을 쓰거나 애쓰지 않는데도 이리저리 높이 뛰어날았다. 가까이 다가와서는 불안한 듯 킁킁거리며 다양한 방향에서 공기 냄새를 맡더니 결국 내 냄새를 포착했다. 그러더니 껑충껑충 뛰어 작은 전나무숲 뒤로 모습을 감췄다. 얼마 지나지 않아 사슴은 여전히 조심하면서도 채워지지 않는 호기심을 안고 다시 돌아왔다. 그렇게 왔다가 다시 가기를 대여섯 차례 반복했다. 그런 사슴을 내가 감탄하며 바라보고 앉아 있는 동안 더글러스청설모 한 마리가 내 아래쪽에 있는 바위로 올라갔다. 사슴이 내는 시끄러운 경계 소리에 자극받은 것이 분명했다. 청설모는 나만큼이나 주의 깊게 사슴이 부리는 재주를 관람했다. 그러는 동안 활발히 움직이는 얼룩다람쥐 한 마리가 나타났는데, 이 녀석은 이런 쇼를 관람하기에는 너무 배가 고팠거나 가만히 있지 못하는 체질인 모양이었다. 채진목 덤불에서 마침 잘 익은 열매로 저녁을 해결하느라 바빴다. 그러면서 참새처럼 가볍게 가느다란 나뭇가지에 올라앉아 주위를 두리번거렸다.

인디언 서머가 끝나갈 때쯤 되면 새끼들도 튼튼해져서 사슴들은 6~15마리나 20마리 단위로 작은 무리를 이루기 시작한다. 첫눈이 내릴 때가 다가오면 겨울날 곳을 찾아 산 아래로 길을 나선다. 대개는 산 정상에서 8~10마일 아래 있는 따뜻한 산비탈이나 돌출된 곳을 맴도는데, 떠나기 싫어서 그러는 것처럼 보인다. 11월 말이면 심한 폭풍이 몰려오는 탓에 강과 강을 나누는 산등성이를 따라 서둘러 내려간다. 이 지역 지형에 대해 놀라운 지식을 지닌 연륜 많은 수사슴이 무리를 이끈다.

인디언들이 대대적인 가을 사냥을 나서는 때가 바로 사슴이 하산하는 이 시기다. 등반 코스에서 떨어진 산속 구석진 곳까지 들어가기는 너무 귀찮아서 사슴이 모습을 드러내길 기다렸다가 나타나면 길을 가로막는다. 이런 계획은 사슴 무리를 발견하는 데도 유리하다. 사냥을 위한 준비는 철저히 이루어진다. 낡은 총을 수리하고 총알을 만들 뿐만 아니라 사냥꾼들은 목욕재계하고 단식까지 한다. 행운을 빌기 위해서란다. 남녀노소 할 것 없이 모두가 함께 출발한다.

중앙 캠프는 사슴들이 잘 다니는 것으로 알려진 주요 통로에 꾸린다. 이곳은 얼마 지나지 않아 붉은 피로 물든다. 사냥꾼마다 사슴을 잔뜩 짊어지고 돌아오면 노파와 아가씨들이 가장 운이 좋았던 사냥꾼에게 미소를 보낸다. 모두가 통통하게 살이 오르고 즐거워진다. 사내들은 뿔 달린 사슴 머리를 하나씩 장착한 채 사슴싸움 놀이를 한다. 그리고 운반할 고기를 준비하느라 부지런히 움직이는 여자들 뒤에서 살금살금 다가와 새로 얻은 가죽을 던지며 성가시게 군다. 하지만 다른 곳과 마찬가지로 이곳도 인디언들이 사라지면서 산속 핏빛 캠프도 매년 사라지고 있다.

요세미티공원에는 표범과 여우, 오소리, 고슴도치, 코요
테도 있지만, 그 수가 많지는 않다. 나는 눈이 다 녹기 전, 6
월 1일 이전에 투올럼니초원이 시작되는 지역 위쪽에서 마멋
을 먹는 코요테 떼를 본 적이 있다. 하지만 이들은 사람이 사
는 목장 주변 저지대에 훨씬 더 많다. 이곳에서 닭과 칠면조,
메추라기 알, 땅다람쥐, 토끼와 온갖 종류의 과일을 먹으며
삶을 즐긴다. 이 근처에 야생 양이 거의 남지 않은 게 못내 아
쉽다. 이들은 높은 봉우리에 살 때는 안전하지만 사슴이 서쪽
비탈로 내려오는 시기가 되면 동쪽 비탈을 타고 내려와서 눈
이 심하게 쌓일 정도로 내리지 않는 산등성이와 외딴 돌출부
에서 지내야 한다. 하지만 이런 곳에 있으면 목장주들의 사격
범위 안에 들어가는 탓에 사라져가는 것이다.

　　요세미티공원에 서식하는 두 종류의 청설모는 더글러스
청설모와 캘리포니아회색청설모다. 이들은 온 숲을 생기 있
게 만든다. 더글러스청설모의 개체 수가 훨씬 더 많고 서식지
도 더 넓게 분포되어 있다. 작은 언덕부터 정상 봉우리의 난
쟁이소나무까지 모든 곳에서 발견된다. 덩치는 작지만 시에
라 일대에 서식하는 동물들 가운데 가장 영향력 있을 뿐만 아
니라 내가 알기로 모든 청설모 중에서 가장 영특하다. 이 청
설모 중의 청설모는 재빠른 산 기운과 영웅처럼 호탕한 기질
이 응축된 동물답게 야생성을 온전히 간직하고 있으며 햇빛
만큼 질병으로부터 자유롭다. 이런 동물이 지치거나 병든다
는 것은 도무지 상상도 할 수 없다. 더글러스청설모는 온 숲

을 호령하며 침입자인 인간들조차 몰아낸다. 어찌나 심하게 다그치고, 어찌나 험악한 표정을 짓는지! 덩치가 그렇게 익살 맞을 정도로 작지 않았다면 무시무시한 존재가 되었을 터다.

회색청설모(Sciurus fossor)는 큰아메리카청설모를 통틀어 가장 잘생긴 것 같다. 모습은 동부회색청설모와 비슷하지만, 몸집이 더 크고 색상이 더 선명하며, 더 유연하고 호리호리하다. 최고 해발 5,000피트 높이에 위치하는 떡갈나무와 소나무 숲에 서식한다. 요세미티계곡, 헤츠헤치계곡, 킹스리버 협곡을 비롯한 모든 주요 협곡과 요세미티 곳곳에서 흔히 볼 수 있다. 하지만 이들은 전나무로 뒤덮인 높은 산등성이는 좋아하지 않는다. 더글러스청설모와 비교하면 회색청설모는 덩치가 두 배 이상 크다. 그런데도 덩치 작고 성 잘 내는 그의 이웃 더글러스청설모보다 조용히 나무를 헤치며 지나갈 줄 알고, 모든 면에서 영향력도 적다. 이들은 잣과 헤이즐넛이 여물기 전인 봄에는 지난해에 모아둔 솔방울을 살펴보면서 반쯤 열린 인편鱗片(솔방울의 비늘조각-역주) 틈에 남아 있을지도 모르는 종자를 찾는다. 그리고 가까운 곳에 적이 없다는 것을 확인한 뒤 나뭇잎들 가운데서 땅 위에 떨어진 잣과 종자를 찾아 모은다. 그의 멋진 꼬리는 때로는 뒤에서, 때로는 머리 위에서 둥둥 떠 있는데, 어떨 때는 평평하고 또 어떨 때는 엉겅퀴 홀씨의 마른 관모처럼 가볍고 빛나면서 우아하게 말려 있다. 꼬리가 몸집과 비등할 만큼 부피가 크다.

더글러스청설모는 강렬하고 선명하게 번뜩이며 생기가

넘치는 사납고 톡 쏘는 듯한 동물답게 허풍과 과시와 호전적인 기질로 가득하다. 이들은 회색청설모처럼 우아하게 숙고하지 않고 행동한다. 워낙 빠르고 열정적이라 별로 관심 없는 방관자마저 자극할 정도다. 이들이 연출하는 어릿광대처럼 빙빙 도는 곡예 쇼를 보고 있으면 현기증이 난다. 회색청설모는 수줍음이 많아서 살금살금 조용히 다니는 경우가 많다. 모든 나무와 관목 안에, 그리고 모든 통나무 뒤에 적이 있다고 반쯤 예상하는 듯한 모습이다. 혼자 있고 싶어 하는 것처럼 보이고, 눈에 띄거나 감탄이나 두려움의 대상이 되고 싶은 욕심이 전혀 없는 듯하다. 이들은 인디언의 사냥감인데, 이 자체만으로도 조심해야 할 이유가 충분하다.

더글러스청설모는 사냥감으로서는 매력이 덜하다. 그래서 적이 있는데도 개체 수가 계속 증가하는 것 같다. 더글러스청설모는 사자처럼 용감하게 제 갈 길을 간다. 올라갔다 내려갔다 지나가버리고, 빙글빙글 돌기도 한다. 모든 털 난 종족 가운데 가장 행복하고 명랑한 동시에 대단히 성실하고 엄숙한 동물이다. 햇빛이 쪼여서 따끔거리듯 그의 찌릿찌릿한 발가락으로 나무 하나하나를 따끔거리게 한다. 찔러도 피 한 방울 나오지 않을 것 같은 놈이다. 이 녀석은 결국 죽음을 맞이할 평범한 동물의 운명을 초월한 존재처럼 보인다. 하지만 분주하게 밤송이와 잣을 모으는 모습을 보면 우리와 마찬가지로 그도 살기 위해 일해야 한다는 것을 알 수 있다. 나는 죽은 더글러스청설모를 발견한 적이 단 한 번도 없다. 그는 누구도 눈치채지 못하게 이 세상에 왔다가 이 세상을 뜨는 모양이다. 꽃이 만개했을 때만 눈에 보이는 몇몇 작은 식물처럼 더글러스청설모도 전성기에 있을 때만 보인다.

작은줄무늬다람쥐Tamias quadrivittatus는 산속에서 나무를 타는 모든 동물 가운데 가장 사랑스럽고 즐거운 존재다. 이 녀석보다 더 밝고 쾌활한 다람쥐는 세상 어디에도 없다. 우리에게 친숙한 동부다람쥐보다 더 영리하고, 나무 위에서 더 많이 생활하고, 청설모와 더 많이 닮았다. 더글러스청설모만큼이나 시에라 일대에 넓게 분포한다. 숲이 나무로 얼마나 빽빽하든 얼마나 트여 있든 상관없다. 언덕 꼭대기와 협곡에 덤불이 얼마나 무성하든 얼마나 헐벗었든 상관없다. 이 행복한 작은 동물은 어느 곳이건 쾌활하게 만들고 활기를 불어넣는다. 당신은 침엽수림 지대의 말단부에서 이 녀석을 발견할 가능성이 크다. 이곳은 사빈호수Sabine Lake와 옐로파인소나무들이 만나는 지역이다. 여기서부터 어디로 올라가든 매일 녀석을 만날 것이다. 폭풍만 몰아치지 않는다면 겨울에도 볼 수 있다. 줄무늬다람쥐는 지극히 흥미로운 꼬마 친구다. 엉뚱하고 진기하게 행동하지만, 믿을 만하고 악한 생각을 하지 않는 친구다. 녀석은 청설모가 아니면서도(청설모를 늘 따라다니는 꼬리처럼 그림자 같은 존재) 청설모처럼 살고, 공격적이거나 호전적이지 않으면서도 청설모에 준하는 기량을 지녔다.

나는 줄무늬다람쥐가 관목 주변에서 뛰어놀며 씨앗과 베리를 모으는 모습을 지루한 줄 모르고 구경한다. 녀석은 야생 체리나무, 갯는쟁이관목, 밤나무, 갈매나무, 검은딸기나무의 호리호리한 나뭇가지 위에 자리 잡는다. 땅에 쓰러진 나무 기둥을 따라 지나가거나 솔잎이 흩어진 풀잎 무성한 임상, 즉 숲 바닥을 지난다. 빙하로 덮인 곳이나 거대한 돔 꼭대기에서 이 바위 저 바위로 쏜살같이 달려간다. 침엽수 종자가 여물면 다람쥐는 나무에 올라가 솔방울을 잘라서 겨울을 나기 위해 저장한다. 더글러스청설모처럼 번개같이 번뜩이는 엄청난 에너지는 없어도 부지런히 일한다. 더글러스청설모는 줄무늬다람쥐가 가장 좋은 나무에 접근하지 못하게 종종 밀어내기도 한다. 그러면 다람쥐는 숨어서 기다렸다가, 위세를 부리는 그의 사촌 격인 청설모가 잘라낸 밤송이 일부를 주워서 통나무 아래나 움푹 파인 곳에 저장한다.

시에라 동물들 가운데 청설모와 얼룩다람쥐가 반반 섞인 듯한 이 가볍고 솜털처럼 폭신한 꼬마만큼 인기 많은 존재도 없다. 워낙 상냥하고 믿음직한 데다 분주하면서도 쾌활하고 행복한 이 녀석은 사람의 마음을 사로잡아서, 녀석의 서식지는 산을 사랑하는 사람들이 가장 좋아하는 곳으로 꼽힌다. 씨앗과 견과, 베리를 부지런히 모으는 덕에 배불리 먹지만 결코 살이 쪄서 땅딸막해지는 일은 없다. 들쥐보다 살짝 무거운 정도여서 오히려 털 한 뭉치에 불과한 것처럼 보인다. 서두르지 않으면서도 활발한 새처럼 끝없이 활기차게 움직이는 덕분이리라.

더글러스청설모는 입을 다문 채 고함을 칠 수 있지만, 이 꼬마 다람쥐는 이야기하거나 노래할 때 늘 입을 연다. 녀석은 자신의 움직임에 맞게 상당히 다양한 소리를 낼 줄 안다. 웅덩이에 물이 똑똑 떨어질 때처럼 달콤하고 맑은 소리를 내기도 한다. 줄무늬다람쥐의 눈은 까맣고 활기차며 이슬처럼 빛난다. 녀석은 개를 놀리는 걸 무척이나 좋아하는 듯하다. 대담하게도 몇 피트 안 되는 거리까지 가까이 다가가서는 활기찬 작은 소리로 청설모처럼 찍찍거리며 뛰어 달아난다. 이렇게 자기가 내는 음악 소리에 꼬리로 박자를 맞추는데, 찍찍 소리가 날 때마다 꼬리로 반원을 그린다.

더글러스청설모조차도 줄무늬다람쥐보다 실수 없이 걷거나 더 큰 위험을 감수하지 않는다. 나는 다람쥐가 깎아지른 듯한 요세미티 절벽 위를 파리처럼 힘들이지 않고 위험하다는 생각 없이 달려가는 모습을 본 적이 있다. 조금이라도 삐끗하면 천 길 낭떠러지로 떨어질 텐데 말이다. 산악인들도 산을 탈 때 다람쥐처럼 확신 있게 잡으면서 낭떠러지 위를 움직일 수 있다면 얼마나 멋질까!

잣이 여물기 전까지는 목초 씨앗과 더불어 많은 갈매나무 종 씨앗과 함께 딸기, 산딸기, 부드럽고 빨간 나무딸기가 줄무늬다람쥐의 먹이가 된다. 산에서 이 다람쥐만큼 식성이 깔끔한 동물은 없다. 꿀벌은 무딘 코를 종 모양의 화관 속으로 집어넣어 화분을 뒤집어쓰는 탓에 어설프고 천박해 보인다. 다람쥐는 목초 씨앗이 여물면 쓰러진 소나무나 전나무를 따라 뛰어다니며 주변을 살핀다. 눈에 보이는 풀 더미 가운데 어느 것이 최고인지 물색하다 상태가 좋다는 확신이 드는 것을 골라서 자른 뒤 통나무 꼭대기로 옮겨놓고 똑바로 앉아서 먹는다. 까끄라기를 입에 넣지 않고 맨 윗부분을 돌려서 잡은 채 마치 피리를 불듯 손가락으로 잡아서 낟알을 꺼내 야금야금 먹는다. 다 먹은 다음에는 또 다른 풀 더미가 있는 곳으로 가서 똑같은 통나무 식탁으로 가져와 먹기를 반복한다.

마멋Arctomys monax은 높고 황량한 산등성이와 바위 더미에 서식한다. 그런데 산을 오르며 사는 동물과는 좀 다른 편이다. 몸집이 크고 뚱뚱한데, 높은 곳에 있는 보금자리 주변의 무성한 목초로 차려진 푸짐한 밥상에 푹 빠져서 종종 배가 불뚝 나오기도 한다. 하지만 이 녀석은 둔하고 활력 없는 동물이 아니다. 우리가 보기에는 폭풍이 휩쓸고 지나간 황폐한 곳 같지만, 빙하 옆 얼어붙을 것처럼 춥고 높은 그곳 한복판에서 명랑하게 노래 부르고 휘파람 불면서 나이가 지긋해질 때까지 산다. 당신이 마멋만큼 일찍 일어나는 아침형 인간이라면 마멋이 잠이 덜 깬 눈을 껌뻑이며 굴에서 나와 첫 아침 햇살을 받으며 자신이 좋아하는 평평한 바위에서 일광욕하는 모습을 심심치 않게 볼 수 있다. 이렇게 해서 몸이 어느 정도 따뜻해지면 자신의 정원 속 움푹 들어간 곳에 가서 아침을 먹는다. 풍요롭게 풀을 뜯는 소처럼 편안하게 배가 차오를 때까지 실컷 먹은 뒤 나들이를 나서서 놀고, 사랑하고, 다투며 살아간다.

1875년 봄 나는 샌호아킨강의 가운데 갈래가 시작되는 지점 주변의 봉우리와 빙하를 탐험하고 있었다. 오언스강 발원지에서 산맥을 가로지른 뒤 어느 날 아침, 눈이 10피트 정도 쌓인 얼어붙은 호수 주변을 지날 때였다. 놀랍게도 마멋이 막 지나가면서 남긴 흔적이 선명하게 보였다. 햇볕이 내리쬐면서 얼어붙은 눈의 표면이 부드러워진 덕분이었다. 온 땅이 눈에 파묻혔는데도 이렇게 일찍 밖으로 나오다니, 대체 무슨 생각이었을까? 발자국이 꾸준히 일관되게 남은 것으로 보아 녀석에게는 분명한 목표가 있었던 것 같다. 다행히 발자국이 향하는 곳은 마침 내가 오르려던 1만 3,000피트 높이의 산과 일치했다. 눈앞의 흔적을 따라가서 과연 녀석이 무엇을 하는지 알아보기로 했다.

산맨 아랫부분에 도착하자 거기서부터 발자국이 수직으로 위를 향했다. 눈이 녹는 상태로 보아 녀석과 그리 멀리 떨어지지 않았다는 걸 알 수 있었다. 나는 잘게 부서지는 산등성이가 눈을 뚫고 부분적으로 튀어나온 부분에서 발자국을 놓쳤다가 이내 다시 발견했다. 산 정상으로 향하는 길목에서 남쪽 측면에 탁 트인 공간이 나타났다. 주변이 붕괴가 진행 중인 뾰족한 꼭대기들로 둘러싸여 있는데, 그 사이로 햇볕이 퍼지면서 그 안에만 따뜻한 기후가 조성되어 있었다. 덕분에 장대나물, 협죽도, 끈끈이대나물, 꽃다지와 몇몇 풀이 가득 자란 멋진 정원이 펼쳐졌다.

바로 이 정원에 내가 뒤쫓던 방랑자, 마멋이 있었다. 녀석은 신선하고 훌륭한 먹이를 즐기고 있었는데, 이번 시즌 처음으로 먹는 먹이인 듯했다. 아니, 이렇게 높고 멀리 떨어진 곳에 홀로 있는 이 정원까지 오는 길을 대체 어떻게 알았을까? 녀석의 보금자리 위로는 눈이 10피트나 쌓여 있는데, 이곳은 꽃이 한창이라는 사실을 도대체 어떻게 알았을까? 이런 사실을 다 알려면 마멋은 대다수 산악인보다 더 많은 식물학적, 지형학적, 기후학적 지식을 지녀야 했을 것이다.

부끄럼 많고 호기심도 많은 산비버, 하플로돈Haplodon은 마멋이 사는 곳과 멀지 않은 고지대에 산다. 비버는 물길을 파서 지하에 흐르는 작은 개천의 흐름을 통제한다. 이 부지런한 산악 동물의 보금자리 근처에 있는 비탈진 초원 끝에 캠프를 꾸릴 경우, 고요한 한밤중에 머리 아래로 새로 생긴 물길을 따라 들리는 콸콸 흐르는 물소리에 깜짝 놀라서 잠을 깬다. 주머니땅다람쥐, 고퍼 역시 신경이 예민한 야영객들을 놀라게 하는데, 녀석의 전략도 비버에 못지않게 흥미진진하다. 즉 터널을 뚫으면서 흙을 파낼 때 한결같이 위로 밀어올리는 방법을 쓴다. 자다가 밑에서 누가 미는 게 느껴지면 당연히 "거기 누구요?"라고 소리치게 된다. 그러다가 왜 그런지 알아내면 다시 잠자리에 든다. "좋아. 계속하렴. 난 잔다. 잘 자."

건초 만드는 새앙토끼, 짧은꼬리얼룩다람쥐, 숲쥐도 흥미로운 시에라 동물이다. 숲쥐, 즉 네오토마Neotoma는 평범한 쥐와 다르게 생겼다. 두 배 가까이 큰 몸집은 섬세하고 부드러운 갈색 톤의 털로 뒤덮였으며 복부는 하얀 털이 났다. 귀는 크고 얇고 반투명하다. 맑고 가득한 눈동자는 온화한 느낌을 준다. 가느다란 발톱은 바늘처럼 날카롭고, 네 발이 튼튼해서 다람쥐만큼 잘 올라갈 수 있다. 어떤 쥐나 다람쥐보다도 순진무구한 눈빛을 지닌 터라 사람들이 쉽게 다가갈 수 있을 뿐만 아니라 대체로 사람들의 선의를 잘 믿는 것처럼 보인다. 너무 착해서 가시덤불 속에 사는 것이 어울리지 않아 보일 정도다.

게다가 녀석이 사는 커다랗고 거친 오두막은 집주인과 너무도 딴판처럼 느껴진다. 이 산에 사는 어떤 동물도 이렇게 크고 강렬한 보금자리를 만들지 않는다. 숲쥐는 온갖 종류의 막대기(부러진 나뭇가지, 오래되고 썩어서 이끼가 자란 나무토막, 가까운 덤불에서 잘라낸 매끈하거나 가시 돋친 초록색 나뭇가지)를 잡다한 쓰레기, 신기한 잡동사니(흙덩어리, 돌, 뼈, 사슴뿔 조각 등)와 섞어서 보금자리를 짓는다. 방법은 단순하다. 이 모든 것을 수풀 덤불 속 땅바닥에 원뿔 모양의 덩어리로 쌓으면 된다. 이렇게 만든 오두막집 가운데 높이가 5~6피트에 이르는 경우도 있다. 때때로 열두 채 이상이 그룹을 이루어 함께 모여 있기도 한데, 사회를 형성하기 위해서라기보다는 먹이와 주거 문제를 해결하기에 편리해서 모여 있는 것 같다.

야생의 땅 한가운데 있는 깊고 뻣뻣한 수풀을 헤치며 지나느라 지쳐버린 고독한 탐험가의 눈앞에 이런 진기한 숲쥐 마을이 펼쳐진다. 그는 낯선 광경에 화들짝 놀라면서 인디언 마을에 왔나 생각할지도 모른다. 이처럼 야생 그대로의 장소에서 받는 영접에 불안해질 수도 있다. 처음에는 이곳에 사는 거주자가 하나도 눈에 띄지 않을 것이다. 혹은 잘해야 두세 마리가 오두막 위와 문 앞에 앉아서 순하디순한 눈망울로 이방인을 관찰하는 모습만 볼 수 있을 것이다. 오두막 중앙에 있는 보금자리는 씹어서 끌고 온 나무껍질 막과 풀로 만들어졌으며 가장자리는 깃털과 다양한 씨앗의 솜털로 장식되어 있나. 두껍고 꺼칠힌 벽은 적(여우, 코요테 등)을 방어하는 동시에 쉼터로 쓰기 위해 지은 듯 보인다. 커다랗고 거친 집에 사는 이 섬세한 생명체는 엉겅퀴세이지Salvia carduacea처럼 가시 돋친 총포로 수호되는 부드러운 꽃처럼 보인다.

때때로 숲쥐는 땅에서 20~30피트 위에 있는 떡갈나무의 갈라진 부분이나 심지어 가정집 다락방에 집을 짓기도 한다. 이들 숲쥐를 이웃이나 손님으로 둔 가정주부들은 이들을 도둑으로 여긴다. 이들은 가져갈 수 있는 것이면 무엇이든 다(칼, 포크, 양철 컵, 숟가락, 안경, 빗, 못, 불쏘시개뿐만 아니라 온갖 먹을 수 있는 것은 전부 다) 가져가서 한꺼번에 쌓아 올려 그들의 요새를 강화하거나 경쟁자들의 집보다 빛나게 하기 때문이다.

한번은 내가 시에라산맥 깊은 곳에 캠프를 차렸는데, 이들이 내 눈안경과 찻주전자 뚜껑, 아네로이드 기압계를 훔쳐 갔다. 어느 폭풍 치는 밤에는 넘어진 삼나무 아래에 캠프를 쳤는데, 화강암 위에서 이를 가는 듯한 소리에 잠을 깼다. 모닥불 불빛으로 보니 내 옆에서 잘생긴 숲쥐 한 마리가 얼음

깨는 손도끼의 손잡이에 달린 사슴 가죽 끈을 전력을 다해 잡아끌고 있었다. 녀석을 향해 나무껍질 조각을 던지고 소리를 내서 놀라게 하려 했지만, 녀석은 제자리에 서서 되레 나를 꾸짖듯 재잘거렸다. 멋진 눈망울은 결백함에 상처를 입기라도 한 것처럼 빛나고 있었다.

요세미티공원의 따뜻한 지역에서는 무척이나 다양한 도마뱀이 생기를 불어넣는다. 이들 중 일부는 길이가 1피트가 넘기도 하지만, 몸집이 메뚜기만 한 것들도 있다. 처음 봤을 때 뱀과 비슷해서 혐오감을 주는 종도 몇몇 있지만, 대부분은 잘생기고 매력적이라 잘 알아둘 만하다. 우리는 이들의 매혹적인 삶을 깊이 알면 알수록 더 좋아진다. 생명을 지닌 이 작은 친구들은 상냥하고 속임수를 몰라서 쉽게 길들일 수 있다. 이들의 아름다운 눈망울은 그 어느 것보다 깨끗한 순진무구함을 드러낸다. 도마뱀이 살지 않는 서늘한 지역에서 온 사람은 선입견에도 불구하고 금세 이들을 좋아한다.

평원과 작은 언덕에 사는 뿔도마뱀은 흉측하다고들 하지만, 사실은 눈망울이 매력적인 온화하고 상냥한 동물이다. 저지대 숲속 덤불 아래서 발견되는 뱀처럼 생긴 도마뱀 종들도 마찬가지다. 이들은 뱀처럼 쉽고도 우아하게 곡선을 그리며 미끄러지듯 지나간다. 발달하지 않은 작은 네 다리는 대부분 쓸모없는 부속물이 되어 끌려다닌다. 내가 길이를 측정한 도마뱀 종은 길이가 14인치였는데, 내가 보기에는 아주 작은 네 다리를 전혀 사용하지 않는 것 같았다.

도마뱀 대부분은 햇살 잘 드는 바위에서, 또는 관목과 관목 사이 열린 공간을 가로질러 반짝반짝 빛을 내며 재빨리 달려간다. 잠자리와 허밍버드만큼 재빠르게 움직이고 선명한 색상이 강렬하다. 이들은 목표물이 무엇이든 절대 길게 계속해서 달리지 않는다. 그 대신 10~20피트 거리를 쏜살처럼 직행해서 달리다 갑자기 멈췄었다가 또다시 갑자기 달린다. 이들은 숨이 가빠지기 때문에 이렇게 자주 멈춰서시 쉬어야 한다. 계속해서 추격당하면 금세 호흡이 달려서 가련하게 헐떡거리고, 신속히 덤불이나 바위로 피하지 못하면 쉽게 붙잡히고 만다.

당신이 도마뱀과 1~2주 함께 지내면서 처신을 잘한다면 고대 거대 도마뱀의 후손인 이 상냥한 도마뱀은 금세 당신과 친해지고 당신을 믿어서 발치로 다가와 장난도 치고 호기심 어린 눈으로 당신의 행동 하나하나를 지켜볼 것이다. 당신은 틀림없이 이들을 좋아할 것이다. 무지개처럼 멋진 밝은 녀석들뿐만 아니라 이끼 덮인 화강암처럼 잿빛 나는 메뚜기 같은 작은 녀석들도 좋아할 것이다. 도마뱀을 보며 비늘도 몸을 덮는 털이나 깃털 또는 몸에 잘 맞춰진 그 어떤 것 못지않게 훌륭하다는 사실을 깨달으리라.

협곡과 저지대 숲에는 뱀이 많지만, 이들은 대개 잘생긴 데다 해를 끼치지 않는다. 요세미티와 인근 산을 찾은 산악인과 여행객 가운데 어떤 종류가 되었건 뱀에게 물린 사람은 한 명도 없다. 그 대신 수많은 사람이 뱀의 매력에 푹 빠졌다. 어떤 뱀은 아름다운 색상과 가죽 패턴을 두고 도마뱀과 자웅을 겨룬다. 방울뱀만 독이 있는데, 사람과 대면했을 때 목숨이 위협당하지 않는 한 조심스럽게 독을 보관한다.

나는 방울뱀을 존중할 줄 알기 전에 두 마리를 죽인 적이 있다. 첫 번째는 샌호아킨평원에서 만난 방울뱀이다. 이 방울뱀은 다발풀 무더기 주변에서 편안하게 똬리를 틀고 있었다. 내가 녀석을 발견했을 때는 녀석이 내 두 다리 사이에 있고 내가 녀석을 밟으려는 찰나였다. 방울뱀은 밟힐 위험에 놓였는데도 머리를 아래로 숙인 채 물려고 들지 않았다. 지금부터 30년 전인 그때만 해도 방울뱀은 어디서 발견하든 죽여야 한다고 생각했다.

그런데 수중에는 무기도 없었고, 매끈한 초원에는 몇 마일 거리 안에 나무 막대기나 돌멩이 하나 없었다. 그래서 사슴이 뱀을 공격할 때 하는 행동이라고 알려진 것처럼 방울뱀 위로 뛰어서 으스러뜨렸다. 뱀은 내 얼굴을 보고 내가 장난한 거라 생각하여 재빨리 똬리를 틀고 방어를 위한 공격을 준비했다. 나는 뱀이 이동할 때는 공격하지 못한다는 사실을 알아서, 녀석을 괴롭혀 똬리를 풀게 하려고 흙과 풀을 집어던졌다. 녀석은 몇 분간 제자리에서 위협하고 공격하더니, 나를 처리해버리려고 움직이기 시작했다. 나는 앞으로 달려가 녀석 위로 뛰어들었다. 하지만 녀석이 워낙 빨리 머리를 뒤로 뺀 탓에 내 발이 녀석을 놓쳤다. 녀석의 공격도 빗나갔다. 녀석은 핍박과 고난 앞에서 자신을 보호하기 위해 용감하게 타격을 가하면서도 계속 달아나려고 시도했다. 하지만 마침내 내 뒤꿈치가 정확하게 내려와 녀석에게 심한 부상을 입혔고, 몇 차례 더 잔인하게 발로 밟아서 녀석을 완전히 으스러뜨렸다. 이렇게 살생하고 났더니, 천국에 있는 것 같은 마음이 들기는커녕 모멸감이 밀려왔다. 최소한 뱀이 행동하는 만큼 나도 공정하고 너그럽게 행동하고 자기방어용이 아닌 이상 더는 뱀을 죽이지 않기로 결심했다.

두 번째로 뱀을 죽인 일도 피하려면 얼마든지 피할 수 있었을 것 같다. 그래서 늘 마음이 아프고 죄책감이 든다. 그 당시 나는 요세미티 안에 작은 통나무집을 지었다. 물을 편리하게 공급받고, 물이 연주하는 음악을 감상하고, 주변 환경을 위해 요세미티크리크에서 작은 개울을 끌어왔다. 이 개울은 암벽 측면을 따라 막힘없이 흘렀고, 충분히 잔물결을 이루며 작고 달콤한 톤으로 노래할 수 있을 만큼 흘렀다. 덕분에 특히 한밤중에 깨어 있을 때 유쾌한 동반자가 생겨서 좋았다. 그 후 몇몇 개구리가 찾아와서 개울물과 함께 즐거운 합창을 들려주었다. 내 짐작엔 이 개구리들을 잡기 위해 뱀 한 마리도 찾아왔다.

나는 장기간 산행할 때면 식물을 한 아름 안고 귀가한다. 일부는 연구하기 위해, 일부는 장식하기 위해 가져온다. 가져와서는 통나무집 한쪽 모퉁이에 두는데, 싱싱한 상태가 유지되도록 개울물에 줄기를 담근다. 어느 날 시들기 시작한 식물 한 줌을 집어올리자 꽃 뒤에 숨어 있던 거대한 방울뱀이 똬리를 뜬 채 모습을 드러냈다. 이렇듯 급작스럽게 이곳의 적법한 주인과 대면한 이 불쌍한 파충류는 자신이 통나무집에 대한 소유권이 없음을 깨달았는지 필사적으로 당황한 모습이 역력했다. 녀석은 두려워하는 모습뿐 아니라 순전히 수줍어하고 당황스러워하는 모습도 많이 보였다. 마치 몹시도 정직한 사람이 문 뒤에 있다가 수상쩍은 상황에서 포착되어 당황하는 것만 같았다.

이 뱀은 똬리를 틀고 준비를 마친 상태이긴 했지만, 공격하거나 위협을 가하지 않고 천천히 머리를 최대한 낮췄다. 그러면서 혼란스럽고 이상하게 목을 구부리고 부끄러워하는 듯한 표정을 지었다. 마치 땅이 열려서 그 안으로 몸을 숨길 수 있기를 바라는 것만 같았다. 나는 워낙 많은 야생동물의 눈동자를 들여다본 경험이 있어서 이 운 나쁜 뱀이 느끼는 감정을 잘못 넘겨짚지 않았다는 확신이 들었다. 나는 녀석을 죽이고 싶지 않았지만, 이곳을 찾는 방문객이 많았고 그중에는 어린아이들도 있었다. 게다가 나는 종종 밤늦게 돌아왔다. 결국 녀석이 죽어야 한다는 판결을 내렸다.

그 후 이 지역 산속에서 백 마리가 넘는 뱀을 본 것 같다. 하지만 내가 그들을 일부러 방해한 적은 결코 없다. 우연히 밟힐 뻔했더라도 그들이 나를 심하게 방해한 적도 단 한 번도 없다. 한번은 내가 무릎을 꿇고 모닥불을 지피는데, 한 마리가 땅을 짚은 내 팔 아래 아치 밑으로 미끄러지듯 지나갔다. 녀석은 그저 내가 캠프로 선정한 땅을 벗어나는 길이었다. 녀석이 평화롭게 지나가도록 내가 움직이지 않은 터라 조금의 위험도 없었다.

내가 심각하게 위험하다고 느낀 적은 딱 한 번 있는데, 가파른 측면 협곡으로 투올럼니협곡을 빠져나와 요세미티계곡 발원지로 향할 때였다. 지진 활동으로 생긴 사면 위에서 바위 하나가 내 앞을 가로막았다. 그 바위는 전면이 너무 높아서 그 아래에 있는 바위 위에 서 있어야 간신히 윗면에 손이 닿았다. 윗면을 붙잡고 몸을 끌어올리자 평평한 바위 꼭대기 위로 내 머리가 올라갔다. 그 순간 내 눈앞에 똬리를 튼 방울뱀이 나타났다. 내가 밑에서 손을 먼저 짚은 탓에 녀석이 대비 태세를 갖춘 것 같다. 하지만 이렇게 도발을 당하고 내 머리가 1피트 거리 안에 나타났는데도 녀석은 공격하지 않았다.

지난번에 커다란 협곡을 한가로이 지나는 동안에는 하루에 뱀을 두 마리나 만났다. 한 마리는 똬리를 틀지 않았지만, 강기슭에 있는 두 조약돌 사이 좁은 공간에서 단정하게 몸을 접고 있었다. 머리를 조약돌보다 낮춘 채 개구리나 새가 나타나면 용수철 인형이 튀어나오는 장난감 상자처럼 위로 튀어나올 기세였다. 내 발이 녀석의 머리에서 1~2인치 위로 지나갔지만, 녀석은 머리를 낮춘 상태를 유지했다.

두 번째 뱀은 특히나 지루한 갈매나무 덤불을 지나갈 때 만났다. 나는 탁 트인 열린 공간 옆으로 나뭇가지들을 가른 다음 그 공간에 내가 가져온 빵 꾸러미를 던졌다. 그 뒤를 이어 양손에 아무것도 들지 않은 상태로 그 공간에 들어갔는데, 내 빵 꾸러미 아래로 작은 방울뱀이 꼬리를 감추는 모습이 보였다. 녀석은 나를 발견하고는 화난 듯한 눈으로 쏘아보더니 정당한 분노가 느껴지는 표정을 지으며 왜 이런 걸 자기한테 던졌냐고 따지는 것 같았다. 녀석이 너무 작아서 그냥 무시해 버리려 했지만, 워낙 화난 태도를 보이는 탓에 뒤로 물러섰다가 다른 쪽에서 빈터로 다가갔다. 하지만 녀석은 내가 움직이는 소리를 다 듣고 있었고, 덤불 사이로 들여다봤더니 여전히 내 정면에서 어디 가까이 오기만 해봐, 라는 표정을 지었다. 나는 그저 내 빵을 도로 가져가고 싶을 뿐이라고 설명하려 했지만 아무 소용 없었다. 녀석은 빵 앞을 단단히 지키고 서 있었다. 결국 60미터 정도 뒤로 물러가서 30분간 움직이지 않고 가만히 있다가 다시 그 장소로 돌아갔다. 다행히 녀석은 사라지고 없었다.

어느 날 저녁 해가 질 무렵이었다. 나는 협곡 안의 매우 거친 바위투성이 지역에서 잠자리로 삼을 평평한 공간을 한참 동안 물색하고 있었다. 마침내 기쁘게도 강둑 위에서 강이 범람해서 모래가 쌓인 땅을 발견할 수 있었다. 가까운 곳에는 캠프파이어 땔감으로 사용할 유목도 많았다. 그런데 짐 꾸러미를 아래로 던지면서 보니 뱀 두 마리가 이미 그 땅을 차지하고 있었다. 물론 이 뱀소굴에서도 무탈하게 밤을 날 수는 있을 것 같았다. 밤중에 뱀이 캠프 안으로 들어오는 경우는 단 한 번도 없었기 때문이다. 하지만 이렇게 작은 공간에서는 몇몇 늦게 도착한 뱀들이 내가 있는 것을 모른 채 왔다가 내가 모닥불에 땔감을 보충할 때 내 발에 밟히는 불상사가 일어날 수 있었다. 그래서 이곳이 너무 붐비지 않도록 지진으로 생긴 바위 가운데 하나를 골라 그 위에 캠프를 만들었다.

요세미티공원에는 방울뱀Crotalus 두 종이 서식한다. 그런데 요세미티계곡의 분지를 탐험하다가 새로운 종을 발견한 것 같다는 생각이 들었다. 머리에 신기하게 양분된 부속물이 달린 뱀 한 마리를 발견했기 때문이다. 하지만 더 가까이 다가갔더니 그 이상한 모자 같은 것은 개구리 다리였다. 나는 회초리로 삼을 나뭇가지를 꺾어서 뱀이 그 불쌍한 개구리를 뱉어내거나 개구리가 빠져나갈 때까지 뱀을 살짝 때렸다. 개구리는 가장 어두운 죽음의 계곡을 벗어나 다시 밝은 세상으로 돌아오더니 멍한 눈으로 잠시 눈만 껌뻑이다가 누가 봐도 행복하고 건강한 모습으로 개울 속에 뛰어들었다.

개구리는 아무리 춥고 높고 외딴곳에 있더라도 늪과 습지, 웅덩이, 호수에 산다. 대체 개구리는 어떻게 이렇게 높은 산까지 올라올 수 있었을까? 당연히 점프해서 올라온 것은 아닐 터다. 지루하게 몇 마일씩 이어지는 바위와 덤불을 지나 한참 동안 메마른 상태로 나들이를 하는 건 개구리에게 분명 시련일 것이다. 개구리 알이 오리나 두루미 같은 물새의 발에 붙어서 산 위로 운반된 것 같다. 어쨌든 개구리는 매우 고르게 분포하는 데다 번창하는 것으로 유명하다. 이 얼마나 쾌활하고 열성적인 친구들인가. 이 친구들이 개굴개굴 노래하는 콘서트가 바위투성이 황야에 이 얼마나 훌륭하게 생기를 불어넣는가.

높은 지대에 있는 산중 호수나 가파른 폭포 위 강물의 지류 가운데 그 어느 곳에도 사람이 풀어놓기 전까지는 어떤 종류의 물고기도 살지 않았다. 하이시에라에서 자연적으로 송어가 서식하는 강은 킹스강의 중간 지류에 있는 강이 유일하다. 이 개울에는 가파른 폭포가 없다. 하지만 일부 여울은 워낙 유속이 빠르고 거칠어서 가장 낮은 단계에서조차도 물고기가 여울을 올라갈 수 있다면 무척이나 놀라운 일이다.

나는 7,500피트에 이르는 이 중간 지류에 송어가 많이 사는 것을 발견했다. 이들은 컨강 아주 높은 곳까지 올라간다. 머세드강에서는 4,000피트 높이에 있는 요세미티계곡 이상으로 높이 올라가지는 못한다. 머세드강의 모든 갈래가 요세미티계곡에서 가파른 폭포에 의해 가로막히기 때문이다. 투올럼니강 본류에서는 요세미티보다는 여전히 낮은 곳에 있는 헤츠헤치 아래의 폭포가 송어 떼의 앞을 가로막는다. 이들 상류 지역에 물고기가 접근할 수 없음에도 불구하고 어떻게 해서든 물고기 알이 그곳에 뿌려졌을 것이라 추측할 수 있겠다. 대자연은 이 같은 일을 할 수 있는 방법이 참으로 많기 때문이다.

이번 경우에는 자연이 사람의 개입을 기다렸다. 그 결과 지금껏 물고기가 살지 않았던 많은 호수와 개울이 이제는 건강한 송어 떼로 가득하다. 월튼 클럽Walton clubs 같은 개별 기업 등이 미국어업위원회United States Fish Commission의 후원 아래 송어를 강물에 푼 덕분이다. 평범한 양동이에 담아 헤츠헤치로 옮겨진 송어 몇 마리가 놀라우리만치 빠르게 개체 수를 늘렸다. 고도 8,000피트가 넘는 곳에 있는 테나야호수Tenaya Lake에는 8년 전 머피 씨가 요세미티에서 송어 몇 마리를 가져와 방류했다. 동부 경사면에 있는 많은 작은 개울에도 노새 등에 실은 깡통에 담아 온 송어가 방류되었다. 머지않아 산맥 전체에 있는 모든 개울이 이들 생생한 물고기들로 풍요로워질 것이다. 그래서 이들을 보기 위해 수천 명의 방문객이 산을 찾을 것이다.

구부러진 철사 조각을 이용하는 송어잡이는 퍽 사소한 사업이긴 하지만, 다행히 사람들은 생각보다 낚시를 잘한다. 대부분 경우 낚시의 대상은 결국 사람이다. 송어낚시는 몸과 영혼의 구원을 위해 사람들을 낚기 위한 미끼인 셈이다. 그래서 송어낚시는 중요하며 이를 위해 이 모든 비용과 관심을 아낌없이 할애할 만한 가치가 충분하다.

THE YELLOW- STONE NATIONAL PARK

엘로스톤국립공원

서부에 있는 국립공원 네 개 가운데 옐로스톤국립공원이야말로 그 규모가 가장 크다. 그 자체가 드넓은 로키산맥 정상에 펼쳐진 거대한 야생의 땅이다. 눈과 비가 풍부하게 내리는 덕에 아메리카 대륙을 흐르는 주요 하천들이 시작되는 발원지이기도 하다. 공원의 중앙 지역은 산림이 빽빽하게 밀집된 비교적 평평한 화산 고원이다. 평균 고도는 해발 8,000피트이며, 주변은 갤러틴산맥Gallatin Range, 윈드리버산맥Wind River Range, 티턴산맥Teton Range, 애브사러카산맥Absaroka Range을 비롯하여 눈길을 사로잡는 수많은 눈 쌓인 산맥으로 둘러싸여 있다.

공원 안에는 헤아릴 수 없이 많은 호수가 햇빛을 받아 반짝인다. 이와 함께 유명한 하천들이 뜨거운 용암층에서 뿜어져 올라오거나 얼어붙을 듯 추운 산봉우리에서 흘러내려와 주요 강들로 유입된다. 이런 하천들은 수목이 자라지 않는 바위투성이 물길이나 이끼로 뒤덮이고 나무가 우거진 물길을 따라 흐른다. 강으로 흘러내려가는 동안 숱한 난관을 헤치며 쾌활하게 노래하고, 꾀를 내어 물길을 갈라서 동쪽과 서쪽으로 흘러가 멀리 떨어진 양쪽 바다(태평양과 대서양-역주)로 들어간다.

빙하 초원과 비버 초원(비버에 의해 만들어진, 습지가 옥토가 되어 조성된 초원-역주)은 하천 기슭을 따라 매혹적으로 펼쳐진다. 숲 한가운데 공원처럼 넓게 트여 있거나, 바위투성이 산속 후미진 곳에 무수히 많은 자그마한 정원 형태로 숨어 있다. 그중에는 나뭇잎보다 꽃잎이 더 많은 정원도 있다. 그리고 행복한 야생동물들이 야생의 땅 전체에 생기를 불어넣는다.

야생의 모습을 간직하고 축복처럼 온화한 기후를 지닌 산악지방 대부분이 공유하는 보물들 외에도 옐로스톤공원은 흥미진진하고 놀라운 일들이 가득하다. 세상에서 가장 격렬하게 온천수를 내뿜는 간헐천들이 밝고 의기양양한 밴드처럼 춤추며 노래한다. 그 주위로 펄펄 끓는 온천 수천 개가 아름답고 장엄한 장관을 이루며 에워싸고 있다. 온천 기슭은 마치 거대한 꽃송이처럼 화려한 색으로 물들어 있다. 뜨거운 페인트통 같은 진흙 온천, 진흙 화산은 온갖 색상과 농도의 내용물이 들어 있는 가마솥처럼 넘치도록 들썩거리면서 으르렁거린다.

인접한 산에는 살아 있는 나무들 아래로 석화림의 가장자리가 보인다. 그 모습이 박물관 선반에 진열된 표본 같다. 선반처럼 절벽에서 튀어나온 바위 위에 이들이 자란 순서에 따라 계단식으로 서 있기 때문이다. 수천 세기 전에 바람에 흔들린 이후 화석이 된 이 나무들은 강직한 크리스털 같은 아름다운 모습으로 근엄하게 침묵을 지킨다. 이 놀라운 풍경을 보면 지난 세월과 기후, 과거의 삶을 들여다볼 수 있다.

이곳에는 다양한 모습의 산이 있다. 반짝이는 크리스털 언덕과 유황 언덕, 유리 언덕, 재 언덕, 얼음이나 숲으로 덮인 온갖 건축 스타일의 산, 히메투스산(그리스에 있는 산으로 신화에도 나오듯 백리향 꿀이 유명하다.-역주)처럼 달콤한 꿀이 나는 꽃들로 뒤덮인 산, 감자처럼 부드럽게 삶기고 해 질 녘 하늘처럼 아름답게 채색된 산도 있다. 옐로스톤국립공원에서 대자연은 많고도 많은 모습을 아낌없이 드러낸다. 그래서 이곳을 가리켜 동화의 나라라 부르며 여름이 되면 수많은 여행객이 몰려와 마법에 걸린 듯 그 매력에 푹 빠져든다.

다행스럽게도 이곳은 발견되자마자 국민을 위해 헌정되었다. 이 과정에서 옐로스톤국립공원 수립을 위한 헌정법이 탄생했다. 이 법은 공공 영역의 평범하고 하찮은 역사에서 온화하게 빛을 발한다. 세상은 그 누구보다 이 법을 통과시키기 위해 애쓴 헤이든 교수에게 감사해야 할 것이다. 그는 이곳으로 파견된 최초의 과학 탐험대를 이끌고 보고서를 작성한 뒤 의회가 이곳을 공원으로 보존할 때까지 대단한 열정을 쏟았다.

1872년의 기록에 따르면 그 당시 옐로스톤국립공원은 3,344제곱마일 규모였다. 그 후 1891년 3월 30일, 사실상 옐로스톤국립공원 금벌림으로 확대되었으며 1897년 12월에는 티턴보존림으로 확장되었다. 그 결과 애초의 규모보다 두 배 가까이 늘어났다. 공원 남단으로는 장엄한 티턴산맥과 유명한 로키산 사냥감 방목지까지 포함될 정도로 경계선이 확장되었다. 이렇듯 넓은 지역을 공유지 경매 대상에서 제외했지만, 해를 입은 사람은 한 명도 없었다. 해발 6,000~1만 3,000피트에 달하는 고지대인 데다 화산암으로 이루어진 두꺼운 맨틀 때문에 농업이나 광업 활동이 불가능한 곳이기 때문이다. 반면 지리학적 위치, 상쾌한 기후, 놀라운 장관 덕분에 이곳은 건강과 즐거움, 연구 활동을 마음껏 누릴 수 있는 웅장한 휴양지가 되었다. 전 세계에서 여행객들이 찾아오는 집결지가 된 것이다.

모든 국립공원은 삼림보호구역처럼 경매 대상에서 제외될 뿐만 아니라 내무부 산하 미국 기병대 소속 부대에서 효과적으로 관리하고 보호한다. 이렇게 열심히 돌보는 덕분에 도끼와 화재로부터 보호된 숲이 무성하게 조성되고 있다. 그 안에서 덥수룩한 덤불과 초본식물도 잘 자라고 있다. 이른바 진귀한 동물들도 잘 보존되고 있다. 털옷과 깃털 옷을 입은 동물들 가운데 불과 얼마 전만 해도 멸종 위기에 처했던 많은 동물 종이 지금은 개체 수가 증가했다.

이웃한 지역에서는 맹목적인 삼림 파괴 행위가 인정사정없이 계속되는 가운데 이렇듯 산림을 보호하는 모습은 참신해 보인다. 권력을 지닌 정치꾼들한테 투표권을 팔고 마치 물건을 사듯 공유지를 얻어서 돈벌이하는 자들은 실책과 약탈을 일삼으며 요란스럽고 일관성 없게 땅을 관리하거나 잘못 관리한다. 이와는 대조적으로 국립공원을 관리하는 병사들은 그곳을 찾는 방문객들이 그들이 있는지조차 눈치채지 못할 정도로 조용하게 묵묵히 맡은 임무를 수행한다.

옐로스톤국립공원은 모든 국립공원 가운데 가장 서늘하고 고도가 높은 곳에 있다. 1년 열두 달 서리가 내린다. 하지만 여름이면 아무리 몸이 약한 관광객이라도 따뜻하다고 느낀다. 공기가 찌릿찌릿할 정도로 신선하다. 몸과 마음을 치유하며 기분을 상쾌하고 신나게 만든다. 불과 서리가 공기를 순수하게 지켜냈다면, 풍경은 죽은 자도 일으켜세울 정도로 야생의 모습을 간직하고 있다.

이 찬란한 곳은 성장과 휴식에 매우 적합하다. 사방이 캠핑하기 좋은 장소다. 황금빛 해바라기가 피어 있는 따뜻한 숲속 공터의 호숫가, 개울가, 눈 덮인 폭포 옆, 비바람을 피한 물결무늬 암벽 아래 흥미롭고 경이로운 풍경 바로 옆이나 이와 아주 멀리 떨어진 곳, 봉우리와 봉우리 사이에 있는 오래된 빙하가 발원한 분지 위 용담꽃으로 빛나는 비단처럼 매끈한 잔디밭 등이 있다. 이런 곳은 시원한 샘과 개울, 귀한 식물들을 나무들이 매력적으로 에워싼 정원이 풍성하다. 전망을 감상하거나 등반 훈련을 하기 좋은 다양한 절벽과 바위가 있는 거친 암벽이 가까운 곳에서 우리를 초대한다.

당신은 이처럼 사랑스러운 보금자리에서 쉬다가 원하면 언제든지 공원 한가운데로 나들이 갈 수 있다. 안으로 들어가면 아름다운 분지에서 간헐천과 온천이 지독한 냄새를 풍기며 땅에서 뿜어져 올라온다. 풍부하고 화려한 색상과 낯설게 움직이는 모습, 감탄할 정도로 정확하게 계산된 에너지를 보면 세상에서 가장 무딘 사람이라도 무덤덤함을 벗어나 삶의 새로운 맛에 빠질 정도로 놀랍고도 매혹적이며 마음을 뒤흔든다.

질서정연하게 나들이에 나서든, 혹은 목적 없이 돌아다

니든, 당신은 세상에서 가장 고요하고 잔잔한 풍경 속에서 온전히 새로운 현상을 눈앞에 두고 할 말을 잊은 채 경이로움에 휩싸여 정적에 빠져들 것이다. 펄펄 끓는 온천과 초록빛과 쪽빛의 맑디맑은 물로 가득한 깊고 거대한 샘. 이 같은 온천과 샘 수천 개가 이 높고 서늘한 산속에서 펑펑 솟아나고 있다. 마치 그 아래에서 사나운 용광로가 펄펄 끓기라도 하듯 말이다. 100여 개에 달하는 간헐천에서는 끓는 물과 수증기가 마치 폭포를 뒤집은 것처럼 하얀 급류를 이루며 이따금 뜨겁고 깜깜한 지하세계에서 분출된다.

이 육중한 간헐천 기둥 중에는 세쿼이아나무만큼 거대한 것도 있다(지름은 5~60피트, 높이는 150~300피트에 이른다). 엄청난 에너지로 이렇게 높이까지 치솟아서 몇 분간 혹은 거의 한 시간가량 그 높이를 유지한다. 그러는 동안 물기둥은 꼿꼿하게 서서 쉭쉭거리거나 고동치거나 쾅쾅거린다. 물기둥 뿌리 아래에서 뇌우가 노한 듯 맹위를 떨치는 것 같다. 물기둥 측면은 이랑 진 나무줄기처럼 홈이 나거나 거칠다. 물기둥 꼭대기는 깃털 모양의 가지처럼 흩어진다. 안개에 가려진 꽃처럼 뿌연 무지갯빛 물보라가 때때로 바람에 걷히면, 어마어마하게 큰 물줄기가 소나무 언덕을 배경으로 반짝이는 모습이 드러난다.

이 가운데는 마치 폭풍에 굽은 것처럼 물기둥이 더 기울어지거나 덜 기울어진 경우도 있다. 이들은 석영의 일종인 실리카규화로 이루어진 지면에서 불규칙한 틈을 통해 방사형 구조로 솟아나기 때문에, 원형이 아닌 평평한 모양이나 부채꼴 모양을 이룬다. 햇살은 이들을 통과하면서 황홀하고 휘황찬란하게 빛을 발한다. 어떤 것들은 떡갈나무처럼 넓고 꼭대기가 둥근가 하면, 어떤 것들은 송이 모양으로 낮고, 덤불처럼 땅 가까이에서 여러 갈래로 갈라진다. 드물지만 몇몇은 커다란 데이지꽃이나 수련처럼 가운데가 움푹 들어가기도 한다. 아무리 서리가 내려도 이들 간헐천을 식힐 수는 없으며, 아무리 눈이 와도 그 위에 쌓이거나 지류에 머물지 않는다. 겨울이고 여름이고 이들은 가리지 않고 모든 계절을 환영한다.

　　모든 간헐천은 형태와 크기에 상관없이 요정이 규칙적으로 춤추듯 성실하게 솟아올랐다 내려가기를 반복한다. 밤이고 낮이고, 어떤 날씨라도, 몇 분이나 몇 시간, 몇 주 등 다양한 주기로 재빨리 자라난다. 운명을 마음대로 할 수 없듯 누구도 통제할 수 없는 간헐천 물기둥은 바람결에 진주 같은 가지를 흩뿌리고, 깨지기 쉬운 꽃처럼 활짝 피었다 사라진다. 대자연은 불타는 듯한 토양을 전혀 고갈시키지 않으면서도 매년 수많은 간헐천이라는 작물을 재배해낸다.

　　이 희귀종이 자라는 이른바 간헐천 분지는 대개 화산의 거대한 불이 멈춘 뒤 빙하에 의해 침식된 중앙고원에 있는 탁 트인 계곡이다. 간헐천 주변 높은 곳에서 간헐천으로 다가가며 아래로 숲 너머를 내려다보면 하얀 기둥들, 폭이 넓고 악취가 진동하는 덩어리들을 여럿 볼 수 있다. 불규칙하게 분출되는 뿌연 증기가 계곡 바닥에서 올라오거나 옆에 있는 나무들 사이로 연기처럼 얽혀들어가는 모습도 보인다. 아마 바쁘게 돌아가는 도시의 공장이나 군부대의 캠프파이어에서 나는 연기가 연상될 것이다.

이렇게 김이 나는 곳을 보면 가마솥이나 페인트통 같은 온천과 간헐천 또는 아이슬란드어로 기름이 뿜어나오는 유정이라는 의미의 분유정이 어디 있는지 위치를 파악할 수 있다. 그 한가운데로 들어가 온천 침전물로 밝게 빛나는 노면을 한가로이 거닐면, 산에 드리운 그림자 속에서 맑고 하얗고 진주 같은 회색을 띤 온천의 모습에 완전히 매료된다. 온천이고 간헐천이고 너무도 많고 다채로워서 대자연이 세상에 있는 귀한 샘물의 표본으로 이들을 한자리에 모아 자기 능력을 과시하는 것처럼 보인다. 옐로스톤국립공원에는 4,000개가 넘는 온천과 100개에 달하는 간헐천이 있는 것으로 집계되었다. 이외에도 얼마나 더 많이 있는지는 아무도 모른다.

큰 강의 발원지에 있는 이런 계곡들은 실험실이나 주방 같기도 하다. 수많은 실험용 증류기와 냄비 사이에서 대자연이 화학자나 요리사 노릇을 하며 한없이 다양한 광물 더미를 교묘하게 혼합하고 온 산을 요리하는 것처럼 보인다. 부싯돌처럼 딱딱한 암석을 끓이고 쪄서 고운 반죽과 곤죽으로 만들어 세상에서 가장 아름다운(노란색, 갈색, 빨간색, 분홍색, 라벤더색, 회색, 크림색) 진흙을 만들고, 세상에서 가장 영묘한 에센스를 증류해서 추출한다.

이렇게 끓고 있는 냄비와 가마솥 중에는 수천 년간 끓고 있는 것이 많다. 유황이 많이 함유되어 끈끈하고 덩어리진 곤죽이 끓는 냄비, 잉크처럼 시커먼 국이 끓는 냄비를 대자연이 계속 정성스레 저어주고 뒤적여준다. 물이라고 하기에는 너무 순수하고 순도 높은 맑고 투명한 에센스를 은근하게 계속 끓이고 있다. 이 에센스를 담고 있는 아름다운 침전물 컵과 그릇은 오래 사용할수록 점점 더 아름다워진다. 온천 분지 가운데 일부에는 여전히 따뜻하나 펄펄 끓지는 않고 완전히 잠잠한 상태에 머무는 온천들이 있다. 이런 온천수는 과하게 기울어진 풀밭과 꽃밭에서 담담하게 빛을 발한다. 요리가 완전히 끝나서 옆에 따로 두고 식히는 것처럼 보인다.

이에 반해 다른 온천들은 마치 낭비되듯 맹렬하게 끓어넘친다. 수천 톤의 귀한 액체가 공중으로 분출되어 화상을 입을 만큼 뜨거운 상태에서 깨끗한 산호색 바닥으로 떨어져내리며 구경꾼들을 가까이 오지 못하게 한다. 다른 냄비와 분화구는 맑고 연한 초록빛 또는 쪽빛 물을 담는 대신 화상을 입을 정도로 뜨거운 진흙이 가득 차 있다. 고약한 썩은 냄새가 나는 끈적끈적한 진흙 덩어리들은 3~4피트에서 30피트 높이까지 헉헉, 끄르륵, 쾅쾅 소리를 내며 튀어올라가 이웃한 나무들의 가지에 진흙을 바른다. 모든 실험용 플라스크와 증류기, 온천, 간헐천에는 저마다 특별한 무언가가 있다. 온도와 색상, 구성이 똑같이 겹치는 경우는 단 하나도 없다.

이 대자연의 실험실에서는 굳은 믿음이 있어야 편안하게

지낼 수 있다. 발밑의 땅이 비어 있는 것처럼 들리고, 끔찍한 땅속 천둥에 땅이 흔들리면 마음도 흔들린다. 창백한 달빛이 비치는 밤이나 폭풍우를 몰고 오는 먹구름이 하늘을 가릴 때 특히 그렇다. 어둑어둑하게 근엄한 분위기가 조성되면, 간헐천은 어렴풋하게만 보여서 마치 괴물처럼 춤추는 귀신 같아 보인다. 간헐천이 부르는 격한 노래와 머리 위 폭풍에 응답하는 지진 소리 같은 천둥소리는 마치 신의 통치가 끝나기라도 한 듯 두 배로 무섭게 들린다.

하지만 공포에 떠는 언덕들은 제자리를 지키고 있다. 하늘이 개고 장밋빛 새벽이 밝으면 마음을 놓는다. 하늘에서는 태양이 신처럼 산과 숲으로 믿을 만한 햇살을 쏟아낸다. 봉우리 하나하나, 나무 하나하나, 무시무시한 간헐천 하나하나에 빛을 비춘다. 고약한 냄새가 나는 온천의 눈에도 빛을 비추고, 그 위에 무지갯빛 옷을 입힌다. 그리고 혼돈처럼 보이는 어둠을 녹여 다양한 형태로 조화롭게 만든다. 이렇듯 세상은 평범한 작업을 계속해나간다.

우리는 햇빛을 받아 춤추는 파리, 새끼에게 먹이를 먹이는 새, 견과류를 모으는 다람쥐를 반갑게 바라본다. 축복받은 지빠귀가 강물이 얕은 곳에서 신뢰를 담아 노래하는 소리도 듣는다. 이 노랫소리는 모든 두려움을 잠재우고 모든 것을 사랑하게 만드는 가장 믿음직스러운 복음이다.

다양한 색으로 물든 온천 침전물들은 포장도로처럼 간헐천 계곡에 넓게 퍼져 있다. 온천 분지와 분화구 입구를 따라서 산호처럼 아름답게 가장자리를 장식하며 언제나 찬사와 주목을 한몸에 받는다. 이런 침전물을 실어나르는 반짝이는 온천수 역시 눈길을 끌고 감탄을 자아낸다. 그 안에 함유된 다양한 광물은 색상이 다채롭다. 이런 모습은 비단처럼 매끈하게 자란 밝은색의 사상조류(실처럼 가는 모양으로 호수나 저수지, 강바닥에 서식하는 조류-역주) 때문에 크게 강조되는 면이 있다.

사상조류는 원래 샘과 수로, 계단식 경사지 테라스의 가장자리에 붙어서 자라는 물풀이다. 많이 모여야만 볼 수 있고, 뜨거운 물 속에서 자라는 이 무수히 많은 미세한 식물보다 절묘하게 아름다운 꽃밭은 없다. 온천의 가장자리는 대부분 지대가 낮은데, 섬세하게 물결 모양과 톱니 모양으로 테두리가 형성된 데다 진주알 같은 침전물이 구슬처럼 장식되어 있다. 몇몇 간헐천 분화구는 폐허가 된 성이나 불타버린 오래된 세쿼이아 그루터기처럼 거대하고 그림처럼 아름답다. 콜리플라워처럼 생긴 울퉁불퉁하게 형성된 암석들이 거대한 규모로 이곳을 장식하고 있다.

이 암석들을 중심으로 석영의 일종인 실리카규화로 이루어진 지면이 얇고 표면이 딱딱한 상태로 층층이 중첩되어 완만하게 경사를 이룬다. 중간에 곳에 따라 낮은 계단식 테라스가 살짝 가로막기도 한다. 또는 옐로스톤국립공원 북단에 있는 매머드 온천처럼 가파른 언덕 측면에서 온천수가 솟아 나오는 경우, 퇴적물들이 쌓여 흰색 침전물에 자주색 침전물이

가미되면서 점점 높고 넓어지는 계단식 테라스가 형성된다. 뉴질랜드 로토마하나호수에 있는 핑크 테라스가 유명하다(지금은 호수 속에 가라앉아서 볼 수 없다고 한다.-역주). 전면이 무리를 이룬 종유석들로 장식되어 있는데, 테라스마다 형언할 수 없을 만큼 아름다운 물웅덩이가 있고, 높이 올라온 그 가장자리는 사상조류로 인해 반짝인다. 1~2마일 멀리 떨어져서 전체를 조망하면 넓고 거대한 폭포가 층진 바위 위로 눈처럼 하야면서도 자줏빛이 도는 거품을 내뿜으며 폭포수를 쏟아내는 듯 보인다.

신이 지은 이 석조 건축물은 눈에 보이지 않는 작은 석회나 석영 입자들로 이루어져 있다. 누구도 본 적 없는 채석장에서 채굴된 이 작은 돌들은 딸랑딸랑 방울 소리를 내며 점잖게 흐르는 투명한 물살에 실려서, 또는 억수처럼 휘몰아치는 소용돌이를 뚫고서 정해진 장소로 정확히 운반된다. 식물의 수액이 줄기를 거쳐 가지와 잎, 꽃까지 확실히 인도되는 것처럼 말이다. 이 아름다운 작업은 이렇듯 한 세기에서 다음 세기로 이어져왔고 지금도 이어서 진행되고 있다.

수 마일에 걸쳐 펼쳐진 소나무와 가문비나무 숲을 지나 공원 중심부로 향하면 그 유명한 옐로스톤호수에 다다른다. 길이 20마일, 너비 15마일에 달하는 이 호수는 해발 8,000피트에 이르는 고지대에 빽빽하게 들어선 검은 숲과 눈 덮인 산 안에 위치한다. 둘레가 100마일이 넘는 불규칙적이고 구불구불한 호수 연안을 따라 숲이 가까이 들어서고, 그림처럼 아름다운 곳과 만이 다채롭게 펼쳐져 있다. 깊이는 200~300피트에 불과해 그다지 깊지 않다. 그래서 캘리포니아 시에라에 있는 저 유명한 타호호수보다 수량이 적다. 면적은 거의 같지만 타호호수는 해발 6,400피트에 위치하며 깊이는 무려 1,600피트가 넘는다.

하지만 북아메리카에 있는 동일 면적의 호수 가운데 옐로스톤호수만큼 고지대에 위치하거나 웅장한 강을 잉태하는 호수는 없다. 호수를 둘러싼 계단식 테라스를 보면 빙하기 말기에는 호수 수면이 지금보다 160피트 더 높았으며 면적도 두 배에 달했던 것을 알 수 있다.

호수에는 송어가 가득해서 호숫가에는 이를 먹이로 삼는 조류가 매우 다양하게 서식한다(백조, 펠리컨, 거위, 오리, 두루미, 왜가리, 마도요, 물떼새, 도요새). 숲에 사는 많은 야생동물이 숲을 나와 바닥에 모래가 깔린 얕은 호수 속으로 살짝 들어간다. 이들은 물도 마시고 물에 비친 자기 모습도 보면서 제멋대로 부는 산들바람을 맞으며 더위를 식힌다.

날씨가 잔잔하면 이 호수는 주변 숲과 산, 하늘을 담아내는 기막히게 멋진 거울이 된다. 그러다 때에 따라 우박과 비가 후두두 내리기도 하고, 갑작스러운 폭풍에 파도가 일어 연안 경계에 있는 자갈과 모래를 씻어내기도 한다. 호수 동쪽과 남쪽에 있는 애브사러카산맥과 윈드리버고원에 모인 물이 옐로스톤호수 안으로 쏟아져 들어간 뒤 호수 북쪽 측면에서 옐로스톤강이 되어 넓고 잔잔하고 위엄 있게 흘러나온다. 이 강이 이토록 고요하면서도 위풍당당하게 조용히 미끄러지듯 흘러가는 모습을 보면, 지금까지 지나온 4,000마일에 달하는 기나긴 여정과 앞으로 해야 할 작업이 무엇인지 강이 다 아는 것 같다는 생각이 든다.

강줄기는 처음 20마일은 볕 잘 드는 평평한 계곡으로 흘러가서 계곡 가장자리에 있는 나무들을 지나 은빛으로 빛나는 유역으로 흐른다. 그곳에서는 오리와 뛰어오르는 송어가 물살을 휘젓는 바람에 강물이 여기저기서 반짝인다. 그렇게 강둑에 있는 물에 잠긴 버드나무와 사초, 조약돌 사이로 조그맣게 속삭이는 소리만 들린다. 그러다가 마치 힘든 임무를 준비하기라도 하듯 갑자기 강물이 돌변한다. 위세를 뽐내듯 맹렬하게 돌격하면서 급하게 앞으로 흘러가 거품꽃을 피운다. 그렇게 우레 같은 소리를 내며 100피트와 300피트 높이의 장엄한 폭포 두 개를 지나 옐로스톤 그랜드캐니언으로 흘러내려간다.

그런데 이처럼 거대한 폭포들조차도 계속해서 이목을 집중시키지 못할 정도로 옐로스톤의 그랜드캐니언은 어마어마하게 야생적이고 인상적인 모습을 간직하고 있다. 이 협곡은 길이가 20마일, 깊이는 1,000피트에 이른다. 마치 이 세상 것이 아닌 듯 무척이나 선명하게 채색된 들쭉날쭉하고 환상적인 건축물 같은 이상한 협곡이다. 옐로스톤분지의 북쪽 끝자락을 이루는 워시본산맥은 온천수의 작용으로 분해된 유문암층으로 이루어져 있다. 이 산맥은 옐로스톤강이 이곳을 가로질러 흐르면서 모습을 드러냈고, 유명한 구간이 만들어졌다.

관광객에게 가장 큰 감명을 안기는 것은 협곡의 깊이나 형태가 아니다. 폭포도 아니며, 씩씩하게 노래하면서 거품을 뿜으며 흐르는 초록빛과 회색빛의 강물도 아니다. 그 주인공은 바로 분해된 화산 암석이 만들어내는 색상이다. 낯선 땅을 찾은 여행객은 다른 지역에 갔을 때 풍경과 식물이 아무리 다르더라도 대지는 늘 익숙하고 똑같다고 생각한다. 하지만 이곳은 마치 다른 세상이라도 되는 듯, 다름이 아니라 땅이 변했다. 협곡의 암벽은 꼭대기에서 바닥까지 완벽하리만치 찬란한 색으로 불탄다. 태양이 빛나면 앞이 안 보일 정도로 눈이 부시고 정신이 없다. 흰색, 노란색, 초록색, 파란색, 주홍색 그리고 다양한 톤의 붉은색이 끝없이 섞여 보인다. 이 주변 모든 땅이 마치 물감으로 그린 것처럼 보인다. 수백만 톤의 흙이 아무렇지 않은 듯 바람과 날씨에 노출된 상태로 눈앞에 놓여 있다. 그러면서도 놀랍도록 생생하고 밝은 불변색들은 햇빛이나 폭풍에도 씻겨나가거나 탈색되지 않는다. 너무도 신선하고 놀라운 느낌을 주는 터라 제아무리 강이라도 이런 곳에 들어오기가 겁날 수도 있겠다 싶다.

하지만 주변 식물의 풍부하고 온화한 아름다움에 이내 마음이 놓인다. 사랑스러운 린네풀Linnoea borealis이 벼랑 끝 위로 쌍둥이 종 모양의 꽃송이를 떨구고, 숲과 정원은 어느 쪽으로든 자신 있게 미소 지으며 그들의 보물을 확장한다. 견과류와 베리류는 밑에서 무슨 일이 벌어지더라도 묵묵히 잘 익는다. 이제 맹목적으로 품었던 두려움이 사라진다. 거대한 협곡은 평화와 기쁨, 선의로 가득한, 전체적인 조화를 이룬 다정하고 아름다운 지역처럼 보인다.

옐로스톤국립공원은 접근성이 좋다. 기차를 타고 시너바Cinnabar에 있는 북쪽 분계선에 도착하여 말과 가이드의 안내를 따르면 된다. 시너바부터는 마차를 타고 거품을 내뿜는 가디니 강Gardiner River을 따라 메미드온천으로 간다. 거기에서부터는 숲과 초원, 협곡과 골짜기를 지나 어퍼갤러틴강Upper Gallatin River, 매디슨강Madison River, 파이어호울강Firehole River을 따라 주요 간헐천 분지들이 있는 곳으로 간다. 다시 거기에서부터 대륙분수계Continental Divide를 건너며 오르내리면서, 빽빽한 소나무, 가문비나무, 전나무 숲을 지나 장대한 옐로스톤호수로 간다. 호수의 북쪽 연안을 따라가다 거기서 연결되는 강으로 내려가 폭포와 그랜드캐니언으로 간다. 거기서부터 다시 숲을 가로질러 매머드핫스프링과 시너바로 돌아간다.

도중에 여기저기 관심을 끄는 간헐천과 온천, 페인트통, 진흙 화산 등을 마주치면 잠시 멈춰서서 둘러볼 시간이 주어진다. 몇 분 또는 몇 시간 동안 온천 침전물이 쌓여 만들어진 규화 지면 일대를 거닐며 몇몇 간헐천의 묘기를 감상하고, 가장 아름답고 놀라운 몇몇 분화구와 샘을 들여다볼 수도 있다. 당신은 틀림없이 이 경이로운 장관을 좋아할 것이다. 이뿐만 아니라 산의 절경, 특히 갤러틴산맥과 애브사러카산맥, 버드나무가 길게 우거진 빙하 초원과 비버 초원, 수많은 꽃이 피어 있는 화단도 당신의 눈을 즐겁게 할 것이다. 바이올렛, 용 담, 플록스, 과꽃, 파셀리아, 미역취, 에리오고눔을 비롯한 다 양한 꽃을 볼 수 있다. 몇몇 종은 초원과 비탈을 더 아름답게 윤색해준다. 당신은 광대한 호수와 강, 협곡을 가까이에서 보 며 마음껏 즐길 수 있을 것이다.

이곳에서는 머리 가죽을 벗기려 덤벼드는 인디언은 볼 수 없다. 한때 이곳을 어슬렁거리던 블랙푸트Blackfoot 부족과 배넉Bannock 부족은 모두 사라졌다. 오래전부터 있었던 비버 사냥꾼, 콜터스&브리저스Coulters & Bridgers 역시 그들의 멋진 사 슴 가죽, 모험담과 함께 이제는 사라지고 없다. 공원 안에는 물소 떼가 여럿 있지만, 물소 떼를 비롯하여 황야에 숨어 있 는 큰 야생동물들이 관광객인 당신에게 호락호락 모습을 드 러내지는 않는다. 고운 노래를 부르는 새들 역시 몰려드는 관 광객의 눈에 띄지 않는다.

하지만 통행로를 벗어나면 개똥지빠귀, 휘파람새, 찌르 레기, 콩새 등이 달콤하고 명랑한 분위기를 만든다. 어쩌면 급류와 폭포를 지날 때 물까마귀의 모습이 포착될지도 모른 다. 하지만 물이 소용돌이치는 소리가 워낙 요란해서 새가 노 래하는 소리는 듣기 어려울 것이다. 다행히 더글러스청설모 는 길에서 나는 소음에도 놀라지 않는다. 덕분에 당신은 숲을 지나는 내내 청설모가 즐겁게 놀며 재잘거리는 모습을 재미 있어할 것이다.

여기저기서 사슴이나 곰이 길을 가로지르는 모습을 목격

할 수도 있다. 하지만 당신이 보게 될 곰이라면 대개는 야생 곰이 아니라 반쯤 인간사회에 길든 녀석들이다. 이들은 매일 밤 호텔로 가서 손님들이 먹다 남긴 음식 찌꺼기(효모 분말로 구운 비스킷, 시카고 통조림, 혼합 피클, 손님이 먹기에는 너무 질긴 비프스테이크)를 먹는다.

마차 여행의 묘미는 친분을 쌓을 수 있고 인간 본성에 대한 신선한 시각을 얻을 수 있다는 점이다. 야생의 땅은 살짝 다가가기만 해도 금세 알 수 있는 예리한 시금석과 같아 흥미로운 특성을 많이 드러내서 보여주기 때문이다. 출발과 함께 마부가 채찍을 휘두르면 잘 훈련된 것을 과시하듯 말 네 마리가 호텔이 보이지 않을 때까지 반은 전속력으로 반은 속보로 움직인다. 마차는 만원이다. 나이 많은 사람이나 적은 사람이나, 생기 있는 사람이나 없는 사람이나 나란히 앉아 희망과 재미, 배려가 가득한 분위기에서 이동한다. 경치나 말을 구경하는 사람들이 있는가 하면 모두가 질문을 퍼붓는데, 그중에는 엉뚱한 질문도 많다. 우산 어디 있죠? 저기 저 파란 꽃은 이름이 뭔가요? 작은 가방도 실은 것 확실하오? 저기 움푹 들어간 데가 분화구요? 오늘 아침엔 목 상태가 어때요? 간헐천이 얼마나 높이 분출한다고 했죠? 해발고도가 머리에 어떤 영향을 줍니까? 저기 바위 안에서 고약한 냄새를 풍기는 것이 간헐천인가요, 아니면 그냥 온천인가요?

한참을 올라가서 근엄한 산이 보이기 시작하면 자잘한 걱정은 사라지고 사람들은 모두 정상으로 돌아와 조용해진다. 다만 운 없는 해설자는 예외가 될 수도 있다. 그 전까지 지리학 안내서를 읽어둔 이 사람은 안개 자욱한 함몰 부분과 융기된 부분에 대해 시끄럽게 떠드는 통에, 하마터면 물속으로 던져질 뻔도 한다. 봉우리와 초원, 개울에 가까워지면 마부는 각각의 이름도 알려주고, 유리 도로에 주목하라고 하면서 이 길을 내기가 얼마나 힘들었는지도 이야기한다. 흑요석 절벽 때문에 측량기사가 설정한 선이 자연스럽게 오른쪽으로 밀려난 이야기, 부지런한 비버 때문에 절벽 앞 계곡이 범람하면서 측량선이 왼쪽으로 밀려난 이야기도 속속들이 들려준다.

하지만 뭐니 뭐니 해도 간헐천이 이곳의 주인공이라 간헐천이 보이기 시작하면 다른 경이로운 것들은 이내 잊히고 만다. 가장 먼저 분출할 것으로 예상되는 간헐천의 분화구 주변으로 일행이 모여든다. 비하이브간헐천Beehive Geyser이나 올드페이스풀간헐천Old Faithful Geyser 같은 비교적 규모가 작은 간헐천이 분출하는 동안에는 모두 처음에는 약간 놀랐다가도 금세 이 눈부신 분출 쇼에 열렬히 환호하며 외친다. "와, 어쩌면 이렇게 멋지고, 아름답고, 찬란하고, 위풍당당할까!" 일행 중에는 솟아오르는 물기둥을 막대기로 툭툭 건드릴 만큼 가까이 다가가는 대범함을 보이는 사람들도 있다. 물기둥이 마치 돌기둥이나 나무라도 되듯 무척이나 단단하고 튼튼하며 변하지 않고 오래갈 것처럼 보이기 때문이다.

반면 캐슬간헐천Castle Geyser이나 자이언트간헐천Giant Geyser 등 규모가 큰 간헐천의 경우는 이야기가 다르다. 그 주변에서 분출을 기다리는 동안 관광객들은 전혀 근엄하지 않은 분위기로 가벼운 이야기를 나눈다. 본격적으로 분출하기 전에 물장구를 치듯 물이 튀어오른 뒤 잠시 공백기 동안 간혹 어떤 모험가는 분화구 속을 들여다보며 실리카가 형성된 모습에 감탄하고 과연 저승이 이만큼 아름답겠냐는 생각을 하기도 한다. 그러다가도 깊은 곳에서 눈사태가 일어나거나 천둥이 치기라도 하듯 엄청나게 요란한 소리와 함께 이마어마한 분출이 시작되면, 사람들은 얼른 안전한 곳으로 달아난다. 그러고는 간헐천의 위엄에 기세가 눌려 아무 말도 하지 못한 채 솟아오르는 물기둥을 경건하게 경배하는 마음으로 구경한다.

이 공원에서 가장 규모가 크고 가장 경이로울 정도로 아름다운 온천은 바로 프리즈머틱스프링Prismatic Spring이다. 관광객을 안내하는 가이드도 이곳은 틀림없이 소개할 것이다. 둘레가 300야드에 달하는 이 온천은 샘이라기보다 호수처럼 보인다. 중앙은 물이 완전히 짙은 파란색을 띠고 가장자리로 갈수록 초록색으로 옅어진다. 물이 흐르는 언저리와 그 주변의 살짝 계단식 테라스로 이루어진 곳은 색상이 놀랄 만큼 선명하고 다채롭다. 옐로스톤공원에 있는 많은 샘 가운데 이곳 하나만 해도 대륙을 가로질러 와서 구경할 만하다. 그만큼 샘에서 탄생한 멋진 신화가 무척이나 많은 것은 전혀 놀랄 일이 아니다. 태고에 이토록 많은 샘이 신성시되고 기적적인 능력을 지닌 것으로 여겨진 것도 놀랄 일이 아니다. 지금처럼 냉정하고, 의심 많고, 질문 많고, 과학적인 시대에도 옐로스톤에는 기적을 일으킬 것 같은 샘이 여전히 많다.

프리즈머틱스프링 근처의 엑셀시어간헐천Excelsior Geyser은 지름이 60~70피트 되는 펄펄 끓는 물기둥을 50~300피트 높이까지 불규칙한 간격으로 분출한다고 알려져 있다. 지금까지 발견된 모든 간헐천 가운데 그야말로 가장 규모가 크다. 이 간헐천을 휩쓸고 지나는 파이어홀강은 폭이 100야드, 수심은 3피트 정도 된다. 하지만 간헐천이 분출하면 강물로 유입되는 수량이 두 배로 확 늘어나는 데다 물이 너무 뜨거워지고 유속이 빨라지기 때문에 걸어서 건널 수 없다.

간헐천은 아이슬란드, 뉴질랜드, 일본, 히말라야, 동남아시아군도, 남아프리카, 아조레스제도 등 세계 여러 곳에 있는 다른 화산지대에서도 많이 발견된다. 하지만 오직 아이슬란드와 뉴질랜드 그리고 이곳 로키산맥 공원에서만 거대한 규모로 분출하는 모습을 볼 수 있다. 이 3대 지역 중에서도 옐로스톤은 간헐천의 개수와 규모 면에서 단연 첫손가락에 꼽힌다. 실제 측정된 아이슬란드의 그레이트간헐천Great Geyser에서 분출된 물기둥의 최고 높이는 212피트였으며, 스트로쿠르간헐천Strokkur Geyser 물기둥의 최고 높이는 162피트였다.

뉴질랜드에서는 타우포호수Taupo Lake에 있는 테푸에이아간헐천Te Pueia Geyser과 로토루아Rotorua에 있는 와이키테간헐천Waikite Geyser 외에도 다른 두 간헐천이 100피트 높이까지 간헐적으로 물을 뿜어낸다고 한다. 로토마하나Rotomahana에 있는 유명한 테타라타간헐천Te Tarata Geyser은 때때로 지름 20피트의 펄

펄펄 끓는 물기둥을 60피트 높이까지 끌어올린다. 그런데 이 모두를 능가하는 것이 바로 엑셀시어간헐천이다. 하지만 엑셀시어간헐천이 분출하는 모습을 볼 수 있는 관광객은 극히 드물다. 이외에도 이 공원의 수많은 흥미로운 특성은 마차가 다니는 길이나 호텔이 미치지 못하는 곳에서 볼 수 있다.

3~5일 일정의 일반 여행은 너무 짧다. 하루 40마일을 달려야 하는 속도로는 아무것도 제대로 볼 수 없나. 무수히 많은 새로운 감동이 빠른 속도로 쌓이고 뒤섞이면, 꿈처럼 몽롱하고 어리둥절하고 현기증 나는 희미한 기억만 생겨서 대부분 나중에는 기억하지 못한다. 훨씬 더 많은 시간을 할애해서 느긋하게 여행해야 한다. 부디 어느 방향으로든 평온하게 걸어가면서 산악인이 누리는 자유를 맛보기 바란다.

대자연이 아끼는 것들로 가득한 바위투성이 정원 한 편의 빙하 초원을 덮고 있는 풀과 용담 사이에서 캠핑도 하라. 산에 올라 좋은 소식도 듣기를 바란다. 햇살이 나무로 흘러들어가듯 대자연의 평화가 당신에게 스며들 것이다. 바람은 고유의 신선함을, 폭풍은 에너지를 당신에게 불어넣을 것이다. 반면 당신을 짓누르던 근심은 가을 낙엽처럼 떨어져나갈 것이다. 나이가 들면 즐거움의 원천이 하나하나 차례로 종료되지만, 대자연의 원천은 절대 고갈되지 않는다.

이곳에서 대자연은 손님을 대접하는 너그러운 주인처럼 끝없이 다양하게 잔을 가득 채워서 권한다. 하늘을 천장 삼고 산을 벽 삼은 이 대자연의 연회장은 눈부신 그림들로 장식되어 있으며 계속되는 밴드의 연주로 생기가 넘친다. 서투른 손님과 미숙한 야영객을 괴롭히는 사소한 불편함은 금세 잊히지만, 이 모두가 사실은 소중한 추억이다. 야생의 땅에서 온전히 자유로워지면 두려움은 이내 사라진다.

자연에 익숙하지 않은 시민들이 위험하다고 생각하는 것은 대부분 상상에 불과하다. 다행히 실제 위험은 너무 많다기보다 되레 너무 적다. 캠핑 여행을 가면 겁에 질린 관광객 앞에 곰이 늘 호전적이고 게걸스러운 모습으로 숱하게 나타나는 것처럼 보인다. 하지만 이제는 총에 맞을 가능성이 거의 없다는 것을 아는 듯 유순하기만 하다.

곰 외에 과잉 문명화된 사람들이 비이성적으로 두려워하는 주된 대상은 바로 방울뱀이다. 하지만 옐로스톤공원은 대부분 뱀 출몰 지역 경계선 위에 있어서 방울뱀이 드물다. 오직 창조주의 사랑만 받은 이 가여운 생명체는 수줍음 많고 부끄럼을 잘 타는 동물로 산악인들 사이에 알려져 있다. 자비심 넘치는 동물은 아니더라도 뱀은 실수로든 사고로든 좀처럼 남에게 해를 끼치지 않는다. 분명한 것은 존경받는 로키산맥 덫 사냥꾼의 소행이 낳은 고통과 죽음의 100분의 1만큼도 뱀 때문에 생기지 않는다는 사실이다.

그런데도 성수기건 비수기건 같은 질문이 제기된다. "대체 방울뱀은 어디에 좋은가?" 이 말은 인간에게 명백하게 유익하지 않은 것은 존재할 권리가 없다는 식으로 들린다. 우리 인간의 방식이 신의 방식이라는 듯한 태도다. 오래전 프랑스 여행객에게 이런 케케묵은 질문을 받은 인디언이 방울뱀의 꼬리는 치통에, 머리는 발열에 좋다고 대답했다. 방울뱀의 몸은 머리부터 꼬리까지 방울뱀 자신에게 좋다. 우리는 뱀이 지닌 삶의 몫을 못마땅하게 생각해서는 안 된다.

부디 아무것도 두려워 마라. 당신이 익숙하게 거니는 도시의 공원 가운데 옐로스톤만큼 위험에서 자유로운 곳은 없다. 이곳은 발길을 놀리기 참 힘든 곳이나. 심지어 안내서에 나와 있는 지명들마저 매력적이다. 이런 이름에 이끌려 당신은 마차가 지나는 길을 벗어나려 할 수도 있다. 모두 지옥 같은 지역에서 파생된 초창기에 붙은 이름을 간직하고 있다. 울부짖는 지옥의 강Hell Roaring River, 지옥의 수프 온천Hell Broth Springs, 악마의 가마솥The Devil's Caldron 등이 대표적이다. 사실 이 지역 전체는 애초에 콜터의 지옥Coulter's Hell이라고 불렸다. 덫 사냥꾼 콜터Coulter가 들려준 불타는 듯한 유황 이야기에서 유래한 이름이다.

콜터는 루이스&클라크Lewis & Clark 탐험대를 떠나 1807년 배녹Bannock 부족 인디언들과 함께 공원 일대를 이리저리 돌아다녔다. 나중에 붙여진 지명들 가운데 많은 경우가 미국지질조사국 소속 아놀드 헤이그Arnold Hague 덕분에 붙은 것들이다. 워낙 지형적 특성을 제대로 표현하고 흥을 돋게 하는 지명들이라 이름만 들어도 맥박이 춤을 출 뿐만 아니라 나들이를 떠나기도 전에 그 즐거움이 느껴지기 시작한다. 스리리버봉우리Three River Peak(세 개의 강이 흐르는 봉우리), 투오션수로Two

Ocean Pass(두 개의 해양으로 갈라지는 수로), 대륙분수계처럼 이름 안에 주요한 지리적 특성이 묘사된 경우에는 이름만 들어도 수천 마일을 즐겁게 흐르는 개울물과 거기 속하는 모든 것이 자연스럽게 연상된다.

빅호른수로Big Horn Pass(큰뿔양 수로), 비손봉우리Bison Peak(들소 봉우리), 빅게임산마루Big Game Ridge 같은 지명은 산에 서식하는 용맹한 야생동물을 떠올리게 한다. 버치언덕Birch Hills(자작나무 언덕), 가넷언덕Garnet Hills(석류석 언덕), 애머시스트산Amethyst Mountain(자수정 산), 스톰봉우리Storm Peak(폭풍 봉우리), 일렉트릭봉우리Electric Peak(전기 봉우리), 로어링산Roaring Mountain(으르렁거리는 산)은 밝고 상쾌한 느낌을 주는 지명들이다. 호수에 붙은 와피티Wapiti(큰사슴), 비버Beaver, 턴Tern(제비갈매기), 스완Swan(백조) 같은 명칭을 들으면 멋진 그림이 뇌리에 떠오른다.

오스프레이폭포Osprey Falls(물수리 폭포)와 우즐폭포Ouzel Falls(검은노래지빠귀 무리 폭포)도 마찬가지다. 앤텔로프크리크Antelope Creek(영양 개울), 오터크리크Otter(수달), 밍크크리크Mink(밍크), 그레일링크리크Grayling creeks(나비 개울), 지오드크리크Geode(정동석 개울), 재스퍼크리크Jasper(벽옥 개울), 오팔크리크Opal(오팔 개울), 카넬리언크리크Carnelian(홍옥수 개울), 칼케도니크리크Chalcedony Creeks(옥수 개울) 등도 반짝이는 개울물을 연상시키는 활기차고 반짝반짝 생기 넘치는 이름들이다.

아잘레아크리크Azalea Creeks(진달래 개울), 스텔라리아크리크Stellaria Creeks(별꽃 개울), 아르니카크리크Arnica Creeks(아르니카 개울), 애스터크리크Aster Creeks(과꽃 개울), 플록스크리크Phlox Creeks(지면패랭이꽃 개울)는 얼마나 그림 같은 장면을 떠올리는 이름인가. 바이올렛천Violet Springs(제비꽃천), 모닝미스트천Morning Mist Springs(아침안개천), 히게이아천Hygeia Springs(건강의 여신천), 베릴천Beryl Springs(녹주석천), 버밀리언선Vermilion Springs(주색천), 인디고천Indigo Springs(남색천) 외에도 많은 지명이 자주색과 황금색 후광을 입은 솔로몬보다 아름답게 정렬된 여러 샘을 상상하게 해준다.

이외에도 캠핑하러 오라고 당신에게 손짓하는 듯한 지명이 많다. 수목한계선 위쪽의 산꼭대기에서 며칠 밤을 보내려면 조금 추울지도 모르지만, 그 대신 별을 볼 수 있다. 게다가 머지않아 도시로 돌아가면 잠은 침대에서 충분히 잘 수 있다. 적어도 나중에 죽으면 무덤에서 실컷 잘 수 있지 않은가. 그러니 산이라는 대저택에서 지낼 흔치 않은 기회가 생겼으면 최대한 깨어 있자.

만약 당신이 별로 튼튼하지 않다면 천둥을 동반하는 커다란 뇌운이 잘 충전된 상태로 봉우리 위에 있을 때 일렉트릭 봉우리에 올라가보기 바란다. 방출되는 오존을 마시고 기꺼이 충격과 동요를 경험해보기 바란다. 경이로움에 젖어 찬사를 아끼지 않을 것이며, 머리카락 한 올 한 올이 곤추선 채 열렬한 교도들처럼 기도를 읊조리고 노래할 것이다.

John Muir

이처럼 활기를 되살리는 경험을 했다면 거대한 지질학 도서관 같은 이 공원이 간직한 제3기 지형을 자세히 살펴보라. 과연 신이 어떻게 역사를 쓰는지 알게 될 것이다. 그렇다고 전문 지식이 필요한 것은 아니다. 그저 날이 좋고 마음만 차분하면 된다. 로키산맥에서 이곳처럼 화산활동이 활발했던 곳은 또 없는 것 같다. 제3기 동안 근방의 1만 제곱마일 이상 되는 면적이 지면의 갈라진 틈과 분화구에서 분출된 물질로 5,000피트 이상 뒤덮였다. 그 결과 현무암, 안산암, 유문암 등으로 이루어진 넓은 층이 형성되었으며, 믿기지 않을 만큼 다량의 재와 모래, 타고 남은 작은 물질, 돌이 단단히 굳어서 만들어진 역암이 생겼다. 이런 역암은 화산 폭발 이전과 이후의 고요하고 온화한 시기에 살았던 동식물들의 잔해로 가득 차 있다.

이들 암석 가운데 성급한 관광객의 눈에 가장 흥미롭고 인상적으로 보이는 것은 바로 애머시스트산, 자수정 산을 통째로 이루는 암석들이다. 이 산의 북쪽 측면에는 2,000피트 높이로 모래, 재, 굵거나 고운 역암이 고르지 않게 층을 이루는 지역이 있다. 이곳은 옆으로 누워 있는 멋진 지형들(말하자면 이 거대한 도서관에 있는 전면 삽화가 가득하고 훌륭하게 제본된 100만 년 묵은 몇 마일 크기의 책들)의 말단을 이루는데, 다듬어지지는 않았다.

이 지역에 있는 선반처럼 튀어나온 암벽들 위에 계단처럼 차곡차곡 위로 배열된 15~20개의 오래된 숲(석화림-

역주)이 있는데, 다양한 통나무와 그루터기가 보인다. 이들은 원래 자랐던 곳에 그대로 서 있거나, 아니면 사막 같은 모래밭 위 폐허가 된 사원의 기둥처럼 쓰러지고 부러져 있다. 15~20층으로 층층이 배열된 숲들은 각각 뿌리가 바로 아래층 숲의 꼭대기 위로 퍼져 있다. 이런 모습을 보면 지나간 세월에 대한 멋진 이야기, 즉 여름과 겨울, 성장과 죽음, 불과 얼음과 홍수 이야기를 생생하게 듣는 것처럼 느껴진다.

그 시절에는 거대한 나무들이 있었다. 현재 오팔과 마노로 장식된 상태로 서 있는 그루터기와 땅에 쓰러진 통나무 가운데 가장 큰 것들은 높이(서 있는 것-역주) 혹은 길이(누워 있는 것-역주)가 최소 2~3피트에서 최대 50피트, 지름은 5~10피트에 이른다. 게다가 석화가 워낙 완벽하게 진행되다 보니 나이테가 살아 있는 나무보다 더 또렷해서 훨씬 쉽게 나이를 셀 수 있다. 수 세기 동안 묻힌 결과 기록이 흐려지는 대신 뚜렷해진 셈이다. 나이테를 보면 제3기에도 지금처럼 겨울이 되면 식물의 성장이 억제된 것을 알 수 있다. 좋은 위치에 살았던 나무들은 빨리 성장해서 수년간 지름이 20인치나 증가했지만, 같은 종이어도 토양이 척박하거나 너무 그늘진 곳에서 자란 나무들은 같은 기간 동안 불과 2~3인치밖에 자라지 못했다.

오래된 숲속의 나무뿌리와 그루터기 사이사이로 고사리 같은 양치식물과 관목의 잔해가 보인다. 현재 앨러게니 Alleghany 남부 일대에서 자라는 것과 같은 나무들(가령 목련,

사사프라스, 월계수, 피나무, 감나무, 물푸레나무, 오리나무, 층층나무)의 씨앗과 나뭇잎도 보인다. 이들 숲 중에서 가장 낮은 곳에 있는 숲과 그 숲이 자란 토양, 그 숲 위에 쌓인 퇴적물들을 자세히 살펴보면 많은 것을 알 수 있다. 이 숲에는 많은 종이 풍부하게 서식했으며, 햇살이 좋고 화창하여 숲이 번성했음을 알 수 있다.

그런데 이 숲에 살던 위풍당당한 나무들이 전성기를 누리던 차에 거대한 간헐천이 분출하듯 지면의 갈라진 틈과 분화구에서 화산이 분출했다. 우박과 눈이 내리듯 재와 타고 남은 것들, 돌, 진흙이 뿜어져나와 이 저주받은 숲 위로 떨어졌다. 나뭇잎과 나뭇가지 사이로 새어들어와 개울을 막고 땅을 뒤덮고 관목과 양치식물을 으스러뜨렸다. 그다음 금세 나무들 주위에 높이 쌓이고 다져지면서 나무들을 부러뜨렸다. 그렇게 거대한 나무들 맨 꼭대기에 있는 가지가 다 파묻힐 때까지 점점 높게 쌓였다. 마침내 나뭇잎이나 잔가지 하나 보이지 않으면서 완벽한 적막함이 완성되었다.

마침내 화산 폭풍이 잦아들기 시작했고 성난 토양도 진정되었다. 그 위로 진흙과 바위 홍수가 지나가면서 토양을 풍요롭게 하고 차갑게 식혔다. 그 위로 비가 내린 뒤 은은한 햇살이 비치자 토양이 비옥해지면서 다시 한번 수확할 준비를 마쳤다. 새와 바람, 이곳저곳을 돌아다니는 동물들이 비교적 운이 좋았던 숲에서 씨앗을 가져왔다. 화산 분출물 안에 묻혀 있는 숲 꼭대기 위로 새로운 숲이 자라났다. 수 세기에 걸쳐 온화한 기후 아래 숲이 자라는 계절이 지나갔다. 작은 묘목이 거대한 나무로 자랐다. 넓게 뻗어나간 튼튼한 나뭇가지들이 회색빛 땅에 마치 지붕처럼 무성한 나뭇잎을 드리웠다.

그러다가 잠들어 있던 지하의 불덩이들이 다시 깨어나 산을 뒤흔들면 나뭇잎 하나하나가 몸을 떤다. 옛 분화구가 새로운 분화구와 함께 열리면 어마어마한 양의 재와 부석(화산이 폭발할 때 분출되는 기공이 많은 암석-여주), 타다 남은 물질이 또다시 하늘로 분출된다. 햇빛을 잃은 태양은 희미한 붉은색 공처럼 빛나다가 결국은 유황 구름 속으로 모습을 감춘다.

새로 조성된 숲 위로 화산 분출물이 눈, 우박, 홍수처럼 쏟아져내린다. 이 숲의 뿌리 아래에 있는 옛 숲이 그랬던 것처럼 살아 있는 숲이 생매장된다. 뒤를 이어 또다시 요란한 진흙 홍수와 바위 홍수가 몰려와 새로 생긴 땅을 섞고, 안정시키고, 비옥하게 만든다. 이제 더 많은 씨앗이 운반되고 그 위로 햇볕과 소나기가 내린다. 그렇게 두 번째 목련숲 위에 세 번째로 웅장한 목련숲이 조심스럽게 조성된다. 이런 식으로 계속 반복된다. 숲 위에 숲이 조성되고 파괴되었다. 대자연 스스로 그토록 열심히 만든 작품을 후회해서 다시 원래대로 되돌려 묻어버리기를 반복하는 것만 같다.

물론 이 같은 파괴 행위는 창조이자 죽음을 통해 아름다움으로 다가가는 길이었다. 이 오래된 기념물들이 이토록 빨리 상상력을 자극할 수 있다니 놀랍지 않은가. 오래된 돌 그루터기가 근사한 나무처럼 싹을 틔우고, 꽃을 피우고, 바람결에 손을 흔들며 서로 어깨를 맞댄 채 거대하고 다채로운 둥근 숲에서 가지를 포개고 서 있는 모습이 눈에 선하다. 아침저녁으로 내리쬐는 햇살은 이끼로 덮인 통나무를 금빛으로 빛나게 하고, 한낮에 내리쬐는 햇살은 두껍고 윤기 있는 목련잎에서 반짝인다. 햇살은 피나무와 물푸레나무가 우거져 만든 반투명 지붕을 필터처럼 통과해서 양치식물로 뒤덮인 바닥의 부드러운 부분에 떨어진다.

우리는 비 온 뒤 반짝이는 풍경을 보면서 발산되는 향기를 들이마시고 바람과 새 소리, 개울물과 곤충이 속삭이는 소리를 듣는다. 우리는 철 따라 이 기념물들을 관찰한다. 봄이 되어 수액이 흐르기 시작하면 새싹이 부풀어오르고, 잎이 나고, 꽃이 핀다. 여름에는 열매가 익어가고 가을이면 가을 색이 물든다. 겨울이 되면 잎이 떨어진 나뭇가지와 잔가지가 복잡하게 얽혀 있는 모습이 보인다. 갑작스레 폭풍이 몰려와서 휩쓸고 지나는 모습도 볼 수 있다.

어느 고요한 아침 막 해가 떠오를 무렵, 요세미티계곡의 떡갈나무와 소나무가 지진에 흔들리는 모습을 보았다. 나무 꼭대기가 휙휙 소리를 내며 앞뒤로 흔들렸다. 나뭇가지와 바늘 같은 나뭇잎은 겁에 질려 우는 새처럼 비명을 지르듯 떨고 있었다. 저 오래된 옐로스톤의 숲들이 부들부들 떨면서 흔들리고 소용돌이치는 모습은 가히 상상이 간다. 또한 그 숲에 살던 나무들이 처음으로 불길한 예감에 사로잡혀 충격에 빠졌을 때, 하늘이 어두워지면서 바위가 홍수처럼 으르렁거리며 쇄도하기 시작했을 때, 그들이 느꼈을 공포도 충분히 짐작된다. 나무들은 거의 다 눌리고 파묻혔으며, 햇살과 바람도 차단되었고, 행복하게 나뭇잎을 펄럭이고 흔들던 시절도 모두 끝났다.

하지만 이 나무들 속으로 무언가 다른 흐름이 흘러지나면서 나무 속 섬유질 하나하나를 쓰다듬어 열광케 했고, 마침내 아름다운 숲은 아름다운 돌로 탈바꿈했다. 이제 바위투성이 숲 무덤이 부분적으로 공개되어 죽음이 지닌 자연스러운 아름다움을 보여준다.

숲의 시간과 불의 시간이 지나고, 화산 용광로가 잠시 활동을 중단하자, 또 하나의 거대한 변화가 일어났다. 빙하기 겨울이 다가온 것이다. 하늘은 다시 어두워졌다. 이번에는 먼지와 재 때문이 아니라 눈부시게 아름다우리만치 펑펑 쏟아진 눈 때문이었다. 눈은 점점 높이 쌓여갔고, 고지대에 과중하게 쌓인 눈은 요란한 굉음과 함께 눈사태가 되어 미끄러져 내려갔다. 그렇게 단단하게 다져진 눈은 빙하가 되어 모든 곳으로 흘러갔으며 숲을 휩쓸고 지났다. 또한 별 특색 없는 용암층을 갈고 조각하고 다듬어서 아름다운 리듬을 지닌 언덕과 계곡, 산맥으로 변모시켰다. 지금 우리가 감상하는 모습 그대로 말이다.

그 과정에서 분지가 형성되어 호수가 만들어졌고, 수로가 생겨 개울이 되었으며, 새로운 토양이 만들어져 숲과 정원, 초원이 조성되었다. 이처럼 얼음이 작업을 진행하는 동안, 잠들어 있던 불 화산은 지하수를 끓게 만들고, 신기한 화학작용을 통해 암석을 분해하며 어둠 속에서 아름다움을 만들었다. 이런 힘들은 서로 적대적인 것처럼 보이지만 다 함께 조화를 이루며 작용했다. 하지만 이들이 지표면 위에서 만나면 얼마나 격렬한 상태가 될지는 상상이 되고도 남는다. 빙하기가 시작되자 간헐천과 온천은 지금보다 훨씬 더 큰 규모로 활동했던 것으로 보인다. 간헐천과 온천이 우레 같은 소리를 내며 분출하는 동안, 그 위로 빙하가 흐르면서 고운 온천 침전물을 휩쓸고 가서 이들의 신비한 수로를 짧게 단축했다.

하향 연삭 과정에서 만들어진 토양은 현재의 지형을 부각하는 데는 필요하지만, 토양의 질은 일부 오래된 화산 토양이 더 좋았을 가능성이 있다. 휩쓸려 운반되어 온 화산 토양은 우리가 보았듯 멋진 숲이 자라도록 영양분을 공급해주었다. 하지만 빙하가 만들어놓은 풍경은 옛 화산 풍경과는 비교도 할 수 없을 정도로 훨씬 더 아름답다. 예전의 여름과 불 화산 시기가 그랬듯, 빙하기 겨울도 이미 다 지나갔다.

하지만 지질학 연대기에서 따져보면 이 모든 시기는 다 최근에 해당한다. 광활하게 모든 것을 덮었던 얼음 장막 가운데 남아 있는 거라곤 가장 높은 산의 서늘한 북쪽 사면에 남은 작은 잔류 빙하뿐이다. 오래된 화산 가운데 남아 있는 거라곤 화산 분기공과 간헐천이 전부인 것처럼 말이다.

오랫동안 여러 차례 지형적 변화를 겪은 이 공원 일대는 현재 후빙기의 자연력이 작용하면서 새로운 역사가 기록되고 있다. 그래도 인상적인 주요 특징에는 빙하기의 흔적이 뚜렷이 남아 있다. 이제 빙퇴석 토양은 평탄해지고, 선별되고, 정제되고, 다시 형성되는 과정을 거치면서 그 위를 식물이 덮어가고 있다. 다듬어진 노면과 부서지는 용암에 새겨진 빙하의 흔적이 빠른 속도로 지워지고 있다. 분해된 유문암과 느슨해진 역암 사이를 가르며 협곡이 만들어지고, 탑처럼 뾰족하게 솟은 바위들이 마치 자라나는 나무처럼 솟아나는 듯 보인다. 그러는 동안 간헐천에서는 수 마일에 이르는 침전물을 분출하고 있다. 그런데도 빙하가 남긴 작품이 흐릿해진 경우는 아직 찾아볼 수 없다. 후빙기의 자연력이 작용했더라도 그 결과가 옐로스톤공원의 빙하로 덮인 거대한 얼굴 위에서는 일개 점이나 주름에 불과하기 때문이다.

이쯤 되면 당신은 평생 볼 것은 다 봤다고 할 수도 있겠다. 그래도 돌아가기 전에 최소 하루는 낮과 밤을 산꼭대기에서 보내며, 마지막으로 마음을 차분하게 안정시키는 전체 전망을 감상해야 한다. 여기에 안성맞춤인 곳이 워시번산Mount Washburn이다. 옐로스톤공원 정중앙에 위치해서 다른 봉우리에 시야가 방해받지 않을뿐더러 정상까지 산책하듯 오를 수 있어 접근성이 좋기 때문이다.

워시번산 정상에 오르면 먼저 수많은 봉우리로 에워싸인 산 가장자리 주변에 시선이 간다. 평탄하게 흐르는 봉우리가 있는가 하면, 톱니처럼 들쭉날쭉한 급경사면이 방어하는 가파른 봉우리도 있다. 꼭대기가 납작한 봉우리가 있는가 하면 둥근 봉우리도 있다. 파도처럼 물결치는 모양이 있는가 하면, 고딕 성당의 첨탑처럼 뾰족한 모양도 있다. 골짜기에 줄무늬처럼 눈이 쌓인 봉우리가 있는가 하면, 산등성이에 오른 모험심 강한 나무들 때문에 어두워진 봉우리도 있다.

상대적으로 가까이 있는 봉우리들은 사파이어처럼 파란색 옷을 입었을 테고, 멀리 떨어진 다른 봉우리들은 크림처럼 하얀색 옷을 입었을 터다. 한낮에 비추는 넓고 눈부신 햇살 아래에서는 이들 봉우리가 실제 크기보다 반도 안 되게 쪼그라들고 웅크린 것처럼 보인다. 점점 흐릿해지고 말이 없어지는 것처럼 느껴진다. 그저 생명력 없는 버려진 잿더미와 돌더미 같기만 하다. 수많은 동물이 그들의 요새에서 삶을 즐기는 모습이라든가, 개울과 호수 가장자리에 밝은 꽃이 만발한 모습이 숨어 있으리라고는 전혀 짐작할 수 없다.

하지만 폭풍이 불어닥치면 산봉우리들이 잠에서 깨어나 신처럼 위엄 있는 태도로 구름과 안개 옷을 걸치고 일어난다. 찬란하게 아름다운 아침과 저녁 햇살 아래에서는 더욱 감동적인 모습을 드러낸다. 산꼭대기의 신성한 노을빛에 잠긴 모습은 이 세상 것이 아닌 듯 보인다. 천상과 뒤섞인 봉우리들은 고귀하지도 비천하지도 않아 보인다.

숲은 산 정상에서 바라보면 전체적으로 평평해 보이는 중앙고원과 낮은 산비탈과 구릉지대로 뻗어 있다. 일률적인 검은 잡초 지대를 가로막는 것은 호수와 초원 그리고 공원이라 불리는 불에 탄 작은 지점들밖에 없는 듯 보인다. 옐로스톤호수를 제외하면 전체적으로 조망했을 때 이들 모두 색상과 밝기에 따라 눈에 띄는 작은 점과 반짝이로 보일 뿐이다.

옐로스톤공원 전역의 85퍼센트는 나무로 덮여 있다. 곳곳하게 서 있는 로지폴소나무Pinus contorta, var. Murrayana가 주를 이루며, 군데군데 더글러스가문비나무와 엥겔만가문비나무, 전나무Abies lasiocarpa, 림버소나무Pinus flexilis가 무리 지어 있고, 오리나무와 사시나무, 자작나무도 몇 그루 자란다. 더글러스가문비나무는 저지대에서만 발견되며, 전나무는 고지대에서, 엥겔만가문비나무는 화재에서 가장 안전한 습지에서 서식한다.

몇몇 우수한 림버소나무 종은 숲 주변 빈터에서 자란다. 가지가 넓게 갈라지고 견고한 림버소나무는 키도 크고 폭도 넓어서 지름이 5피트에 이른다. 무성한 잎이 그늘을 드리우며, 자주색 솔방울이 열리고 장밋빛 꽃이 핀다. 엥겔만가문비나무와 아고산대전나무는 아름답고 눈에 띄는 나무들이다. 키가 크고, 기다랗고 뾰족하며, 척박한 환경에서도 강하고, 서리와 눈에도 잘 견디며, 미국 서부에서 오를 산이 있거나 자리 잡을 차가운 빙퇴석 비탈만 있으면 어디서나 넓게 분포되어 있다.

하지만 두 나무 모두 화재에 강하지 않다. 껍질이 얇은 편인 데다 매년 씨앗이 여물자마자 종자를 산포하기 때문에 산불이 휩쓸고 지나간 지역에서 금세 축출된다. 빙하가 녹기 시작했을 때, 고산지대의 척박한 환경에서도 잘 자라는 이 나무들이 아마도 새로 조성된 빙퇴석 토양층에 가장 먼저 도착한 주인공이었을 것이다. 하지만 고원이 점차 건조해지고 산불이 나기 시작하면서, 이들은 산 위로 더 높이 올라가 습한 장소와 섬처럼 고립된 지역에서 현재까지 서식하게 되었다.

그 결과 공원 대부분 지역은 로지폴소나무가 차지했다. 이 나무는 위의 두 나무만큼 껍질이 얇고 산불에도 약하지만, 한 가지 차이점이 있다. 단단하게 닫혀 있는 솔방울 안에 종자를 저장해서 3~9년까지 품는 고통을 감내한다는 점이다. 언제든 산불이 나면 기꺼이 죽음을 맞이하고 다음 세대에서 다시 살아갈 날을 기약하기 위해서다. 산불은 잎과 얇은 송진 껍질을 집어삼키지만, 솔방울은 불에 그을리기만 해서 연기가 걷히면 금세 열매를 맺기 때문이다. 그러면 솔방울 속에 비축된 씨앗이 깨끗하게 정리된 땅 위로 널리 뿌려지고, 새싹이 이내 재를 뚫고 의기양양하게 솟아난다. 그 결과 이 나무는 제자리만 지키는 것이 아니라 산불이 지나고 나면 더 멀리까지 영역을 넓힌다. 이 나무가 어디서든 고르고 빽빽하게 자라는 이유다. 내가 로지폴소나무숲 일부를 조사했더니, 이 나무가 대나무숲만큼이나 서로 밀집해서 자라고 있었다. 이들 나무의 지름은 4~8인치, 높이는 100피트, 수령은 175년이었다.

이렇게 큰 나무들이 모여사는 까닭에 낮은 곳에 난 가지는 빛이 부족해서 일찍 죽어 떨어졌다. 이처럼 서로 가까이 심어진 나무들의 삶은 그 자체가 빛을 향한 레이스다. 이들은 더 많은 빛을 받기 위하여 하늘을 향해 곧게 자란다. 숲을 꼭대기에서 10피트만큼 잘라낸다면, 마치 전봇대가 모여 있는 듯 보일 것이다. 햇볕이 드는 나무 꼭대기 부분에만 잎이 우거지기 때문이다. 볕이 잘 드는 곳에서 자란 10년 된 어린나무에 달린 잎이, 밀집된 곳에서 100년이나 200년간 살아온 나무의 잎만큼 커진다. 산불이 잦아지고 산이 점차 건조해지면서 이 놀라운 로지폴소나무가 서부의 산림지대를 전부 차지할 공산이 크다.

이곳 산 정상에서 바라본 숲은 매우 정적으로 보이지만, 그 안에 숨어 있는 동물들은 얼마나 활기차게 숲을 휘젓고 다니는지 모른다. 파헤치고, 갉아 먹고, 물고, 눈을 반짝이고, 일도 하고 놀기도 하고, 먹이를 구하고, 새끼를 키우고, 덤불 사이로 돌아다니고, 바위를 오르고, 외딴 습지를 헤쳐가고, 호수와 개울 기슭을 따라간다. 곤충 떼는 햇빛을 받으며 춤추거나, 땅속으로 굴을 파고 들어가거나, 물속에 뛰어들어 수영한다. 마치 구름 떼 같은 증인들이 대자연의 기쁨을 노래하는 것 같다.

식물도 동물만큼이나 분주하다. 세포 하나하나가 즐거움에 겨워 빙글빙글 돌고, 벌처럼 콧노래를 부르며, 오래된 창조의 신곡을 노래한다. 나무 꼭대기 위로 몇몇 수증기 기둥이 올라가는 모습도 보인다. 가까운 곳에서도 보이지만, 대부분은 멀찍이 떨어져 있는데, 다름 아닌 간헐천과 온천이다. 이 수증기는 보송보송한 구름처럼 부드러워 보이고 조용하다.

John Muir

지표면과 뜨거운 지구 내부 사이에서 반응이 일어나고 있다
는 사실을 그저 넌지시 귀띔하는 셈이다.

여기 산 정상에 서면 바로 옆에 서 있을 때보다 간헐천과
온천이 잘 보인다. 가까이 있으면 무법천지 지각변동을 목격
하듯 겁에 질리고 혼란에 빠지기 때문이다. 지진, 화산, 간헐
천, 폭풍이 몰고 오는 충격과 폭발, 파동의 두근거림, 식물 속
수액의 용솟음, 이 모두가 대자연의 심장에서 질서정연하게
사랑의 맥박이 뛰고 있음을 보여준다.

동쪽으로 시선을 돌리면 그랜드캐니언과 강줄기가 뻗어
나간 전경을 감상할 수 있다. 다시 남쪽으로 시선을 돌리면
미주리-미시시피강 상류 발원지 가운데 가장 크고 중요한 곳
이자 가장 미지의 장소인 거대한 호수가 보인다.

1541년 모험가들과 함께 황금과 영광과 젊음의 샘을 찾
아나선 스페인 탐험가 데 소토De Soto는 미시시피강 어귀에서
몇 백 마일 위에 있는 강을 발견했고, 죽어서 그 강물 아래에
묻혔다. 1682년 프랑스 탐험가 라 살La Salle은 미시시피강의 가
장 크고 아름다운 지류인 오하이오강을 발견한 뒤, 일리노이
강 어귀에서 출발하여 미시시피강을 따라 바다로 갔다. 그의
모험과 고생은 지금은 쉽게 상상할 수 없는 것들이다. 비슷한
시기에 캐나다 출신의 프랑스 탐험가 졸리에Joliet와 프랑스 선
교사이자 탐험가 파더 마르케트Father Marquette는 위스콘신강을
지나 '물의 아버지' 미시시피강에 도달했다. 하지만 그 후 1세
기 이상 지난 뒤에야 이 산맥에 있는 미시시피강의 최상류 발

원지가 발견되었다.

문명의 강물은 미시시피강의 안내를 따라 계속 서쪽으로 흘러갔지만, 미시시피강 기슭에 사는 수많은 인디언 부족 가운데 그 누구도 이 강이 어디에서 시작되었는지 탐험가에게 알려주지 못했다. 데 소토와 라 살이 활약한 시절부터 기차와 관광객이 방문하는 지금에 이르기까지, 이 위대한 강은 얼마나 많은 것을 보고 또 이루었을까! 예전에도 지금처럼 위대했던 미시시피강은 하류의 삼각주 땅과 상류에서 후퇴하는 빙하 분지를 통해 길이가 계속 길어지고 있었다. 그러다가 빙하기가 끝날 무렵 산을 덮은 얼음 장막이 녹기 시작하면서 강의 폭이 지금보다 엄청나게 넓어졌다. 그렇게 길이가 30만 마일에 달하는 지류들이 평야와 계곡으로 퍼져나가며 미시시피강은 세상에서 가장 크고 비옥한 토양층을 만들었다.

이 장대한 하천의 일대기를 생각해보자. 바다에서 만들어진 수증기가 바람을 타고 날아가 우박, 눈, 비가 되어 산 위에 내린다. 이렇게 샘물로 머물며 나무와 풀을 적신 뒤 흩어진 물을 다시 모아 웅장한 호수를 이룬다. 이제 그곳을 떠나 미끄러지듯 내려와서 가는 길 내내 노래 부르며 고향인 바다로 돌아간다. 도중에 산 입구를 통과하고 넓은 초원과 평야를 가로지르며 어둑어둑한 야생의 숲과 등나무숲, 햇살 좋은 사바나를 쓸고 지난다. 빙하와 눈더미, 소나무숲을 떠나 따뜻한 목련과 야자숲으로 향한다.

강 상류에 있는 간헐천은 강어귀에서 바다가 파도치는

박자에 맞춰 춤을 춘다. 회색빛 급류는 으르렁거리고, 넓고 울퉁불퉁한 폭포는 터지는 듯한 소리를 낸다. 길게 이어지는 은빛 지류는 희미하게 빛나며 속삭인다. 이리로 갔다가 저리로 가고, 빙글빙글 돌기도 하며, 크게 굽어 돌기도 하고, 습곡에서 소용돌이도 일으킨다. 고요하고 위풍당당하며 지배당하지 않는 강줄기는 경계를 넘어 넘쳐흐르면서 강기슭에 거주하는 사람들을 놀라게 한다. 짓기도 하고, 허비하기도 하며, 뿌리 뽑기도 하고, 심기도 한다. 오래된 섬을 집어삼키기도 하고 새로운 섬을 만들기도 한다. 마치 장난치듯 들판과 도시를 앗아가고, 약탈품이나 표류물과 함께 카누와 상선을 나르고, 대륙을 비옥하게 만들어 광활한 농장으로 만든다. 이로써 해야 할 일을 완수한 미시시피강은 그를 기다리는 파도의 환영을 받으며 기꺼이 고향 바다로 사라진다.

자연스럽게도 우리는 여기 이 위대한 강의 발원지 한가운데 서서 이 강의 흥망성쇠를 따라간다. 이 경이로운 황야를 바라보면 마음속에 얼마나 많은 것이 떠오르는지 모른다. 컬럼비아강과 콜로라도강의 발원지가 옐로스톤강과 미주리강의 발원지와 얽혀 있는 모습이 우리 눈앞에 펼쳐진다. 이 강들과 함께 태평양으로 간다면 얼마나 멋지랴. 하지만 해가 이미 서쪽으로 기울었으니, 우리의 하루도 저문다.

저기 보이는 애머시스트산을 비롯한 여러 다른 산에는 오래된 숲이 많은데, 이들이 다시 전성기를 누릴 것 같다. 이들을 파묻었던 폭풍의 흔적도 보인다. 바위와 진흙을 가득 실은 급류와 잿더미, 수 세기에 걸친 햇볕, 어둡고 무시무시한 밤들. 작열과 백열을 넘나들며 펄펄 끓던 엄청난 양의 용암이 거대한 간헐천에서 뿜어져나와, 호수와 개울이 차지하던 분지를 빼앗고, 쉬쉬거리고 비명을 지르는 호숫물과 개울물을 흡수하거나 몰아낸 뒤, 언덕과 산등성이를 돌아 흘러가면서 부수적인 지형을 모두 파묻어버렸다.

그 뒤를 이어 눈과 빙하가 땅을 차지하면서 새로운 풍경을 만들어냈다. 이처럼 서리와 불과 홍수로 점철된 우여곡절을 그토록 많이 겪은 후에도 이런 풍경의 외관뿐만 아니라 안색까지 이토록 거룩하고 멋진 상태를 유지할 수 있다니, 이 얼마나 감탄스러운가.

파란만장한 과거를 다시 되새겨보면 대자연이 일꾼처럼 열심히 일한다는 걸 알 수 있다. 대장장이가 대장간의 불을 피우듯 화산 용광로를 달구고, 목수가 대패질하듯 빙하로 풍경을 다듬는다. 농부와 정원사처럼 정리하고, 쟁기로 갈고, 땅을 고르고, 물을 대고, 심고, 널리 씨를 뿌린다. 험한 일도 하고 섬세한 일도 하고, 세쿼이아와 소나무, 장미 덤불과 데이지도 심는다. 보석으로 갈라지고 움푹 파인 곳을 메우고, 고운 진액을 증류하고, 화가처럼 식물과 조가비, 구름, 산, 온 땅과 천상을 그린다. 아름다움에 점점 더 높이 도달하기 위해 늘 열심히 일하고 또 일한다. 이보다 더 마음에 활기와 힘을 불어넣는 목초지가 어디 있을까?

천 가지 불가사의를 품은 옐로스톤이 외친다. "당신의

위, 아래, 주변을 둘러보라!" 그러면 당신에게 지시하는 작고 고요한 수많은 목소리가 들릴지도 모른다. 흙과 나무, 바위와 물, 공기와 햇살이라는 형상 안에는 본질적인 영적 세계가 감추어져 있다. 그러니 '본질적'이라 불리는 것들을 진정 본질적인 영적 세계로 이렇듯 일시적으로 표현한 것을 자세히 살펴보고, 이곳이 바로 천국이며 천사들이 머무는 곳임을 깨달으라고 말이다.

해가 저물고 있다. 기다란 보랏빛 그림자가 산에서 시작하여 공원 서쪽 가장자리를 따라 숲 위로 점점 크게 드리운다. 거룩한 노을빛의 세례를 받는 애브사러카산맥의 바위와 나무가 변모된다. 지상에 구현된 신의 모습 가운데 높은 산꼭대기에 내리는 새벽빛 다음으로 가장 감동적인 것이 바로 저녁노을이다.

이제 어스름이 밀려온다. 노을이 서서히 사라지면서 뿌연 흙빛 어둠이 내리지만, 그렇다고 당신의 도시 생활 습관에 따라 호텔을 찾지는 마라. 부디 이 훌륭한 화산火山에 머물며 별들 사이에서 밤을 보내기 바란다. 새벽이 올 때까지 찬란하게 꽃피우는 별빛을 바라보고, 한 번 더 빛의 세례를 받기 바란다. 그런 다음 새로운 가슴을 안고 당신의 일자리로 돌아가라. 당신에게 어떤 운명이 다가오더라도, 이후 어떤 무지 또는 지식으로 고통받더라도, 당신은 이 멋진 야생의 광경을 기억하리라. 그리하여 이 축복받은 그리운 옐로스톤 원더랜드를 거닐던 추억을 기쁜 마음으로 되돌아보리라.

A GREAT STORM IN UTAH

유타에서 마주친 대폭풍

내가 시에라산맥 동쪽 편에서 본 가장 거대한 폭풍이 바로 얼마 전 유타에서 목격한 폭풍이다. 시에라산맥에는 최근에 내린 신선한 눈이 무겁게 쌓여 있다. 야생의 개울에서는 물이 불어나면서 협곡으로 콸콸 흘러내려간다. 조던강 계곡에 나오면 빗물이 고여 만들어진 무수히 많은 못이 햇빛 아래 반짝인다.

풍요를 가져오는 눈과 비를 품은 폭풍의 발달 상황을 참고하면, 유타주에서는 달력상 봄에 해당하는 기간 대부분이 겨울이었다. 모든 상부 협곡에는 이제 눈이 5~10피트 이상 쌓였는데, 이 가운데 대부분이 3월부터 내린 것이다. 지난 3주간 와사치산맥Wahsatch Range과 오쿼러산맥Oquirrh Range에는 거의 하루 걸러서 지엽적으로 소규모 폭풍이 몰아친 반면, 조던강 계곡은 건조하고 햇살 가득한 상태로 남아 있었다. 하지만 지난달 17일 목요일 오후 바람과 비, 눈이 여러 산맥에 걸쳐 계곡과 평야 위로 사납게 내리면서 분지 전체를 가득 채웠다. 가장 우호적이고도 조화롭게, 그러면서도 기습적으로 선물을 선사한 셈이다.

가장 오래된 모르몬교도들은 그들의 시온에 해당하는 솔트레이크시티에 처음 정착한 이래 이렇게 난폭한 폭풍은 본 적이 없다고들 한다. 폭풍의 시작점이 된 북서쪽에서 불어온 강풍이 진흙과 짚을 섞어 만든 어도비 벽돌 벽을 흔들고, 나무를 뿌리째 뽑아내고, 자욱하게 피어오른 먼지와 모래로 거리를 어둡게 뒤덮고 있었다. 이런 가운데 그들 중 일부는 이 끔찍한 현상이 설교 시간에 끊임없이 들었던 바로 그 시기가 도래했다는 하나의 징조라고 여기려는 것 같았다. 모르몬교를 설립한 조지프 스미스Joseph Smith를 살해한 이교도들에 대한 주님의 소중한 분노가 분출되기 시작했다고 생각하는 것이다. 하지만 내 눈에 이 폭풍은 대자연의 사랑이 어디까지나 우호적으로 분출된 것으로 보인다. 어쨌든 모르몬교, 즉 예수그리스노우기성도교회는 폭풍, 아내, 정치, 종교 등 모든 면에서 의견이 다른 경우가 많다.

폭풍이 도시(솔트레이크시티-역주)에 도착하기 한 시간 전쯤, 나는 운 좋게도 친구와 조던강 기슭에서 경치를 즐길 수 있었다. 특이하게도 가만히 있지 못하고 자의식을 지닌 것처럼 움직이던 구름 떼가 산꼭대기를 따라 스스로 결집하면서 계곡을 가로질러 길게 중첩된 날개를 뻗고 있었다. 구름 하나 보이지 않는 곳에서조차도 희뿌연 막이 햇빛을 흡수한 탓에 차갑고 푸르스름하게 어두워졌다.

구름에 걸러져 가라앉은 이런 기이한 빛 아래서도 풍경의 경계를 따라 멀리 떨어진 사물들이 경이로울 정도로 또렷하게 모습을 드러냈다. 산의 모습, 특히 산허리에 조성된 숲, 미로처럼 복잡하게 얽힌 레이스 같은 협곡, 오래된 빙하를 잉태한 자궁, 불가사의하게 많은 화려한 조각품 등을 품은 산의 모습이 또렷이 보여서 그 무엇보다 감동적이었다. 20~30마일 떨어진 곳에서도 사람이 눈 위를 걷는 모습이 똑똑하게 보인다고 생각할 정도였다.

John Muir

우리는 이 산맥에서 저 산맥으로 시선을 돌리며 어두워지는 하늘을 살펴보고 우리 발치에 있는 꽃들이 내는 작고 고요한 목소리에 귀를 기울이며 이 보기 드문 장관을 한껏 즐겼다. 그러는 동안 빽빽해진 구름 떼 일부가 내려와 가장 높은 봉우리 위를 왕관과 화관처럼 에워싸더니 기다란 회색빛 술 장식처럼 구름 가장자리를 아래로 떨구었다. 구름 가장자리의 매끈한 직선형 구조가 곧 눈이 내리기 시작할 것임을 알렸다. 곧이어 이런 부분적인 폭풍이 열 차례 혹은 열두 차례 발생했다. 하지만 그 사이에 있는 조던강 계곡 중심부는 여전히 깊은 고요에 잠겨 있었다.

오후 4시 30분 짙은 갈색빛이 도는 먹구름이 호수 방향으로 평야 위에 낮게 가까이 깔렸다. 이 구름은 오쿼러산맥 북단에서 북동 방향으로 시선이 닿을 때까지 멀리 뻗어 있었다. 색상과 구조가 워낙 특이한 구름이라 우리의 이목을 끌었지만, 우리는 이 구름의 성격을 확신할 수 없었다. 하지만 의구심은 오래가지 않았다. 불과 몇 분 지나지 않아 구름이 사납게 소란을 피우며 계곡을 쓸어버렸기 때문이다. 모래와 먼지를 가득 실은 바람이 마구 불어와 위풍당당한 모습으로 전진하면서 거대한 파도처럼 구르고 정복했다.

구름은 우리가 있는 곳에 도달하기 전까지는 거의 잘 보이지 않았다. 구름은 경주하듯 조던강을 건너 도시로 와서 와사치산맥의 산비탈로 올라갔다. 그 과정에서 굽은 나무며 기다란 먼지띠 등 풍경 전체에 그림자를 드리웠다. 또한 움직일 수 있는 모든 것이 거칠게 돌격하면서 구름이 눈에 띌 정도로 잘 보임으로써 구름은 위대해지고 영감을 주는 존재가 되었다.

이처럼 폭풍우 중에 강풍이 부는 시간이 한 시간 넘게 지속되었다. 그리고 축복받은 눈과 비가 그날 밤과 다음 날 낮까지 내내 내렸다. 계곡에서 눈과 비는 번갈아 내리기도 하고 서로 섞여서 내리기도 했다. 도시에 내리는 눈을 본 것은 참 오랜만이었다. 크리스털처럼 투명한 눈송이가 더러운 거리에 떨어지는 모습이 측은해 보였다.

도시들이 영향력을 발휘해서 정화하고 개선하기 위해 노력하는 모습은 칭송받고 있지만, 그래도 이곳에서는 모든 종류의 순수성(순수한 가슴, 순수한 하천, 순수한 눈)이 끔찍한 시련에 노출되어야 한다. 상류 빙하 발원지에서 시작하여 내려오는 시티크리크City Creek 하천은 모르몬교의 시온인 솔트레이크시티 거리에 들어올 때는 천사처럼 순수한 상태지만, 이곳을 떠날 때는 과연 어떤 모습인가? 정원에서 가장 사랑받는 장미와 백합조차도 꽃봉오리를 펼치는 순간 수많은 불순물에 오염된다.

내가 듣기로 요전 날 모르몬교 2대 지도자인 브리검 영Brigham Young이 교회에서 신도들에게 경고했다고 한다. 그들이 생활방식을 고치지 않으면 천사들이 그들의 집에 찾아오지 않을 거라고 말이다. 그래도 천사들이 그들과 이야기하는 것 말고는 별로 할 일이 없어서 주위를 어슬렁거릴 수는 있다.

물론 솔트레이크의 교도 가족 중에는 천사 사회의 눈높이에서 봐도 충분히 순수한 사람들이 있을 수도 있다. 하지만 나는 지난밤 신이 그들 가운데 내려보낸 작은 눈천사들을 맞이하던 그들의 태도가 마음에 들지 않았다. 오직 어린아이들만 기쁨에 겨워하면서 눈천사를 환영했다. 반면 나이 많은 후기 성도교회 교인들은 눈을 꺼리는 듯 보였다. 솔트레이크의 예언자 브리검 영이 이들 눈 메신저를 만나면 어떻게 대할지 보고 싶어졌다.

이쯤에서 다시 폭풍 이야기로 돌아가자. 18일 저녁이 다가오자 폭풍의 기세가 시들해지기 시작했다. 구름 가장자리가 올라가면서 걷히자 그 아래로 와사치산맥의 눈 덮인 끝자락이 나타났다. 색 유리창을 통과하는 햇살이 빛을 발하면서 지금껏 내가 목격한 최고로 눈부신 후폭풍 효과가 연출되었다.

조던강 건너편을 보니 오쿼러산맥 맨 아래부터 회색빛 세이지 산비탈이 금실로 짠 두껍고 화려한 황금빛 천으로 덮여 있었다. 구름처럼 부드럽고 가벼운 이 황금빛 천은 산비탈을 가을 햇살을 받은 바위처럼 단순히 황금색으로 착색하거나 금박만 입힌 것이 아니었다. 원래 모습을 알아볼 수 없을 정도로 산비탈을 철저하게 꼭꼭 덮고 있었다. 분명 천상의 그 어떤 것도, 신이 다스리는 모든 세상 속 그 어떤 신의 저택도 카펫으로 덮인 모습이 이보다 더 찬란할 수는 없다. 평야의 다른 부분들은 붉은색과 자주색으로 붉게 물들었다. 그 위로 보이는 산과 구름은 모두 그에 상응하는 어여쁜 모습으로 채색되었다. 이렇듯 땅과 하늘을 번갈아 이어 바라보니, 풍경 전체가 한없이 다양하게 혼합된, 기가 막히게 아름다운 색의 향연 같았다.

폭풍을 몰고 온 산 위의 먹구름이 걷히면서 그 아래로 찬란한 일몰이 드러나는 광경을 꽤 많이 보았지만, 이곳과 견줄 만한 곳은 그 어디에도 없다. 어딘가 아득히 멀리 있는 세상에 새로 막 도착한 것만 같은 느낌이었다. 산이며 평야며 하늘이며 모든 것이 다 새로워 보였다. 천국에 가기 위해 영혼을 준비하듯, 그동안의 경험들은 다 이 순간을 위한 준비 단계에 불과한 것처럼 보였다. 과연 가능할지 모르지만, 산 하나에서 감상할 수 있는 오묘한 색조를 묘사하는 데도 책 한 권으론 부족하다. 자주색과 노란색 그리고 달콤한 진주 같은 회색이 훌륭하게 어우러져 섞였을 뿐만 아니라, 어찌나 풍부하게 색을 머금고 있는지 하늘과 땅속으로 내려다보는 것처럼 보였다.

구름은 사방으로 흩어져 산 주위에 다정하게 머물며 염색한 양모처럼 협곡을 가득 채웠다. 아니면 위로 올라가 가장 높은 봉우리 주위로 늘어지거나, 맨 아래쪽 울퉁불퉁한 바위 투성이를 어루만졌다. 또는 봉우리를 따라 옆으로 나란히 항해하면서 소나무숲 사이로 광채가 나는 구름 가장자리를 끌고 지나갔다. 마치 자기가 완성한 작품을 마지막으로 감상하고 지나가는 것 같았다. 그러자 어둠이 깔리고, 찬란했던 하루가 저물었다.

오늘 오후에 보는 유타주의 산과 계곡은 우리가 발을 딛고 있는 바로 이 세상에 다시 속하는 것처럼 보인다. 산과 계곡을 평범한 햇빛이 감싸고 있다. 여기 조던강 기슭에서는 종달새와 개똥지빠귀가 바쁘게 날갯짓을 한다. 훈훈한 공기에는 불멸의 생기가 가득하다. 야생화와 풀, 농부가 거둔 낟알은 마치 눈처럼 천상에서 내려온 듯 신선하다. 천사 같은 구름 가운데 마지막 남은 한 조각이 산을 벗어나고 있다.

WILD WOOL

야생 양모

    대중의 도덕성을 높이는 일을 하는 사람에게는 설교가 소명이듯, 내게는 쟁기질을 소명으로 여기는 친구가 있다. 비통하게도 그가 열정을 다해 휘두르는 강철 쟁기날 아래로 데이지와 진달래 덤불이 속절없이 잘려서 떨어져나간다. 그는 지상에 있는 모든 습지와 바위, 황야를 이른바 정복한 것으로도 성에 차지 않으면 바다와 하늘에 적용할 수 있는 개간법도 기꺼이 찾아낼 사람이다. 그렇게 바다와 하늘도 장미처럼 달력상 적절한 시기에 맞춰 싹도 틔우고 꽃도 피우게 할 사람이다. 우리가 들장미로 그의 관심을 돌리려 해도, 혹은 바다와 하늘이 이미 충분히 장밋빛이라는 사실을 그에게 주지시키려 애써도 아무 소용 없다. 하늘은 별들이 있고, 바다는 홍색 조류와 거품, 야생의 빛이 있어 이미 장밋빛이다.

    그의 경작법으로 개발해낸 결과가 과수원과 클로버밭이다. 경작이라는 문화 안에는 자애로운 면도 있고, 나름대로 뛰어난 면도 있지만, 가까이 들여다보면 그 안에 숨어 있는 야만스러운 모습이 모두 드러난다. 야생성은 내 친구에게 매력으로 다가오지 않는다. 아니, 그보다 야생성은 결코 현명하게 매력을 발산하지 않는다. 그 친구가 생각하는 천국의 특징이 무엇이건, 그에게 땅이란 괭이로 파헤치고 거름을 주어야 하는 농경이 가능한 혼돈 상태에 불과하다.

    때때로 그 친구는 기분이 좋아서 나에게 크고 달콤한 사과를 흔들며 자신이 좋아하는 경구를 읊조린다. "과수원의 사과가 문화이고, 야생 능금이 바로 대자연이라네." 그러면 나는 큰마음을 먹고 그에게 다가가 야생을 위해 간청한다. 문화라고 모두 똑같이 파괴적이고 몰이해한 것은 아니다. 쪽빛 하늘과 크리스털처럼 투명한 물은 사람들에게 애정 어린 인정을 받는다. 산속 소나무숲에 도끼질하는 것을 환영하거나 산속 폭포의 소리와 모양을 고치려 애쓸 사람은 거의 없다. 그런데도 문명인이라면 거의 보편적으로 품은 야만스러운 관념이 있다. 즉 대자연이 만든 모든 생산품 안에는 근본적으로 세련되지 않고 거친 무언가가 있으며, 인간의 문화로 이것을 뿌리 뽑을 수 있고 또 그래야만 한다는 생각 말이다.

샤스타산 인근에서 자라는 산양(우리가 보통 말하는 산양goat이 아니라 산에 서식하는 야생 양을 말한다.-역주)에게 얻은 야생 양모가 평균 등급의 사육 양모(털을 얻기 위해 사육하는 면양의 양털-역주)보다 훨씬 더 곱고 질이 좋다는 사실을 알고 그렇게 반가울 수 없었다. 이 멋진 사실은 3개월 전쯤, 샤스타호수와 로어클라매스호수Lower Klamath Lake 사이에서 샤스타의 양 떼에 둘러싸여 사냥하는 동안 알았다. 세 마리에게서 양털을 얻었는데, 한 마리는 네 살 정도 된 덩치 큰 숫양이고, 다른 한 마리는 비슷한 나이의 암양이며, 나머지 한 마리는 1년생 어린 양이었다. 나는 양의 옆구리와 등, 어깨, 엉덩이를 따라 여러 군데에서 아름다운 털을 깎아낸 뒤 돋보기로 면밀하게 살펴보고 외쳤다. "훌륭한 야생의 작품이야! 야생 양모가 사육 양모보다 훨씬 좋다니!"

그러자 나와 함께 했던 동반자들도 몸을 숙여 직접 양털을 살펴보았다. 털다발과 곱슬곱슬한 털뭉치를 잡아당기고, 손가락 사이에 넣어 돌리고, 길이도 측정하더니, 한 사람씩 돌아가며 야생에 경의를 표했다. 이 양털이 틀림없이 훨씬 더 훌륭했다. 스페인 메리노 울보다도 뛰어났다. 결론은 야생 양모가 사육 양모보다 질이 좋다는 것이다.

내가 자신 있게 말했다. "자, 야생이 훌륭하다는 이 주장은 따로 설명할 필요가 없소. 이런 주장이 드문 이유는 야생의 것이 길들인 것보다 훌륭하기 때문이 아니오. 훌륭한 양모는 누구나 비슷하게 다 알아볼 수 있기 때문이오. 이론적 지식을 갖춘 가장 전문적인 국립양모협회장부터 화롯가에서 실을 잣는 평범한 현모양처까지 누구나 다 말이오."

대자연은 좋은 어머니와 같아서 수많은 자녀가 입을 옷을 잘 챙겨준다. 새에게는 매끈하게 겹쳐 이어지는 깃털 옷을, 딱정벌레에게는 번쩍이는 외투를, 곰에게는 텁수룩한 모피를 입힌다. 남쪽 열대지방에서는 태양이 불처럼 보온 역할을 해서 얇은 옷만 걸쳐도 되지만, 눈 내리는 북쪽 지방에서는 대자연이 자녀들에게 따뜻한 옷을 각별하게 챙겨 입힌다.

청설모는 양말도 신고, 장갑도 끼며, 담요처럼 덮을 수 있는 넓은 꼬리도 있다. 뇌조는 발가락 끝까지 빽빽하게 깃털로 덮여 있다. 야생 양은 고운 양모(또는 울, 곱슬곱슬한 털-역주) 속옷 말고도 눈과 비가 스며들지 않게 막는 두툼한 직모 털 코트까지 입는다. 동물들의 복장 가운데 기후보다 역학적 환경과 관련된 장치들 역시 대자연의 사랑이 담긴 작품답게 신기에 가까운 기술로 만들어진다.

대자연은 땅, 물, 공기, 삐죽삐죽한 바위, 진흙투성이 지면, 모래층, 숲, 덤불, 초원 등 모든 환경과 가능한 모든 조합을 고려해서 아름다운 야생동물들이 입을 옷을 준비한다. 그들의 생활 환경이 어떠하건, 대자연은 그들이 헐벗고 더러운 옷을 입도록 허락하지 않는다. 두더지는 어둠과 흙 속에서 생활하지만, 수달이나 파도로 몸을 씻는 물개만큼이나 깔끔하다. 그리고 우리의 친애하는 야생 양도 눈밭을 헤치고, 덤불속을 돌아다니고, 폭풍에 잘려나간 삐죽삐죽한 절벽 사이를 뛰어다니지만, 산 생활에 절묘하게 적합한 옷을 입는다. 그래서 늘 새처럼 헝클어지지 않고 얼룩지지 않은 모습을 유지한다.

나는 샤스타 사냥터를 떠나면서 표본으로 털다발 몇 개를 가져왔다. 나중에 좀 더 느긋하게 자세히 살펴볼 심산이었다. 하지만 내가 사용한 도구가 불완전한 탓에 지금까지 얻은 결과는 대략적인 근사치 정도로만 간주해야 한다.

앞서 언급했듯이 야생 양이 입는 옷은 고운 양모와 거친 직모로 이루어져 있다. 직모는 길이가 2~4인치이며, 색상은 계절에 따라 다소 달라지지만 대부분 칙칙한 파란빛이 도는 회색을 띤다. 일반적 특성을 보면 사슴과 영양의 직모와 매우 가깝다. 가볍고, 스펀지처럼 흡수성도 좋고, 탄성도 있으며, 표면은 윤이 나도록 고도로 다듬어져 있다. 양모처럼 약간 이랑이 지고 나선형으로 말려 있어도 펠트 같은 성향을 보이거나 곱슬곱슬하게 엉키지 않는다.

평균 길이에 가까운 2.5인치 길이의 직모는 당기면 4분의 1인치 늘어났다가 끊어진다. 지름은 양 끝에서 급격히 줄어들지만, 가운데 대부분은 일정하게 굵기가 유지된다. 점점 가늘어지는 직모의 끝 지점은 거의 검은색에 가깝다. 하지만 가운데 몸통 부분과 비교했을 때 워낙 가늘어서 털끝의 검은색이 전체 털 색상에 크게 영향을 미치지는 못한다.

1제곱인치 면적에서 자라는 직모의 개수는 1만 개에 달한다. 양모 섬유의 개수는 2만 5,000개 또는 직모보다 2.5배 많다. 양모 섬유는 흰색에 광택이 있고 아름답게 말려서 곱슬곱슬하다. 평균 길이는 1.5인치. 이 길이의 양모 섬유는 직모들 사이에서 밑에서 방해받지 않고 자라면 1인치로 측정된다. 이에 따라 곱슬거리는 정도를 쉽게 추론할 수 있다. 너무나 아쉽게도 내가 가진 도구로는 섬유의 지름을 측정할 수 없다. 그래서 섬유가 고운 정도를 서로 확정적으로 비교하거나 사육 품종의 가장 고운 섬유와도 비교할 수가 없다. 하지만 연구 대상인 야생 양 세 마리에게서 얻은 야생 양털 세 개가 샌프란시스코에서 발송된 메리노 평균 등급보다 훨씬 더 곱다는 사실은 의심의 여지가 없다고 생각한다.

양털을 분리해서 좋은 돋보기로 자세히 들여다보면 가죽은 어여쁜 흐린 노란색으로 보이고, 옥수숫대 사이에서 자라는 풀처럼 섬세한 양모 섬유가 튼튼한 직모들 사이에서 자라는 것이 보인다. 섬유 하나하나는 분리된 겉껍질 안에 싸여 있는 것처럼 특별하고 효과적으로 보호되어 있다. 야생 양모는 너무 곱고 섬세해서 혼자 힘만으로는 서 있지 못한다. 양모 섬유는 거미의 거미줄처럼 부서지기 쉽고 눈에 잘 보이지도 않는다.

반면 양모가 버팀목으로 삼는 직모는 개암나무로 만든 지팡이처럼 꼿꼿하게 서 있다. 이처럼 크기나 외관이 크게 달라도, 양모와 직모는 본질적으로 같고 형태만 달라진 것이다. 양의 행복한 삶에 가장 도움이 되는 방식과 수준으로 외형이 변형된 셈이다. 잘 관찰해보면 이 같은 야생의 변이는 돌발적이고 변덕스러운 문화를 통해 우연히 존재하게 된 변형과는 완전히 구별된다는 사실도 알 수 있다. 야생의 변이는 분명한 목적을 달성하기 위한 신의 발명이기 때문이다. 동물의 사지가 (헤엄치도록 지느러미로, 날도록 날개로, 걷도록 발로) 변형되는 것처럼 고운 양모는 보온을 위해, 직모는 보온성을 추가하고 양모를 보호하기 위해 변형되었다. 양모와 직모 모두 거친 산에서도 내구성을 유지하고 산폭풍에도 잘 씻기는 직물이 되도록 변형된 것이다.

인간의 문화가 야생 양모에 미치는 영향은 들장미에 미치는 영향과 유사하다. 장미의 수술을 희생하는 대신 꽃잎을 비정상적으로 발달시키듯, 양털의 직모를 희생시키고 곱슬곱슬한 양모를 비정상적으로 과다하게 발달시킨다. 정원에서 키우는 장미 가운데 꽃잎으로의 변환 단계가 다양하게 관찰되는 수술이 보이는 경우도 빈번하다. 이와 유사하게 사육 양의 양털에도 양모로 변환되는 과정에 있는 야생 직모가 간헐적으로 얼마간 포함되기도 한다. 심지어 야생 양모에도 변화가 진행 중인 상태에 있는 섬유가 군데군데 보인다. 나는 앞서 언급한 야생 양털을 조사하는 과정에서 한쪽 끝은 양모이고 다른 쪽 끝은 직모인 섬유 세 개를 발견했다. 하지만 이것이 불완전한 상태라는 뜻이거나, 인간의 문화가 야기한 것과 비슷한 변화 과정에 있다는 것을 의미하지는 않는다. 수련 안에는 한쪽 끝은 수술로, 다른 쪽 끝은 꽃잎으로 다양하게 발달한 부위들이 포함되어 있는데, 이것은 어디까지나 끊임없이 이어지는 정상적인 상태다. 따라서 이 같은 양모 반, 직모 반인 상태는 전체적으로 완벽해지는 데 꼭 필요한 고정 요건일 수도 있고, 아니면 단순히 양모와 직모가 정확한 균형을 이루는 섬세한 경계선상에 있는 것일 수도 있다.

나는 친구들에게 야생 양모 표본을 주면서 야생이 훌륭하다는 사실을 정직하게 인정하고 고백하라고 요구했다. 하지만 개탄스럽게도 맥 빠지는 반응만 돌아왔다. 호기심을 가지고 돋보기와 안경으로 직모 사이를 유심히 살펴보면서 그들이 던진 첫 번째 질문은 "이제 사실대로 말해보렴. 야생 양아, 야생 양아, 너한테 양모가 있긴 하니?" "좋아. 야생 양, 너한테 양모가 있다고 치자. 하지만 동요에 나오는 메리가 키우는 어린 양의 양모가 훨씬 더 많은걸. 쓰임새 면에서 생각했을 때, 양말 한 쌍을 만드는 데 필요한 양모를 얻으려면 대체 얼마나 많은 야생 양이 있어야 할까?"

나는 두 번째 질문이 무의미하다는 점을 지적하기 위해 애썼다. 야생 양모는 사람이 아니라 양을 위해 만들어진 것이며, 다른 동물이 입을 옷으로는 아무리 결함이 있더라도, 실제 그 옷을 입는 용맹한 산 거주자 야생 양에게는 더도 말고 덜도 말고 적합한 옷이라고 주장했다. 하지만 이런 설명이 아무리 명백해 보여도 생산량에 관한 질문은 평범하고 단조롭게 계속해서 제기된다. 나의 경험상 인간을 위한 쓰임새 말고 다른 관점에서 대자연을 대신하여 해명할 기회를 얻기는 거의 불가능해 보인다. 사육 양은 야생 양보다 한 마리당 더 많은 플란넬 천을 생산한다. 그래서 문화가 야생을 향상시켰다는 주장이 제기된다.

플란넬만 봤을 때는 이것이 사실이지만, 양이 입는 옷이라고 생각하면 완전히 반대다. 만약 시에라산맥에 서식하는 모든 야생 양이 사육 양모를 입는다면, 딱 한 계절만이라도 위험에서 생존할 양은 겨우 몇 마리에 불과할 것이다. 가는 다리가 직모 없이 엉켜 있는 양모 아래 파묻혀 덮여버리면, 이들은 숨쉬기도 힘들어져 힘센 산능대의 손쉬운 먹이로 전락할 것이다. 낭떠러지를 내려오면서 곱슬곱슬한 양모가 날카로운 바위 끝에 걸려 균형을 잃고 떨어져 죽을 수도 있다. 사육 양모에는 늘 먼지가 쌓이고 폭풍우를 만나면 질질 끌려서 물에 젖은 상태가 되는 탓에 질병도 생길 수도 있다.

현재의 문명이 가르치는 신조를 보면 세상을 특별히 사람이 사용하기 위해 만들어진 것으로 여기는 경우가 있다. 이런 생각보다 문화와 야생의 관계를 올바로 이해하는 데 방해가 되는 극복하기 힘든 장애도 없는 것 같다. 모든 동물과 식물, 결정체 하나하나가 세상에서 가장 쉬운 언어로 이런 생각을 반박한다. 하지만 이런 신조는 세월이 지나도 늘 새롭고 소중한 가르침처럼 전해내려온다. 그 결과 어마어마한 자만심이 어둠 속에서 아무런 도전도 받지 않고 그대로 받아들여진다.

나는 어떤 동물이 자기 자신만큼이나 자기가 아닌 다른 동물을 위해 만들어졌다는 사실을 입증하는 증거를 아직 한 번도 발견한 적이 없다. 대자연은 이런 것을 이기적인 고립이라고 명시하지 않는다. 대자연은 모든 동물을 만들 때 다른 동물이 모두 존재한다는 사실을 분명히 인식하고 만들었다. 사실 원자가 창조될 때 각각의 원자는 다른 원자를 만나 합쳐진다고 알려진다. 하지만 보편적으로 결합할 때는 개별성을 최대로 보장하기 위해 정도에 따라 충분한 분열이 일어난다. 따라서 어떤 생명체가 존재의 노래 가운데 어떤 음조에 해당하건, 이 생명체는 무엇보다도 먼저 자기 자신을 위해 만들어졌다. 그런 다음에야 점점 더 멀리 범위를 넓혀서 온 세상과 다른 모든 세상을 위해 만들어진 것이다.

대자연이 보살핌을 개별화하지 않는다면 우주는 사육 양모의 양털처럼 다 함께 한데 모아 만들어진 펠트처럼 될 것이다. 하지만 우리는 우리가 아는 것보다 더 많이 지배받으며, 우리가 가장 야생적일 때 가장 많이 지배받는다. 식물, 동물,

별은 서로 함께 그리고 서로 한가운데를 통과하면서 모두 제자리를 벗어나지 않고 지정된 길을 따른다. 죽고 죽임을 당하고, 먹고 먹히면서 비율과 수량을 조화롭게 유지한다.

그러므로 우리가 건강한 능력과 욕구에 따라 최선을 다해 서로를 상호 이용하고, 도둑질하고, 요리하고, 소비해야 하는 것이 옳다. 별들이 할 수 있는 한 서로를 끌어당기면 그 결과로 조화가 뒤따른다. 야생 어린 양이 찾을 수 있는 만큼 또는 원하는 만큼 야생화를 많이 먹으면, 사람과 늑대는 딱 그 정도로만 어린 양을 잡아먹는다.

이처럼 다양하게 변형된 형태로 서로를 소비하는 것은 직접적으로 소비가 이루어지는 정도에 따라 변하는 일종의 문화다. 물론 이러한 소비 문화에 이를 감내해야 하는 처지에 놓인 자들을 향상시키는 장점이 있다고 생각하지 않도록 주의해야 한다. 물까마귀는 둥지를 짓기 위해 강둑에서 이끼를 뽑아내지만, 이끼를 뽑아냄으로써 이끼를 향상시키는 것은 아니다. 우리는 새의 깃털을 뽑고, 이보다는 덜 직접적으로 야생 양에게서 양모를 얻어 옷과 아기 요람을 만든다. 하지만 이렇게 한다고 해서 양의 양모나 새의 깃털을 향상시키는 것은 아니다.

매가 홍방울새를 덮친 뒤 잡아먹기 위해 깃털을 뽑기 시작하면, 매가 홍방울새를 손질한다고 할 수는 있을 것이다. 이런 행위는 매의 먹이에 관한 한 향상시키는 효과가 있는 것은 확실하다. 하지만 고운 소리로 노래하는 홍방울새의 입장은 어떨까? 그는 숲 합창단에서 낚아채이는 순간 홍방울새로서의 존재에 종지부를 찍는다. 마찬가지로 우리가 매처럼 야생 양을 고향 암벽에서 낚아챈 뒤 그 즉시 잡아먹거나 털을 걸치지 않고, 집으로 데려와 야생 양모에서 직모를 개량하고 몸의 뼈대를 개량한다면, 이 경우에도 양은 더 이상 양으로서 존재하지 않는다.

이처럼 사육하고 털을 뽑는 과정은 그 행위가 목표로 하는 부차적인 용도와 관련해서는 둘 다 비슷하게 향상하는 과정이 맞다. 털 뽑기는 단 몇 분이면 끝나지만 사육은 수년 혹은 수 세기가 걸린다는 점에서 차이가 있지만, 이 두 가지는 본질적으로는 비슷하다. 우리는 야생 굴을 생으로 먹을 때 굉장히 직접적으로 먹는다. 양식되기를 기다리지 않는 것은 물론 굴 껍데기와 입술 사이에 1초의 거리도 두지 않는다. 반면 야생 양은 집으로 데려와서 기나긴 축산 과정을 거친 뒤 결국은 냄비에 넣고 끓여 먹는다. 이것은 인간과 관련된 측면에서는 양을 완벽하게 향상시키는 과정이라 할 수 있다. 이렇듯 야생 양모와 사육 양모(야생 양과 사육 양)는 적절히 비교할 수 있는 용어가 아니다. 뿐만 아니라 이 두 용어를 어떤 의미에서도 적대적인 것으로 간주해서는 안 된다. 이들은 다른 목적으로 계획되고 완성된, 어디까지나 서로 다른 것들이다.

이런 흥미로운 주제와 관련된 사례는 무수히 많을 것이다. 이런 경우는 문화가 영향력을 미치는 곳이라면 어디든지 동물과 식물의 왕국에 많이 존재하기 때문이다. 여기서 잠시 사과 이야기로 돌아가자. 기쁘게도 숲속에서 자기만의 삶을 사는 야생 능금나무를 발견한 사람들은 진심으로 이 나무가 아름답고 완전하다는 것을 인정한다. 열매가 가진 야생 그대로의 톡 쏘는 맛은 타의 추종을 불허한다.

하지만 인간이 먹는 음식으로서 야생 능금은 공급량 측면에서 적합하지 않은 것으로 판명되었다. 그래서 사람들은 숲에서 이 나무를 가져와서는 생각해낼 수 있는 모든 크기와 부드러움을 지닌 사과가 생산될 때까지 거름을 주고, 가지치기를 하고, 접목하고, 계획과 추측을 하고, 이것저것을 조금씩 추가하고, 선별하고 골라냈다. 곤충의 자극으로 생긴 상처에 대응하기 위해 나무에 생긴 벌레혹, 즉 몰식자처럼 말이다. 과수원 사과라는 말은 문화의 입으로 표현한 가장 웅변적인 단어 같다. 그렇다고 대자연이 만든 톡 쏘는 야생 능금이 불완전하다는 사실을 보여주는 것은 아니다.

경작된 사과는 모두 향상되지 않았지만, 요리된 야생 능금이다. 다양한 정도로 부드러워지고 그 과정에서 모양이 불룩해지고, 맛이 그윽해지고, 달콤해지고, 톡 쏘는 맛이 강해지고, 과육이 풍부해지고 음식다워졌다. 하지만 들종다리를 잡아서 깃털을 뽑아 구운 것만큼이나 자연이 사용하기에는 조금도 적합하지 않다. 재배된 사과(요리용 사과, 피핀 종 사과, 적갈색 러셋사과)와 부지런히 품종을 섞어 만든 양(얼굴과 다리까지 온몸이 털로 덮여 있는 사우스다운 종, 털이 곱슬곱슬한 코츠월드 종, 주름이 많이 진 메리노 종)을 대자연에 주면 사과는 애벌레에게, 양은 늑대에게 던져버릴 것이다.

창세기에서 야곱이 어머니에게 작별의 입맞춤을 하고 집을 떠나 파단아람평원Padan-aram Plain을 가로질러 외삼촌 라반의 집으로 가서 외삼촌이 키우던 양 떼에게 실험을 시작한 지 3,600여 년이 지났다. 야곱은 목양업자로서 뛰어난 성과를 달성했고, 그 뒤를 이어 많은 개인과 단체가 온갖 종류의 목초지와 기후 아래서 수많은 노고와 노력을 기울였다.

하지만 우리는 여전히 확실하고 만족스러운 결과를 얻지 못한 것 같다. 어떤 품종은 직사광선이 내리쬐는 산비탈의 건초처럼 양모가 마르고 쭈글쭈글해지는 경향이 있는가 하면, 또 어떤 품종은 거름을 준 초원에서 무성하게 자라나 엉켜버린 풀처럼 양모가 한데 엉키는 경향이 있다. 어떤 품종은 양모의 길이가 아쉽고, 또 어떤 품종은 부드러움이 조금 부족하다. 반면 모든 품종이 한결같이 질병에 걸리는 경향이 있어서, 양모가 떨어져나가는 걸 방지하기 위해 다양한 세척과 약욕(약물에 담그기-역주) 과정이 필수가 되었다. 양 사체의 품질과 수량 문제도 양모 문제만큼이나 불확실하며, 만족스러운 해법과는 거리가 먼 것처럼 보인다.

오랫동안 암중모색하며 실험하는 과정에서 우연히 발견된 바람직한 품종들은 흔히 불안정하고 보트증(피부병의 일종-역자), 부제증(발이 썩는 질병-역자), 현훈증(어지럼병-역자) 등의 질병에 취약한 것으로 드러났다. 결국 사육자와 생산자 모두에게 끝없이 골칫거리가 생긴다. 누군가 가능한 한 뒤로 돌아가서 다시 새로 시작하는 것이 좋지 않을까?

다양한 품종을 파생시킨 뿌리가 무엇인지는 분명히 알려지지 않았다. 하지만 전 세계 산악지대에 일반적으로 분포하는 네다섯 개 야생종의 후손이라는 데는 의심의 여지가 없다. 야생종과 사육종의 뚜렷한 차이점은 널리 알려진 이 동물의 변이성으로 쉽게 설명된다. 또한 양이 지닌 모든 특성이 오랫동안 수고스러운 선택의 대상이 되면서 둘 사이에 차이가 발생한 것이다. 다른 어떤 동물도 이렇게 순종적으로 문화의 조작에 무릎 꿇는 것 같지는 않다.

야곱은 단지 원하는 색을 지닌 물체를 응시하게 만드는 방법만으로 양 떼의 색상을 통제했다. 어쩌면 메리노종도 당혹스러워하는 사육자들의 이마에 난 주름을 보고 털에 주름이 생겼을 수 있다. 캘리포니아 종Ovis montana은 기품 있는 데다 완전히 자라면 350파운드 정도 무게가 나가서 새로운 출발점으로 삼을 종으로 목양업자의 주목을 받을 만하다. 나는 이 종이 사육 양과 교배해서 잘 번식할 거라고 확신한다. 여러 목양업협회에 이 실험을 중요한 국책 사업으로 삼기를 정중히 권고하고 싶다. 나는 야생 양의 서식지와 습성에 관해 아는 걸 바탕으로, 시에라산맥에서만 번식을 위해 수백 마리 잡을 수 있다고 자신한다. 그리고 언제든 포획에 착수할 준비가 되어 있다. 약간의 순수한 야생은 인간과 양 모두가 원하는 위대한 선물이다.

John Muir

THE
FOREST
OF
OREGON

오리건의 숲과 동식물

이미 묘사한 워싱턴주의 숲처럼 오리건주의 숲도 더글러스전나무Abies Douglasii, 또는 오리건소나무로 이루어져 있다. 특히 컬럼비아강을 따라서 이 수종으로 재목을 만드는 제재소가 많이 들어서서 가동 중이다. 하지만 이곳 제재소들의 규모가 퓨젓사운드 지역보다 작아서 아직은 이들의 밀집된 모습이 크게 인상적이지 않다.

화이트 시더White Cedar 또는 포트 오포드 시더Port Orford Cedar(사이프러스 또는 측백나무의 일종)는 가장 아름다운 상록수다. 이 나무는 목재로도 뛰어나 상당히 많은 양이 샌프란시스코 시장으로 운송된다. 코어스만Coos Bay 주변과 시스키유산맥Siskiyou Range 북쪽 사면 그리고 코퀼강Coquille River을 따라 서식하며, 해안을 따라 캘리포니아주까지 퍼져 있다.

워싱턴주를 다룰 때 묘사한 나무들, 즉 전나무, 가문비나무, 거대측백나무colossal arborvitae 또는 서부적삼목Thuja gigantea 또한 이곳에서 위대한 아름다움과 완벽한 모습을 보여준다. 이들 가운데 가장 큰 수종(가문비나무, 전나무)은 대부분 해안지역에 국한되어 서식하는데, 높이는 300피트, 지름은 10~12피트에 이른다. 오리건주에는 대여섯 개의 소나무 품종이 서식하는 것으로 알려져 있는데, 목재로서의 가치나 숲을 풍요롭고 아름답게 가꾸는 역할을 따졌을 때, 이들 가운데 가장 중요한 수종은 옐로파인Pinus ponderosa과 슈거파인P. Lambertiana이다.

옐로파인은 캐스케이드산맥 동쪽 사면에 가장 풍부하

여, 그곳 여기저기에서 대규모 숲을 이룬다. 또한 윌래메트계 곡Willamette Valley의 탁 트인 곳 가장자리를 따라서도 흔히 볼 수 있다. 오리건주 남부에서는 소나무의 왕이자 시에라 숲의 영광이라 불리는 슈거파인이 엄프콰강Umpqua River과 로그강Rogue River 분지에 상당히 많이 분포한다. 1826년에 열성적인 식물학자이자 탐험가인 데이비드 더글러스David Douglas가 이 고귀한 나무를 처음 발견한 곳이 바로 엄프콰언덕Umpqua Hills이다.

바로 이 더글러스의 이름을 따서 웅장한 더글러스가문비나무를 비롯한 많은 꽃식물이 명명되었다. 덕분에 아름다운 나무와 꽃이 사람들의 사랑을 받는 한, 그에 대한 기억도 늘 생생하고 달콤하게 사람들의 뇌리에 남을 것이다. 컬럼비아강 하류에 거주하는 인디언들은 그가 날마다 숲을 돌아다니며 호기심에 가득 차서 땅이나 거대한 나무들을 주의 깊게 살펴보고 눈에 보이는 모든 것의 표본을 수집하는 모습을 지켜보았다.

하지만 그때까지 그들이 봐온 동물 가죽을 채집하는 데 열을 올리던 다른 이방인들과 달리, 그는 교역에는 전혀 관심이 없었다. 한참이 지난 뒤 그들은 마침내 그가 어떤 사람인지 더 잘 알게 되었다. 수년이 지나는 동안 그가 추구한 유일한 대상은 숲과 초원, 목초지와 평야에서 자라는 것이 전부였다. 그들은 그를 '풀의 남자Man of Grass'라 불렀고, 그는 이런 별칭을 자랑스럽게 여겼다.

스코틀랜드 출신의 더글러스는 1825년 봄 이곳 해안에

첫발을 디뎠다. 런던원예학회 후원으로 8개월 14일간의 길고 음울한 여행 끝에 컬럼비아강 어귀에 상륙한 것이다. 그는 이 첫 번째 계절 동안에는 허드슨 베이 컴퍼니에 속한 포트밴쿠버Fort Vancouver를 거점으로 삼고, 그곳을 중심으로 사방에 있는 눈부신 황야로 탐사 나들이에 나섰다. 그 결과 나무뿐만 아니라 울창한 덤불과 크기가 작은 초본식물 중에서도 새로운 종을 여럿 발견했다. 그가 세상에서 가장 크고 가장 아름다운 전나무 두 종(은색전나무Picea amabilis와 노블전나무P. nobilis. 지금은 전나무Abies라고 불린다)을 발견한 것이 이 첫해 후드산 Mount Hood 여행 중의 일이었다. 그가 이곳에서 채집하여 고향 스코틀랜드로 보낸 종자가 싹을 틔운 나무들이 현재 무성하게 자라고 있다.

그해 여름 윌래메트계곡을 찾은 날, 그는 한 인디언의 담배 주머니에 새로운 소나무 종의 씨앗과 인편이 들어 있는 걸 발견했다. 알고 보니 남쪽 먼 곳의 아름드리나무에서 채집한 거였다. 그다음 계절은 대부분 컬럼비아강 상류에서 보냈다. 그는 9월 겨울비가 내리기 시작할 즈음이 되어서야 포트밴쿠버로 복귀했다. 그리고 소문으로 들은 위대한 소나무와 그의 눈으로 똑똑히 목격한 씨앗을 마음속에 품고서, 그 소나무를 찾아 윌래메트강 수원으로 나들이를 떠났다. 그가 이 탐사 여행을 어떻게 보냈으며 어떤 위험과 어려움을 견뎠는지는 그의 일기에 잘 표현되어 있다. 그 가운데 일부를 인용한다.

1826년 10월 26일, 날씨: 흐림. 춥고 구름.

영국에 있는 친구들이 내 여행 소식을 들으면 내가 고초를 겪은 이야기만 했다고 생각할 것 같아 걱정스럽다…. 아침 일찍 가이드 없이 캠프를 떠나 주변 지역 탐사에 나섰다. 가이드에게는 저녁에 돌아올 때까지 말을 돌봐달라고 부탁했다. 캠프에서 한 시간쯤 걸어나갔다 한 인디언과 마주쳤다. 그는 나를 보자마자 활시위를 당기면서 왼팔에 너구리 가죽 보호대를 하고 방어 자세를 취했다. 그가 이렇게 행동한 이유는 적대적인 의도가 아니라 겁이 났기 때문임이 확실했다. 이 안쓰러운 친구는 나 같은 사람을 본 적이 없는 것 같다.

나는 들고 있던 총을 발치에 내려놓고 그에게 가까이 오라고 손짓했다. 그러자 그가 천천히 매우 조심스럽게 다가왔다. 내가 내려놓은 총 옆에 그가 활과 화살통을 내려놓게 했다. 그런 다음 성냥에 불을 붙여 내 파이프 담배를 그에게 건네어 담배 한 모금을 피우게 하고 선물로 구슬 몇 개를 주었다. 그리고 내가 찾던 소나무와 솔방울 그림을 연필로 대충 그려서 보여주었다. 그는 주의 깊게 들여다보더니 손을 뻗어 남쪽으로 15~20마일 떨어진 곳에 있는 언덕을 가리켰다. 내가 그쪽으로 가려 하자 그가 흔쾌히 따라나섰다.

정오쯤 그토록 오랫동안 보고 싶었던 소나무에 도착했다. 나는 한시도 지체하지 않고 소나무를 면밀하게 조사하며 표본과 씨앗을 채집하려고 애썼다. 새롭고 낯선 것은 늘 강한 인상을 주기에 과대 평가되는 경우가 많다. 영국에 있는 친구들을 만나 가장 아름답고 어마어마하게 거대한 이 나무에 대해 말로 설명할 수 있게, 바람에 쓰러진 몇 그루 가운데 내가 발견한 가장 큰 나무의 크기를 여기 기록해두려고 한다. 이 나무는 땅에서 3피트 높이의 둘레가 57피트 9인치, 134피트 높이의 둘레는 17피트 5인치였으며, 최대 길이는 245피트였다…. 이 나무에 오르거나 자르는 것이 불가능했기에 총을 쏴서 솔방울을 떨어뜨리려고 했다.

그런데 총성이 울리자 어디선가 인디언 여덟 명이 나타났다. 하나같이 붉은 흙을 얼굴에 칠하고 활과 화살, 뼈로 만든 촉이 달린 창, 부싯돌로 만든 칼로 무장하고 있었다. 결코 우호적인 모습이 아니었다. 내가 원하는 게 무엇인지 설명하자, 그들은 만족한 듯 바닥에 앉더니 담배를 피웠다. 하지만 이내 그중 한 명이 활시위를 당겼고, 다른 한 명이 나무 펜치로 부싯돌 칼을 갈아서 오른쪽 손목에 매달았다. 그들이 어떤 의도였는지 더 설명할 필요도 없었다. 상황을 보아하니 달아나서 목숨을 건질 수는 없을 것 같았다.

주저하지 않고 다섯 걸음 정도 뒤로 물러선 다음 총의 공이치기를 잡아당기고 벨트에 있던 총알 하나를 꺼내서 왼손에 들고 총은 오른손에 들고서 내가 목숨을 건지기 위해 싸울 작정이라는 것을 알렸다. 나는 가능한 한 냉정해지려고 애썼다. 이런 상태로 우리는 조금도 움직이지 않고 말 한마디 없이 10분간 서로를 응시했다. 마침내 리더로 보이는 인디언이 그들이 원하는 것은 담배라는 신호를 했다. 나는 솔방울을 많이 주워 오면 담배를 주겠다고 했다. 그들은 즉시 솔방울을 찾아 떠났다. 나는 그들이 시야에서 사라지기도 전에 솔방울 세 개와 나뭇가지 몇 개를 주워 최대한 빨리 퇴각했다.

서둘러 캠프에 도착하니 아직 땅거미가 지기 전이었다. 소나무 있는 곳으로 안내한 인디언이 내 뒤통수를 치지 못하도록 그와는 야영장에 도착하기 전에 헤어졌다. 이런 상황에 처하고 보니 그날 밤은 어둠이 너무도 지긋지긋하게 느껴졌다. 가이드에게 아무 말도 할 수 없었고, 책을 읽어도 눈에 들어오지 않았다. 혹시나 그 적대적인 인디언들이 여기까지 쫓아와서 공격할지도 모른다는 두려움이 머릿속을 떠나지 않았다. 이제야 겨우 옆에 총을 장착한 채 풀밭에 누워서, 컬럼비아 양초Columbian candle, 즉 송진 조각에 불을 붙여 그 불빛 아래 이렇게 일기를 쓴다.

더글러스는 이 기가 막히게 멋진 슈거파인을 런던에 있는 그의 친구 램버트 박사Dr. Lambert의 이름을 따서 피너스 램버티아나Pinus Lambertiana라고 명명했다. 이 수종은 지금까지 전 세계 숲에서 발견된 가장 고귀한 소나무다. 크기뿐만 아니라 그 아름다움과 장엄한 모습이 단연 최고다. 오리건주에서는 이 수종이 그곳에서 처음 발견되었다는 사실이 무척 자랑스러울 것이다. 게다가 이 나무가 캘리포니아주에 더 많이 분포한다 하더라도 지금까지 알려진 가장 큰 표본을 보유하는 건 오리건주라서 자부심이 대단할 터다. 시에라산맥에서 가장 뛰어난 슈거파인숲은 5,000피트 높이에 있다. 반면 오리건주에서는 훨씬 더 낮은 지대에 분포하고, 일부는 해안지대 바로 위에 서식하기도 한다.

나무를 사랑한다면 슈거파인과의 첫 만남을 결코 잊을 수 없다. 침엽수는 대개 형태나 발현된 형질이 똑같다. 숲속을 한참 여행하다 보면 그게 그거라서 결국은 지루해한다. 이와 달리 슈거파인은 참나무가 그렇듯 틀에 박힌 모양 안에 갇히지 않는다. 서로 많이 닮은 경우가 없어서 누가 보더라도 각각의 개별성이 드러날 정도다. 슈거나무 한 그루 한 그루가 하나의 연구 대상으로 평가받으면서 이 수종의 독보적인 위엄을 확실히 보여준다.

나무 꼭대기 근처에 있는 가지들은 길이가 40피트에 달하기도 한다. 그 주위로 잎이 많이 달린 짧은 잔가지가 무성하게 깃털처럼 달려 있고, 1.5피트 길이의 솔방울이 술처럼 달려 있다. 이런 웅대한 가지들이 사방으로 팔을 뻗으면 어마어마한 왕관 모양이 만들어진다. 이런 솔방울이 웅장한 나무줄기 위에 균형을 잡고 들어앉아 햇살을 가득 받으면 우리가 상상할 수 있는 가장 거대한 숲의 산물이 된다.

그런데 슈거파인은 다 자라면 야생적이고 판에 박히지 않은 모습이 되지만, 수령이 얼마 되지 않을 때는 평범하기 그지없다. 전형적인 침엽수의 모습을 엄격하게 따라서 가늘고, 꼿꼿하고, 끝이 점점 가늘어지고, 대칭적이고, 가지 하나하나가 제자리를 잡고 있다. 수령이 50년이나 60년 정도 되면 수줍고 유행에 충실하던 나무 모양이 바뀌기 시작한다. 전체적인 나무 윤곽과 거리가 먼 모양으로 특수한 가지들이 솟아나고 솔방울이 달리면서 그 무게로 가지가 휜다. 이때부터 슈거파인은 점점 더 독특하고 독자적인 나무로 자란다. 대담하게 하늘 높이 솟아서 바람과 햇살을 맞으며 언제나 웅장한 위용을 자랑하고 아름답게 성장한다. 그리하여 이 나무를 바라보는 모든 이에게 환희와 영감을 선사한다.

한편 슈거파인은 뛰어난 목재이기도 하다. 너무 훌륭해서 생존이 위협받을 정도이며, 이미 벌목꾼의 도끼 아래 급속히 사라지고 있다. 틀림없이 오리건주의 풍부한 산림 자산 가운데 몇몇 표본은 무사히 세상에 살아남을 것이다. 죽은 목재가 아니라 살아 있는 나무로서 말이다. 적당한 규모의 공원을 따로 떼어서 공공의 용도로 영구적으로 보호하면 된다. 이 공원에는 멋진 소나무와 가문비나무, 전나무가 최소한 수백 그루씩 포함되도록 한다. 이런 일을 할 힘과 사랑, 자애로운 혜안을 지닌 인간이 그렇게 하면 반드시 행복해질 것이다. 이들의 업적은 길이 기억될 것이다. 나무와 나무를 사랑하는 사람들이 이들을 칭송할 것이며, 아직 세상에 태어나지 않은 미래 세대들이 자리에서 일어나 이들을 복되다 일컬을 것이다.

초원 가운데 군데군데, 그리고 거대한 상록수숲 가장자리에는 단단한 견목이 상당히 많다. 참나무, 단풍나무, 물푸레나무, 오리나무, 월계수, 마드론, 꽃을 피우는 층층나무, 야생 체리, 야생 사과 등을 볼 수 있다. 백참나무Quercus Garryana는 오리건 참나무 가운데 목재용 나무로 가장 중요하지만, 켈로그참나무Q. Kelloggii(캘리포니아흑참나무)만큼 아름답지는 않다. 백참나무는 대개 컬럼비아강을 따라 서식하며 특히 더댈스The Dalles 주변에 많이 보인다.

백참나무로 상당량의 유용한 목재가 만들어져서 마차 제조업자에게 판매된다. 켈로그참나무는 매우 멋진 나무다. 이 나무가 많이 분포하는 엄프콰강과 로그강 계곡을 그림처럼 아름답게 만드는 일등공신이기도 하다. 켈로그참나무는 시에라산맥의 요세미티계곡에서도 볼 수 있다. 이 참나무에서 나는 도토리는 디거 인디언Digger Indians의 식생활에서 중요한 부분을 차지한다. 시스키유산맥에 있는 라이브오크live oak(Q. chrysolepis)는 넓게 퍼져 있는 모양이 그림처럼 아름답지만 아주 흔하지는 않다. 시에라산맥 서쪽 허리를 따라 남쪽으로 펼쳐져 있는데, 오리건보다 이곳에 더 많이 서식하고 크기도 더 커서 지름이 5~8피트에 이르는 경우도 심심치 않게 많다.

단풍나무는 이미 기술한 대로 워싱턴주에 사는 단풍나무와 같다. 하지만 숲 규모 면에서나 나무의 크기 면에서나 워싱턴주 스노퀄미강Snoqualmie River 연안의 단풍나무숲에 필적할 만한 단풍나무숲은 이곳에서 아직 보지 못했다.

오리건물푸레나무는 이제 오리건 서부의 하천 연안을 따라 드물게 분포한다. 이 나무는 크기가 꽤 크게 자라서, 이 나무로 만든 목재는 서부 여러 주에 서식하는 백물푸레나무white ash와 같은 용도로 사용된다.

꽃이 피는 너톨Nuttall의 층층나무(학명인 Cornus nuttallii 는 동식물학자인 너톨의 이름에서 유래했다.-역주)는 서늘한 하천을 따라 봄이면 풍성하고 화려한 총포(꽃을 감싸는 꽃받 침-역주)를 대범하게 과시한다. 채집한 꽃 표본은 지름이 8인 치로 측정된다.

야생 체리나무Prunus emarginata, var. mollis는 작지만 보기 좋게 생긴 나무다. 나무 밑동의 지름이 보통 1피트를 넘지 않는다. 가치가 높은 목재를 얻을 수 있으며, 시큼하고 톡 쏘는 맛이 나는 검은색 열매는 새의 좋은 먹이가 된다. 시에라산맥에는 이곳 오리건보다 크기가 작은 유형이 흔하다. 시에라산맥에 서 나는 체리 열매는 인디언과 사냥꾼들에게 요긴한 비상식 량이 된다.

야생 사과나무Pyrus rivularis는 멋지고, 튼튼하고, 잘생긴 사 랑스러운 나무다. 비버초원 가장자리나 하천을 따라 비옥하 고 서늘한 토양에서 잘 자란다. 캘리포니아주에서 오리건주 와 워싱턴주를 거쳐 알래스카주 남동부에 이르기까지 분포한 다. 오리건에서는 빽빽하게 엉킨 덤불을 이루는데, 뚫고 들어 갈 수 없는 경우도 있다. 가장 큰 나무의 몸통 지름이 1피트에 이른다. 꽃이 피면 풍성하게 무리 지은 향기로운 흰색 꽃들이 멋진 구경거리를 제공한다. 열매는 크기가 무척 작고 신맛이 지독하게 강하지만 몸에는 좋다. 새와 곰, 인디언뿐만 아니라 모험을 즐기는 크고 작은 생명체들이 즐겨 먹는다.

나무들이 바싹 붙어서 높이 자라느라 숲은 짙은 그림자

를 드리운다. 이제 그 그림자 아래를 지나 백합과 난초, 에리카, 장미 등이 가득한 매혹적인 야생 정원으로 들어가보자. 경쾌한 색상과 화려한 꽃으로 구성된 야생 정원에 비하면, 문명 세계의 정원은 제아무리 사랑스럽게 가꾸었더라도 애처롭고 우스워 보인다. 거대한 화산을 둘러싸고 숲보다는 높되 눈이 쌓인 곳보다는 낮은 곳에, 믿을 수 없을 정도로 아름다운 꽃들이 만발한 지대가 있다. 아네모네, 엘레지, 데이지, 브라이앤서스bryanthus(에리카에 속하는 꽃-역주), 칼미아, 월귤, 카시오페, 범의귀 등이 끊임없이 이어져 둘레가 50~60마일에 이르는 정원을 이룬다. 꽃들이 워낙 깊은 곳까지 무성하고 빽빽하게 자라서, 꽃을 심을 공간을 발견한 대자연이 너무도 기쁜 나머지 공간을 아껴가면서 산에 화관을 씌우듯 산 둘레에 꽃을 심은 것처럼 보인다. 눈을 반짝반짝 빛내는 어여쁜 꽃들을 화관 하나에 얼마나 많이 심을 수 있는지 두고 보려고 작정한 듯하다.

캐스케이드산맥의 산비탈에는, 특히 윌래메트강 상류 주변에는 숲이 빽빽하지 않게 조성되어 있다. 이 산비탈을 따라 수 마일에 걸쳐 보라색 진달래꽃이 눈부시게 만발한다. 초원으로 내려가면 비옥하고 축축한 골짜기에 파란색 꽃을 피우는 카마시아가 자란다. 워낙 무성하게 자라서, 조금 떨어져서 보면 빽빽하게 모여 있는 파란 꽃 무리가 꽃이 피어 있는 초록빛 평원에 자리한 아름다운 파란 호수처럼 보인다.

하천, 호수, 비버 초원, 깊은 숲의 가장자리 주변으로는 가울세리아와 허클베리 덤불이 무수히 많은 분홍색 종 모양 꽃을 피우며 멋지게 한데 엉켜 있다. 여기에 더해 개암나무, 산딸나무, 각종 딸기나무, 야생 자두, 야생 체리, 야생 능금이 그 뒤를 든든히 받쳐준다. 이외에 이름만 들어도 상큼한 수많은 매력적인 꽃식물이 황야 일대를 수놓고 있다. 가령 린네풀, 멘지에시아menziesia(에리카에 속하는 꽃−역주), 노루발풀, 매화노루발, 꽃부추, 솜대, 패모, 칼로코르투스calochortus(백합과 식물−역주), 연령초, 나도옥잠화, 여로, 개불알꽃, 사철란, 타래난초, 해오라기난초를 볼 수 있다.

이뿐 아니라 사랑스러운 희귀종인 '북부의 은둔자Hider of the North', 칼립소 보레알리스Calypso borealis(칼립소 난초−역주)도 발견할 수 있다. 이 꽃 하나만으로도 이 황야를 찾을 만한 이유가 된다. 이 밖에 숲속 그늘 아래 찬란하게 번창하는 양치식물과 이끼류가 지배하는 매혹적인 암흑의 세계도 있다.

사람마다 정도 차이만 있을 뿐 야생의 숲과 야생화는 누구나 좋아한다. 오리건에 서식하는 모든 상록수를 비롯해 꽃을 피우는 많은 관목과 식물은 태양 아래 거의 모든 곳에 이미 종자가 보내져 지금은 심혈을 기울여 가꿔진 공원과 정원에서 자라고 있다. 이제 이곳 현지에서 이들 식물에 다가갈 길이 열렸으니, 클로버밭을 노니는 벌 떼처럼 숲과 정원을 찾아 그 아름다움을 만끽하는 방문객으로 만원사례가 벌어질 것이라 예상할 수도 있겠다. 하지만 숲과 정원을 찾고 싶어하는 사람은 거의 없다.

캘리포니아산 나무의 껍질 일부를 런던의 크리스털 팰리스(1851년 만국박람회가 열린 장소-역주)에 전시하자, 죽은 껍질에 불과한 이것에 수많은 사람의 관심이 집중되었다. 껍질을 벗긴 둥근 원목 몇 개도 마찬가지였다. 이들은 오리건이나 워싱턴에서 온 어린나무 줄기에 불과했는데도 말이다. 키가 300피트에 달하는 거대한 전나무나 슈거파인을 통째로 만국박람회장에 옮겨심을 수 있었다면, 이들에게 얼마나 열렬한 찬사가 쏟아졌을까!

그런데도 수많은 숲이 고향 하늘 아래 고귀한 강과 산 옆에서, 수천 제곱마일 규모의 꽃장식 이끼 융단에 서서 손짓하건만 거의 이목을 끌지 못한다. 여행객들은 차창 너머나 호텔 베란다, 컬럼비아강 하류를 지나는 증기선 갑판에서 우연히 보는 풍경만으로 만족한다. 익사 직전의 선원이 구명 뗏목에 매달리듯 잘 알려진 낡은 것만 고수하는 셈이다. 숲속 탐방 나들이를 하자고 제안하면 사람들의 머릿속에는 온갖 과장된 상상 속 위험이 떠오른다. 그러면 마음을 달래주는 다정한 황야는 추위와 열병, 인디언, 곰, 뱀, 벌레, 건널 수 없는 강, 덤불로 엉킨 정글 등의 이미지로 가득 찬다. 숲에 가면 금세 굶주릴 거라는 염려도 늘 덧붙는다.

굶주림 이야기부터 하자면 숲에는 먹거리가 가득하다. 그래도 빵을 꼭 먹어야 한다면 빵은 쉽게 챙겨갈 수도 있고 부족하면 외딴 농가나 캠프에서 보충할 수도 있다. 숲에서는 인디언을 만나기 어렵다. 이들은 먹거리를 구할 수 있는 강기

숲에서 살기 때문이다. 게다가 이들 대부분은 서부 개척 이후 땅에 묻혀 사라져버렸다. 아니면 문명화되어 비교적 순진하고 근면해졌거나 해를 끼치지 않을 정도로 게을러졌다.

숲에는 곰이 살긴 하지만, 도시 사람들이 상상하듯 많거나 형언할 수 없을 정도로 잔인하지는 않다. 더군다나 악마처럼 돌아다니면서 게걸스럽게 잡아먹을 먹이를 물색하느라 삶을 허비하지도 않는다. 오리건곰은 다른 지역에 사는 곰과 마찬가지로 먹이로서나 사귈 친구로서나 사람을 좋아하지 않는다. 간혹 인간이 대체 어떤 생명체인지 호기심을 가지는 곰이 있을 수도 있지만, 그들에게 인간이란 불구대천의 원수라서 피해야 하는 존재다. 사람들이 놓은 덫에 걸리고, 독을 먹고, 총에 맞다 보니 겁을 먹어서 더는 곰을 만나는 게 쉽지 않다. 사실 여전히 야생으로 남아 있는 곳이 더 많은데도 서부 개척 이후 한때 개체 수가 많고 비교적 친숙했던 덩치 큰 동물들을 만나기 어려워졌다. 곰, 늑대, 표범, 스라소니, 사슴, 엘크, 영양 같은 동물들 말이다.

1843년이면 서부 개척자가 불과 몇 천 명에 불과했고 어떤 식의 정부도 아직 조직되지 않은 시기였다. 그런데도 이들은 일찍이 한자리에 모여서 이른바 '늑대 회의wolf meeting'를 개최했다. 회의 결과 위원회를 조직해서 가축을 위협하는 야생동물을 제거할 방법을 고안하기로 했다. 그리고 얼마 후 이 위원회에 다음과 같은 내용을 촉구했다.

곰, 늑대, 표범 등이 식민지 정착민들이 소유한 유용한 가축을 죽이고 있다는 사실을 만민이 인정하는 바, 위원회는 이번 회의가 지닌 의미에 따라 아래 내용의 결의안을 제출하고자 한다. 이 결의안에 따라 위원회는 상기한 야생동물을 방어하고 제거하는 전쟁에 돌입한다.

결의안 1호 : 우리는 위원회가 소, 말, 양, 돼지를 공격해서 죽이는 것으로 알려진 늑대와 표범, 곰 등의 동물을 제거하기 위한 즉각적인 조치를 합당하다고 여긴다.

결의안 2호 : 동물을 죽이면 그 포상금으로 덩치가 작은 늑대는 50센트, 덩치가 큰 늑대는 3달러, 스라소니는 1.5달러, 곰은 2달러, 표범은 5달러를 지급한다.

이 야생동물 제거 센터는 윌래메트계곡에 있었다. 하지만 '늑대 기구Wolf Organization'가 가동을 시작하기 전, 수년 동안 허드슨 베이 컴퍼니는 가죽을 채집하는 인디언들이 사는 곳이라면 어디든 요새와 거래소를 세웠고, 그 결과 어마어마한 수의 야생동물이 죽임을 당했다. 이후 서부 개척이 확대됨에 따라 야생동물 살상 행위는 해마다 더 빠른 속도로 진행되었다. 그 결과 어떤 경우에는 박물학자들이 연구하는 데 필요한 표본마저 충분히 구하기 어려워졌다. 하지만 서부 개척이 이루어지기 전에도, 그리고 허드슨 베이 컴퍼니가 진출하기 전에도, 이 황야를 지나면서 야생동물과 마주칠 위험은 극히 적었다. 사람들로 붐비는 집이나 거리에서 맞닥뜨릴 위험과 비교했을 때도 거의 미미했다.

1804년에서 1805년까지 루이스와 클라크가 그 유명한 대륙 횡단 여행을 했을 때, 로키산맥 일대는 모두 야생의 상태였으며 태평양 경사면Pacific Slope(대륙분수계를 기준으로 로키산맥 서쪽 태평양 방향의 경사면−역주)도 마찬가지였다. 그러나 이 여행에서 야생동물 때문에 목숨을 잃은 사람은 한 명도 없었다. 로키산맥 회색곰의 공격은 자주 받았지만, 그 누구도 죽거나 중상을 입지 않았다. 클라크 선장은 누워 자다가 늑대에게 손을 물리긴 했다. 하지만 100여 명이 8,000~9,000마일이나 되는 야생의 황야를 지나는 동안 딱 한 번 물리는 사고를 당한 것이다. 그들이 집에 있었다면 이처럼 운 좋게 무사하지는 못했을 터다.

그들은 컬럼비아강 남쪽 강어귀 근처의 클랫솝평원Clatsop Plain 가장자리에서 겨울을 났다. 컬럼비아강 남쪽 숲에는 사냥감, 특히 엘크가 많았다. 게다가 연어와 '와파투wapatoo'(벗풀 Sagittaria variabilis의 덩이줄기)를 식량으로 제공하는 등 우호적인 인디언들이 도와준 덕분에 굶주릴 위험도 없었다.

하지만 봄에 집으로 돌아가느라 로키산맥 아래에 도착했을 때는 아직 산 위에 눈이 무겁게 쌓여 있어서 말을 타고 넘어갈 수가 없었다. 산 밑에서 몇 주 동안 기다려야 했는데, 그들이 있던 곳은 스네이크강Snake River 북쪽 지류의 발원지였다. 얼마 남지 않은 식량이 거의 고갈된 상태여서 일행은 주로 곰과 개를 잡아먹으며 연명할 수밖에 없었다. 보통 이 지역은 사슴과 영양, 엘크가 풍부하지만, 그때는 드물었다. 공교롭게도 그들이 도착하기 전에 인디언들이 그 일대를 빈틈없이 사냥하고 떠나기 때문이다.

루이스와 클라크는 많은 곰을 죽였고 그 가운데 흥미로운 표본의 가죽은 남겼다. 그런데 곰의 크기와 털 색깔 등이 차이 나서 분류하는 데 어려움이 컸다. 그들은 다양한 종에 대해 캠프 가까이에 사는 초푸미시Chopumish 부족 인디언들에게 조언을 구했다. 탐험가들은 수중에 있는 가죽을 살펴보기 위해 전부 꺼내서 펼쳐놓았다.

인디언 사냥꾼들은 순식간에 흰색, 짙거나 옅은 잿빛 또는 붉은색, 잿빛 또는 짙은 갈색을, 간단히 말해 밑바탕 색과 상관없이 털끝이 흰색이거나 희끗희끗하면 모두 호호스트hoh-host라는 이름으로 분류했다. 그리고 이 곰들은 전부 다 백곰과 같은 종이라고 자신 있게 말했다. 이 곰들은 함께 어울리며, 다른 곰보다 발톱이 길고, 절대 나무에 오르지 않는다고도 했다. 이와 반대로 검은색 가죽, 즉 검은색에 흰색 털이 섞여 있거나 가슴 털이 흰색인 경우, 균일하게 적갈색, 갈색, 밝은 붉은빛 또는 갈색인 경우는 야카yack-ah라는 이름으로 분류했다. 이들은 비교적 덩치가 작고, 발톱도 짧으며, 나무에 오르고, 안전하게 뒤쫓을 수 있을 만큼 사납지 않은 점이 서로 닮았다고 했다.

루이스와 클라크는 다음과 같은 결론에 이르렀다. 먼저

컬럼비아강 분지에서 그들이 발견한 털끝이 하얀 곰은 모두 미주리강 상류에 사는 회색곰과 같은 종이다. 그리고 로키산맥의 흑곰과 붉은빛 도는 갈색곰 등은 태평양 연안과 동부에 사는 색상이 한결같은 회색곰이나 흑곰하고도 구별되는 제2의 종에 속한다.

이런 묘사를 최대한 많이 해야 하는 이유는 평범한 여행객 혼자서는 이들 종을 마주할 공산이 크지 않아서다. 이곳에 더 이상 곰이 존재하지 않아서 그런 것이 아니라, 곰이 수줍어하고 겁을 먹어서 사람을 피하기 때문에 그런 것이다. 곰을 보고 곰의 습성을 알아내려면 조용히 혼자 다녀야 한다. 연어가 회귀하는 하천 기슭에서 숲 둘레를 따라 한참 돌아다니거나, 베리류가 무척 풍부하게 열린 덤불 한가운데 비어 있는 작은 공간에서 기다려야 한다.

도시인이 사람들의 발길로 다져진 길을 떠나 숲에 들어갈 때, 곰과 함께 가장 무서워하는 존재가 바로 방울뱀이다. 오리건주에는 방울뱀 두 종 혹은 세 종이 서식한다. 하지만 어디서든 많이 발견되지는 않는다. 오리건 서부 지방에서는 거의 알려지지도 않았다. 나는 오리건숲을 산책하면서 지금껏 방울뱀을 한 종도 마주친 적이 없다. 물론 아주 가끔 몇 마리가 발견되기는 했다.

50년 전 이 지역에 백인이 처음 정착했을 때만 해도 어마어마하게 많은 수의 엘크가 숲과 평원을 지나 캐스케이드산맥 동쪽으로 돌아다녔다. 하지만 지금은 경험 많은 사냥꾼 말고는 엘크를 거의 보지 못한다. 엘크들이 가장 깊고 접근하기 힘든 외딴곳으로 내몰렸기 때문에 노련한 사냥꾼만 이들이 자주 나타나는 곳을 안다. 이토록 위풍당당한 동물이 소총을 든 스포츠맨의 구미를 당기는 목표물이 되고 만다. 수많은 엘크가 그저 재미를 위해 죽임을 당했다. 이미 물소만큼 급속도로 멸종될 위기에 가까워지는 것 같다. 영양도 농부와 목축업자에게 쫓겨 컬럼비아평원에서 사라져가고 있다. 오리건주나 워싱턴주에 여전히 무스가 돌아다니는지는 내가 장담할 수 없다.

캐스케이드산맥에서 가장 높은 산들은 야생 염소가 비교적 안전하게 돌아다닐 수 있다. 염소의 천적 중에 그렇게 멀리까지 쫓아가거나 그렇게 높고 위험한 곳까지 가서 사냥하려는 경우는 거의 없기 때문이다. 용맹하고, 튼튼하고, 텁수룩한 등반전문가인 야생 염소는 빙하의 돌출된 절벽과 무너지는 산등성이가 선사하는 자유와 안전을 마음껏 누린다. 이런 장소는 가장 대담한 사냥꾼도 잘 접근하지 않는 곳이기 때문이다. 염소는 험한 바위에 있을 때만큼이나 얼음과 눈으로 덮인 들판에 있을 때도 편안해 보인다.

야생 염소는 무리를 이루어 거대한 화산의 산등성이와 산등성이를 넘어 그 사이에 있는 빙하를 가로지른다. 마치 알프스에 오르는 단체 등반가들처럼 이들은 연륜 있는 리더의 안내에 따라 일렬종대로 이동한다. 이렇게 빙판을 지나는 여정 동안, 이들은 감탄할 만한 기술을 발휘하며 크레바스 연결

망도 지나고 눈으로 만들어진 다리도 건너면서 조심조심 나아간다. 할 수만 있다면 이런 곳에서는 산악인도 염소 떼가 지난 길을 따라가는 편이 좋을 것 같다.

산 위에 있는 비옥한 정원과 초원에는 염소들의 먹이가 풍부하다. 이들은 때때로 수목한계선 가장자리에 있는 탁 트인 초원까지 내려가는 호기를 부리는데, 그럴 때면 항상 경계를 늦추지 않고 조심한다. 조금이라도 주변 낌새가 수상하면 언제든 고지대로 달아날 수 있다. 겨울이 되어 이들의 여름 목초지가 눈에 파묻히면 서둘러 더 낮은 곳에 있는 산등성이로 이동한다. 그리고 눈이 너무 많이 쌓일 수 없는 풍화된 험한 바위와 경사면을 찾는다. 간혹 닿을 수 없는 곳에 풀이 있으면 덤불의 잎사귀와 잔가지를 먹는다.

야생 양 역시 염소에 필적할 만큼 놀라운 산악 유랑자다. 하지만 오리건 지역의 산에는 비교적 드물게 서식한다. 이들은 더 건조한 캐스케이드산맥 남쪽 산등성이나 로키산맥 지류 사이의 동쪽 산등성이를 서식지로 택한다.

사슴은 숲에 아름다운 생기를 선사하는 존재다. 사슴은 무리 지어 서서 쉬거나, 비버 초원과 작은 꽃밭 가장자리에 있는 이끼 덮인 땅으로 소리 없이 우아하게 이동한다. 이럴 때 사슴의 색과 움직임은 나무줄기의 회색과 갈색 그리고 나뭇가지의 흔들림과 정교하게 조화를 이룬다. 민트나 향기로운 덤불의 끝부분과 잎사귀는 사슴의 먹이가 되어 우아하게 도태한다. 사슴은 검은꼬리사슴, 흰꼬리사슴, 물사슴, 이렇게 세 종이 서식한다. 뮬사슴은 캐스케이드산맥 동쪽으로 탁 트여 있는 숲과 평원에서만 산다. 고기나 가죽을 얻기 위해, 또는 그저 무분별한 재미 때문에 마구 죽임을 당한 탓에 지금은 어디서든 사슴을 많이 볼 수 없다. 사람이 접근하기 쉬운 지역에서는 거의 멸종되었고, 그 외의 지역에서는 대부분 늑대의 먹이가 된다.

윤기 흐르는 털옷을 걸친 수많은 동물이 그늘진 숲속 보금자리에서 소리 없이 돌아다니며 사람들 눈에 띄지 않은 채 그들의 깔끔하고 아름다운 삶을 즐기며 살아가고 있다. 그래서 바쁜 인간들은 이들이 얼마나 아름답고 흥미로운지 알기 어렵다. 이들의 보금자리가 하늘 위 눈에 보이지 않는 곳에 있기라도 하듯 말이다.

존 뮤어

존 뮤어(John Muir, 1838. 4. 21 ~ 1914. 12. 24)는 스코틀랜드 태생의 미국인으로 자연주의자, 작가, 자연보호주의자다. 많은 편지와 수필 그리고 책을 통해 자연을 탐험한 이야기를 전해주었는데, 특히 시에라네바다산맥에 대해 자세히 소개했다. 그의 자연보호 운동은 요세미티계곡, 세쿼이아국립공원 등 자연보호구역을 보존하는 데 중요한 역할을 했다. 그가 창설한 시에라 클럽은 미국에서 유명한 자연보호 단체가 되었다. 그의 공헌을 기리기 위해 시에라네바다산의 등산로를 존 뮤어 트레일이라고 부른다.

청년기에 옐로스톤국립공원을 찾아 자연에서 큰 영감을 얻었으며, 인생의 후반기에는 미국 서부의 숲을 보존하는 데 헌신했다. 미국 의회에 자연공원법을 청원했으며, 1890년 이 법이 제정되어 요세미티국립공원과 세쿼이아국립공원이 탄생했다.

옮긴이 김수진

이화여자대학교와 한국외국어대학교 통번역대학원을 졸업하고 공공기관에서 통번역 활동을 해왔다. 지금은 번역 에이전시 엔터스코리아에서 번역가로 활동한다. 『혐오와 대화를 시작합니다』 『완경기, 그게 뭐가 어때서?』 『니민 그런 게 아니었어』 『로맨틱, 파리』 『언제나 당신이 옳다』 『어떻게 미래를 예측할 것인가』 『여전히 사랑이라고 너에게 말할 거야』 『나의 작은 탐험가』 『쉽게 믿는 자들의 민주주의』 『네오르네상스가 온다』 『본질에 대하여』 『세계 문화 여행: 스페인』 『감사: 충만한 삶에 이르는 길』 『이터너티』 『레오나르도 다빈치』 『생체리듬의 과학』 『밀레니엄 그래픽노블』 『제텔카스텐: 글 쓰는 인간을 위한 두 번째 뇌』 『나에게 보내는 101통의 러브레터』 등의 역서가 있다.

WILDERNESS ESSAYS

야생의 땅

존 뮤어

옮긴이   김수진

발행인   이상영

편집장   서상민

디자인   서상민

마케팅   박진솔

교정·교열 노경수

인쇄   피앤엠123

펴낸곳   디자인이음

2009년 2월 4일:제300-2009-10호

서울시 종로구 효자동 62

02-723-2556

designeum@naver.com

instagram.com/design_eum

2023년 4월 10일 1판 1쇄 발행

값 22,000원

ISBN   979-11-92066-21-9